btb

Aus Freude am Lesen

»Zwei Bläser, das konnte ja nicht gut gehen« – diese Erklärung seiner Exfrau, einer Flötistin, sitzt dem Hornisten Ingo Merse auch drei Jahre nach der Scheidung wie ein Dorn im Fleisch. Irritierend auch, warum ihm Dagmar beim Auszug Musils »Der Mann ohne Eigenschaften« überließ. Als Beleidigung? Zur Erklärung? Jetzt verbringt Herr Merse seine Sommerferien in der Wohnung seiner älteren Schwester auf Sylt. Beharrlich verfolgt er seine Urlaubsprojekte: Einstudieren des Brahms'schen Horntrios, Lektüre des Musil-Romans, Ausschleichen aus seiner Tablettenabhängigkeit. Bis am ersten Sonnentag Annemarie Luner vor seinem Strandkorb erscheint – mit ihrem vagen Lächeln, ihrer langen Narbe am Oberschenkel und der Bitte, auf ihren kleinen Sohn aufzupassen. Herr Merse gerät in einen Liebesstrudel und ringt verzweifelt um Überblick.

Karin Nohr, geboren in Hamburg, studierte Literaturwissenschaft und Psychologie. Nach jahrelanger Therapietätigkeit entschied sie sich, ihre Zeit ganz dem Schreiben zu widmen. Zuletzt erschien im Knaus Verlag ihr Roman »Vier Paare und ein Ring«. Karin Nohr hat eine Tochter und lebt in Berlin und im Wendland.

Karin Nohr

Herr Merse bricht auf

Roman

btb

MIX
Papier aus verantwortungsvollen Quellen
FSC® C083411

Verlagsgruppe Random House FSC® N001967
Das für dieses Buch verwendete FSC®-zertifizierte
Papier *Lux Cream* liefert Stora Enso, Finnland.

1. Auflage
Genehmigte Taschenbuchausgabe April 2014
btb Verlag in der Verlagsgruppe Random House GmbH, München

Umschlaggestaltung: semper smile, München
Umschlagfotos: © plainpicture / Adel, Tomas, © Shutterstock / Ivonne Wierink
Druck und Einband: CPI – Clausen & Bosse, Leck
MK · Herstellung: sc
Printed in Germany
ISBN 978-3-442-74693-4

www.btb-verlag.de
www.facebook.com/btbverlag
Besuchen Sie auch unseren LiteraturBlog www.transatlantik.de

für den Syltfreund L. K.
und
für Old Shatterhand

Montag

Dass er in den Schulferien Urlaub machen musste, empfand Herr Merse als einen großen Nachteil seiner Lebensgestaltung. Überall traf man auf Familien mit Kindern. Besonders am Meer. Aber da es finanziell günstig war und ihm nichts anderes einfiel, fuhr er auch dieses Jahr wieder in die Ferienwohnung seiner Schwester Barbara nach Wenningstedt auf Sylt. Barbaras Wohnung befand sich im zweiten Stock einer Apartmentanlage. Im Betonstil der sechziger Jahre erbaut, zwängte sich der graue Klotz zwischen das weiß gestrichene Haupt- und Nebenhaus eines Schullandheims, in dem auch in den Ferien Kindergruppen betreut wurden. Barbara ließ ihm die Wohnung in der Hochsaison zum Preis der Nebensaison, »weil du eben 'ne Grille bist und nix hast«, wie sie sich ausdrückte. Er widersprach nicht. Barbara widersprach man nicht.

Herr Merse unterrichtete an einer Musikschule in Hamburg-Farmsen, hatte also feste Einkünfte. Zusätzlich kamen Privatschüler zu ihm, von denen er pro Stunde fünfzig Euro nahm. Zum Teil unterschlug er die privaten Einkünfte dem Finanzamt, ließ sich das Geld bar mitbringen und quittierte nicht auf Formularen, sondern in den Oktavheftchen, in die die Schüler ihre Aufgaben notierten. Gewitzt, wie er fand. Gar nicht so grillenhaft. Davon wusste allerdings seine Schwester nichts.

Barbara war Leiterin eines Gymnasiums, unterrichtete Chemie und Sport und stand kurz vor dem Erwerb eines zweiten Dan-Grades im Go-Spiel, dessen griffige weiße und schwarze Rundsteine sie sorgfältig in Beutelchen und Kästchen aufbewahrte. Dennoch fehlte immer wieder einer, was sie unbegreiflich fand. Sie verdächtigte jeden, ihre Steinchen »versust« zu haben: »Ihr treibt mich noch zum Wahnsinn damit.« »Die Steine verlieren sich«, hatte Herr Merse in beruhigender Absicht einmal zu ihr gesagt, »weil sie gesucht und gefunden werden wollen.« Er hatte einen der glatten Steine vom Teppich neben dem Tischbein aufgehoben und ihn ihr auf flacher Hand hingehalten. Barbara hatte verächtlich geschnaubt und ihn in den Beutel gleiten lassen. Leises Klicken.

Immer noch bin ich der kleine Bruder für sie, dachte er, während er seine Kleidung in den Koffer legte. Das bleibt. Barbara bildete die eine Uferlinie am Fluss seines Lebens. Dagmar, seine Exfrau, die andere. So empfand er es. Sein Lieblingsgedicht kam ihm in den Sinn: »Die Linien des Lebens sind verschieden / Wie Wege sind und wie der Berge Grenzen / Was hier wir sind …«, er zögerte, »… wird dort ein Gott ergänzen …« Er stockte. Herr Merse empfand sich als ergänzungsbedürftig. Er legte ein Paar blau-grau gestreifte Wollsocken in den Koffer. Oder hieß es: »Mag dort ein Gott ergänzen«? Er stand unsicher vor dem Kleiderschrank. »Kann dort«? »Kann« würde am besten passen. Das würde alles offenlassen. Was wusste man schon über das Jenseits? »Kann« wäre allerdings nicht ganz so tröstlich wie das zuversichtliche, bei näherem Nachdenken aber größenwahnsinnige »wird«. Er hielt im Packen inne, wandte sich zum Bücherregal, entschied sich gegen ein sofortiges Nachschlagen, aber legte den Band mit einer Auswahl von Hölderlin-Gedichten auf die T-Shirts. Dazu ein weiteres Paar Wollsocken. Rot-grüne. Seine Mutter hatte in ihrem Leben Tausende Wollsocken gestrickt. Er besaß etwa dreißig Paar. Auf Sylt brauchte man auch im Sommer Wolle. »Wer in die Wärme will, wandert woanders«, hörte er den Vater trompeten.

Barbara liebte die Wärme woanders. Sie fuhr nur über Weihnachten in ihre Sylter Wohnung. Seit seiner Scheidung verbrachte Herr Merse das schwierige Fest dort mit ihr und ihrem Mann Oskar, einem Richter. Einem besserwisserischen Richter. Einem von Haus aus besserwisserischen und ihm, dem Musiker, gegenüber gönnerhaft auftretenden Richter, der gern seine eigenen Weine lobte. Barbara und Oskar machten in allen Ferien außer zu Weihnachten Fernreisen in die Wärme, nach Bali, auf die Kanarischen Inseln, auf die Seychellen. Die Wohnung auf Sylt vermieteten sie. Momentan bereisten sie Thailand.

Herr Merse reiste wenig. Seit er allein war. (»Single«, hätte Dagmar gesagt.) Zu Zeiten seiner Ehe war das anders gewesen. Dagmar hatte ideenreich bestimmt, wo es hingehen sollte. Sie hatte überhaupt bestimmt. Was ihm recht gewesen war. Er war ganz gern »mitgedackelt«, wie sie es ausdrückte. Dabei sah sie mehr wie ein Dackel aus als er: klein, gedrungen, mit neugierigen blauen Augen in einem runden, etwas bäuerlichen Gesicht. Sie war Flötistin. »Die Querflöte verschlankt und veredelt mich«, sagte sie gern, »das brauche ich dringend.« Herr Merse dagegen war mager, schmal und eins neunzig groß. Zu ihm hätte die Querflöte vom Äußeren her gepasst. Er spielte aber Horn. Dagmar war nur eins einundsechzig groß. Dreißig Zentimeter Höhenunterschied zwischen ihnen. Das hatte ihn nie gestört, er hatte das Kompakte, Griffige an Dagmar gemocht. Er hatte sich ihrer aber zu sicher gefühlt, und das war sein schwerer, sein lebensverändernder Fehler gewesen. Es hatte jenseits seines Denkhorizonts gelegen, dass sie sich mit einem anderen Mann einlassen würde oder, noch unwahrscheinlicher, ein anderer Mann sich mit ihr. Und doch war es geschehen, und er hatte lange nichts davon gemerkt, da er sich mit Dagmar in einem Sicherheitskokon wähnte. Hochsicherheitskokon. Bis Dagmar ihn eines Tages konfrontiert hatte, ihm von Andreas erzählte, und dass durch die Begegnung mit Andreas alles anders sei, dass sie Zeit brauche, sich »erst mal sortieren« müsse, das in seiner Anwesenheit aber nicht könne und ihn daher bitte auszuziehen: »Nur räumlich trennen, dann sehen wir weiter.« Das hatte nicht so schlimm geklungen, und Herr Merse hatte sich noch immer sicher gefühlt. Ja, Dagmar war durcheinander geraten, herausgefallen aus dem gemeinsamen Gehäuse, aber sie würde sich »sortieren«, also besinnen, und zurückfinden zu ihm. Er war ausgezogen in der Hoffnung, seine konstruktive Art, mit dem Unfasslichen umzugehen, würde sie erst beruhigen, dann beeindrucken und schließlich umstimmen. Er hatte sich getäuscht. Nur vier Monate später trug sie ihm die Scheidung an: »Zwei Bläser, das konnte ja nicht gut gehen mit uns«, lautete ihre finale Erklärung.

Wieder und wieder hatte Herr Merse nach dem Zwei-Bläser-Diktum Dagmar brieflich, telefonisch, per Mail, per SMS und persönlich bedrängt. Mehrfach fing er sie auf dem Nachhauseweg ab, stellte ihr Fragen, kreiste sie mit Argumenten, Bitten, Beschwörungen ein. Was denn eigentlich ihr Problem mit ihm sei? Sie hätten doch gut miteinander gelebt. Geschlafen. Gegessen. Geredet. Hätten ihre Schüler, ihr Auskommen, ihre eigenen Räume in den Musikschulen gehabt. Sie seien sich doch zu Hause mit dem Üben nicht auf den Wecker gegangen, so seine Litanei, zwei anerkannte Musiker, die beide ungefähr gleich viele und gleichwertige Muggen in Hamburger Orchestern gehabt hatten, die sogar als Duo zusammen auftraten mit Bearbeitungen, die er selbst angefertigt hatte von berühmten Stücken, so zum Beispiel mit Duetten aus »Don Giovanni«. Ja, er gab zu: Es war eine ungewöhnliche Duo-Variante. Ja, manche lachten, wenn sie sich mit ihren Instrumenten auf Festen oder

Hauskonzerten in Positur brachten und er auf dem Horn »Reich mir die Hand, mein Leben« zu ihr hin intonierte. Aber nur im ersten Moment. Denn es hatte gut zusammengepasst. Vor dem dunklen weiten Horizont seines warmen Hornklangs schwebte sie mit ihrem schmalen geraden Silberstrahl flink und geschmeidig wie eine Schwalbe hin und her. So hatte er es empfunden. So ergaben sie »ein Klangbild«. Zwei Bläser. Ha! Was sollte das heißen? Herr Merse starrte in den Koffer mit seinen Utensilien.

Dagmars Antworten auf seine Nachsetzungen waren stets verschleiert geblieben. »Die Chemie stimmt nicht«, sagte sie etwa, und wenn er dann auf Klarheit drang, wich sie aus: »Wenn du es nicht begreifst, kann ich dir nicht helfen.« Sie hatte sogar Tristan zitiert, obwohl sie Wagner verabscheute: »Ich kann es dir nicht sagen«, oder weihevoll Lohengrin: »Nie sollst du mich befragen.« Einmal hatte sie hingeworfen: »Zweimal Blech.« Wie ein falsch angesetzter Ton war das Wort »Blech« aus ihrem Mund gescheppert, ein abschließender, verkackter Fanfarenstoß: zweimal Blech, dä dä dääää.

Danach war Herr Merse verstummt. Er hatte begriffen: Wenn sich Dagmar durch die Ehe mit ihm zum Blech herabgewürdigt sah und ihre herausgetrötete Holzbläser-Überlegenheit verloren hatte, dann war nichts mehr zu löten. Vielleicht, wenn er beharrlich geblieben wäre und SIE hätte ausziehen müssen, hätte es eine Chance gegeben. Dagmar liebte wie er die ehemals gemeinsame Erdgeschosswohnung: praktisch zum Üben, gut erreichbar; mit einem winzigen Stadtgarten davor, aus dem er ein Paradiesgärtlein gezaubert hatte, das den Passanten Ohs und Ahs entlockte. Ja, das alles war hin für ihn. Da wohnte sie jetzt mit ihrem Andreas, einem Dirigenten, der zehn Jahre jünger war als sie. Dagmar war einundvierzig, genauso alt wie Herr Merse.

Dies alles war drei Jahre her, und Dagmar wohnte immer noch mit Andreas in der Eppendorfer Wohnung. Und wird da bleiben, dachte er. Er sah sich um. Alles verstaut? Wird. Hier passte das Wörtchen. Wird so bleiben. Da zehn Jahre Altersdifferenz, hier dreißig Zentimeter Höhenunterschied. »Kokolores«, brummte er und schloss den Koffer mit einem Rums.

Halt. Welche Bücher mitnehmen? Und dann die schwierige Frage: Ferien vom Horn oder Ferien mit Horn? Auch in dieser Hinsicht war Dagmar führend gewesen. Sie wusste, was sie wollte. Vielleicht auch nur, weil er oft zögerte? »Die Flöte braucht 'ne Pause.« Damit legte sie sie in den Safe ihrer Eltern in Bergedorf und holte sie am Ende der Ferien von dort ab. Eine Goldflöte für achttausend Euro. »Bin zwar nicht Galway, aber das bin ich mir wert.« Galway, der berühmte Flötist, war, wie sie stets sagte, ihr innerer Herr und Meister: »Der hat auch pausiert.« Also. Dabei war dessen erste Ehe gerade an seinem pausenLOSEN nächtlichen Üben zerbrochen. Davon hatte Herr Merse in Galways Autobiographie gelesen. Sie sah das anders: »Das war nicht der wahre Grund.« Aber was ihrer Ansicht nach Galways Ehe auseinandergebracht hatte, bekam er ebenso wenig heraus wie die Botschaft, die in »zwei Bläser, zweimal Blech« verborgen lag. Galways Pausieren war laut Autobiographie durch einen Unfall erzwungen gewesen, es war keine Ferienfreiwilligkeit. »So weit lasse ich es nicht kommen, darum schreibt er ja darüber, man soll eben pausieren«, war Dagmars Resümee. Es blieb offen, ob darin schon damals eine kryptische Ehebotschaft an ihn gesteckt hatte.

Herr Merse trennte sich schwerer vom Horn. Mit Dagmar – ja. Auf ihren gemeinsamen Unternehmungen, die nach Dagmars Vorstellungen als Aktivurlaube gestaltet wurden, hatten sie die Instrumente nicht brauchen können. Herr Merse ließ die Kofferschlösser noch einmal aufschnappen, weil der Ärmel eines Hemdes heraushing. Das Schnappgeräusch klang aktiv. Oh, damals waren sie sportlich gewesen. Hatten Kurse besucht: Tauchen, Segeln, Kanu. Einmal hatten sie es auch ohne Kurs mit Wandern auf der Schwäbischen Alb versucht. Nur sie zwei. Das war nicht so gut gegangen, weil es Dagmar neben ihm zu schweigsam geworden war den ganzen Tag die weiten stillen Hügel entlang. Sie hatten abends Anschluss an andere Wanderer gesucht, ohne Erfolg. Viele waren älter, blieben für sich. Sie hatten die Wanderung aber trotzdem durchgehalten, denn Dagmar befand: »Beim Flöten belaste ich immer nur die eine Seite, jetzt muss mal mein ganzer Körper ran.« Er sah sie vor sich, wie sie in einem Kanukurs mit dem Paddel so schwungvoll erst rechts, dann links ins Wasser stach, dass es aufspritzte. Er legte die Sonnencreme in den Koffer und schloss ihn endgültig.

Herr Merse nahm das Horn mit. Ohne Horn fühlte er sich nackt und einsam. Außerdem wollte er Brahms üben.

Er steckte einen Krimi in seine Umhängetasche, trat noch einmal an das Bücherregal und glitt mit Händen und Augen über die Reihen, bis sein Blick an dem dicken Roman »Der Mann ohne Eigenschaften« von Musil hängen blieb. Das Buch gehörte Dagmar. Er zog es heraus und öffnete es; auf der Titelseite stand ihr Name. »Passt besser zu dir«, mit diesen Worten hatte sie es bei seinem Auszug in eine seiner Bücherkisten gesteckt. Da er wusste, dass sie nur den Titel und nicht den Text kannte, hatte er ihre Bemerkung als abfällig empfunden und das Buch nie gelesen. Er brauchte jetzt aber für die Ferien mindestens ein dickes gutes Buch, das war klar. »Der Mann ohne Eigenschaften« gehörte zur Weltliteratur. Also. Er musste eine Welt mitnehmen, in die er sich vertiefen und in der er seine vergessen konnte. Werden wir ja sehen, dachte er. Ohne Eigenschaften.

Er schloss seine kleine Wohnung ab und hinterlegte den Zweitschlüssel für Frau Niebuhr, die ältere Dame aus der Nachbarschaft, unter dem Stein auf dem Fenstersims. Frau Niebuhr goss für ihn die Blumen und sammelte die Post ein; vermutlich schaute sie nach, wer ihm schrieb, was Herrn Merse aber nicht störte. Er erhielt wenig Post. Seine Wohnung war praktisch. Sie lag ebenerdig neben einem Schuppen auf dem Gelände einer ehemaligen Fleischerei in

Hamburg-Rahlstedt. Er konnte dort ungestört üben, und es war mit dem Fahrrad nicht weit zur Musikschule. Wenn es warm war, tranken die Hausbesitzer vor seinem Fenster im Garten Kaffee, und er hatte einmal gehört, wie sie von ihm als dem Mieter der Wurstbude sprachen, der so schöne Orchideen im Fenster habe.

Er verließ nun für vier Wochen seine Wurstbude.

Das Horn trug er im Kasten umgeschnallt und zog seinen Rollkoffer geräuschvoll über das Pflaster – ein unvermeidlicher Lärm, der ihm unangenehm war. Seitlich fühlte er seine Umhängetasche an einem breiten Gurt über die Schulter pendeln, in die er die Notwendigkeiten für die Zugfahrt gesteckt hatte. Darunter Ricola-Bonbons. Er lutschte gern Ricola-Bonbons und hatte immer welche dabei, alle seine Schüler wussten das und baten ihn oft um eines. Eine Gymnasiastin, Sofia von dem Trio »Die Hornissen«, stürmte oft in seinen Raum, hielt inne, schnupperte mit erhobener Nase und sagte: »Orange.« Oder: »Salbei.« Oder: »Holunder.« Je nachdem. Sie hatte immer recht.

Es war früh am Vormittag. Herr Merse fühlte die Sonne im Rücken. An der Bushaltestelle fiel ihm sein Schatten auf; mit den an ihm baumelnden Objekten formte sich eine bizarr ausladende Silhouette. Sie erinnerte ihn an den Umriss einer Reklamefigur für Sherry. Sandeman? Dry Sack? »Sandmann«, sagte er leise. »Trockener Sack«, hörte er Dagmars Stimme.

Herr Merse war zeitig am Hauptbahnhof. Der Zug nach Sylt kam gut besetzt aus Berlin angerollt. Herr Merse ging mit langen Schritten durch das Urlaubergewimmel auf dem Bahnsteig an den Fenstern entlang, besorgt, seinen Wagen mit dem vorbestellten Sitz zu verpassen und sich dann mit dem Gepäck durch enge Gänge schieben zu müssen. »Immer eckst du an mit diesem Ding«, hörte er Dagmar. Aber da stand er am richtigen Wagen und musste auch niemanden von seinem Sitz verscheuchen, was ihm trotz seiner Reservierungsberechtigung schwergefallen wäre. Er verstaute Horn und Rollkoffer, setzte sich und legte sein Plan-und-Spar-Ticket auf dem Tischchen vor sich bereit.

Es war ein Fensterplatz in Fahrtrichtung an einem Vierertisch, an dem schon eine Mutter mit zwei halbwüchsigen Kindern saß, einem zirka siebzehnjährigen Mädchen und einem vielleicht zehnjährigen Jungen. Als der Junge aufstand, um Herrn Merse auf seinen Platz zu lassen, musterte er interessiert den Hornkasten in der Gepäckablage, senkte aber den Blick, als er merkte, dass Herr Merse ihn ansah. Auf dem Tisch vor dem Jungen lag ein Blatt Papier mit Bleistiftkritzeleien, die er wieder aufnahm, als der Zug anfuhr. Es schienen komplizierte Labyrinthe zu sein, die er entwarf. Er wirkte vertieft. Das Mädchen gegenüber fummelte an ihrem iPod herum und hörte Popmusik, deren Rhythmen leise, aber aufdringlich ihren Weg in Herrn Merses Ohren fanden. Augenblicklich quoll in ihm ein Gefühl von Ärger und Ohnmacht auf, das nicht abgemildert wurde durch den Jugendliebreiz des rundlichen Mädchengesichts und auch nicht durch die Begrüßung der braunlockigen schlanken Mutter neben ihr, die von ihrem Buch aufsah und ihm freundlich zunickte. Er grüßte mit zusammengezogenen Augenbrauen kurz zurück, presste die Lippen aufeinander und fummelte seine Ohropax aus der Umhängetasche hervor. Er schottete sich ab.

Der Zug ließ Stadt, Vororte, Einkaufscenter, Dörfer und versprengte Gehöfte hinter sich. Die Stöpsel im Gehörgang funktionierten, Herr Merse träumte vor sich hin. Er schaute aus dem Fenster in die flache leere Marschlandschaft. Gar nicht so lange, dann würde der Nord-Ostsee-Kanal kommen. Er kannte die Strecke seit seiner Kindheit.

Draußen leer, drinnen voll, dachte er. Vor seinem inneren Auge zog das Abschlussvorspiel seiner Hornklasse vorbei, die Eltern mit ihrem Lob, ihren Fragen, ihren guten Wünschen für seinen Urlaub. Sie hatten hinterher noch beisammen gesessen beim Griechen. Die Rede war auf die Präsidentenwahl gekommen, Gesine Schwan oder noch mal Köhler? Herr Merse hatte nichts dazu gesagt, weil er als Musiker meinte, sich aus Politischem heraushalten zu müssen. Dagmar hatte das natürlich nie daran gehindert, überall alles zu kommentieren: »Barenboim ist auch politisch aktiv. Guck dir sein Ost-West-Orchester an.« Mein Gott, Barenboim. Er jedenfalls nicht. Schwan oder Köhler. Ihm war es egal.

Früher hatte Herr Merse mit Nachnamen Schwan geheißen. Er hasste den Namen, Anlass unzähliger Hänseleien. Entweder hatten die Mitschüler den Namen zu »Schwanz« ergänzt, oder er wurde mit Augenaufschlag im schwulen Bogenschwung intoniert: »Schwaaaaan«. Mit der Behandlung der Oper »Lohengrin« im Leistungskurs Musik wurde eine Negativklimax erreicht: Der amerikanische Austauschschüler sprach naiv von Neuschwanzig statt von Neuschwanstein, als König Ludwigs Wagnerverehrung durchgenommen wurde. Der Lehrer hatte das aufgegriffen und gesagt: »Ok, wir wollen die Kursfahrt nach Neuschwanzig machen, und den Schwan bringen wir mit ...« Es wurde unter »Lehrersprüche« in der Schülerzeitung abgedruckt.

Wahrscheinlich hatte Gesine Schwan als Frau mit all diesen Dingen nichts zu tun und konnte in »Lohengrin« oder im »Karneval der Tiere« den musikalischen Auftritt des Schwans genießen. Für Frauen war der Name einfach unproblematisch. Als Dagmar und er über ihre Heirat nachgedacht hatten, wollte sie sogar unbedingt seinen Namen annehmen, er hatte aber auf ihrem neutralen »Merse« beharrt. Es war ihr erster Streit gewesen. Sie hätte sich gern mit seinem Namen »verbessert«, wie sie sagte, da sie »Merse« wie eine Bestätigung eines farblosen Äußeren erlebte. Aber Herr Merse, damals Schwan, hatte sie überzeugt, dass dreimal a in »Dagmar Schwan« ein a zu viel sei. Zweimal a, zweimal e, damit stehe sie ausgeglichen in der Welt. Zwei dunkle, zwei helle Vokale. Wie Nacht und Tag. Er hatte eine seltene Beredsamkeit entwickelt, wie später kaum jemals wieder. Dagmar argumentierte, »Schwan« passe besser zu seinem Vornamen. Ingo. I o a. Es klinge abwechslungsreich. Bei ihr nicht. »Zweimal a und zweimal e, langweilig wie weißer Schnee«, reimte sie. Sie reimte gern. Aber Ingo blieb hart, und Dagmar gab schließlich nach. Es blieb unklar, ob sie einlenkte, weil er ihr von den Hänseleien erzählt oder sie mit seinem Klangargument überzeugt hatte.

Durch den Federstrich des Standesbeamten – der ihn von Mann zu Mann halblaut fragte: »Wollen Sie das wirklich?« – verwandelte sich Ingo Schwan in Ingo Merse. Es war für ihn der Höhepunkt der Hochzeit gewesen. Er hüllte sich glücklich in den neuen Namen wie in das blaue Tuch einer Schutzmantelmadonna. Die Lästigkeit, bei Behörden, Banken und Versicherungen die Namensänderung amtlich zu machen, nahm er geduldig hin. Barbara hatte ihn entgeistert gefragt, ob er noch bei Trost sei, den eigenen Namen abzugeben. »Häär Määääse«, äffte sie und gab dem Vokal durch dehnende Übertreibung die helle, oberton- und seelenlose Flachheit, die der Hamburger Dialekt aus ihrem Mund annehmen konnte und die sie noch dadurch unterstrich, dass sie die r-Konsonanten nur andeutete. Als er versuchte, ihr seine Entscheidungsgründe darzulegen, hörte sie nur halb zu und begann einen Singsang: »Määäse, Määäse, hast ein' anner Fäääääse …«

Husum.

Bei Husum gab es einen Krokuspark. Im März färbte

es sich, intensiviert durch Traubenhyazinthen, leuchtend blaulila um dicke, kahle Buchenstämme. Herr Merse war letztes Frühjahr auf einer Tagung des Musiklehrerverbandes in Husum gewesen, man machte einen Ausflug in den Park. Die Farbe des Blumenteppichs hatte ihn an die weiten Tücher erinnert, die manche Gestalten seiner Kinderbibel faltenreich umhüllten. Petrus zum Beispiel. Wie Petrus blaugraulila gewandet auf dem grünen Meer einherschritt und mit einem Bein schon halb eingesunken war und wie er zu Jesus hin die Arme ausstreckte. Herr Merse war vorsichtig und freudig berauscht durch den Park wie durch einen Götterhain geschritten. Barbara schickte er eine Postkarte: »Blaue Grüße aus Husum. Dein Ingo.« Sie hatte die Karte in der Küche aufgehängt. »Gut, dass du jetzt endlich allein was unternimmst und auch mal wieder einen trinkst«, sagte sie, und beim Wiedersehen erkundigte sie sich nach dem Frauenanteil bei den Tagungsteilnehmern.

Niebüll. Die letzte Station vor der Insel.

Er wartete ungeduldig auf den Hindenburgdamm, der das Festland mit der Insel verband. War der Damm erreicht, begannen die Ferien. Als er sechsjährig erstmals über den Damm fuhr, war Ebbe gewesen. Er hatte nur den graubeigen Boden mit den Wasserrückständen gesehen und gestaunt: »Wieso ist hier Wasser in der Wüste?« »Das ist keine Wüste, sondern Watt.« »Wat?«, fragte er zurück. Er verstand nicht. »Wat denn dat denn?«, zog ihn Barbara auf. »Wat denn dat denn: Watt?«, hätte er fragen sollen.

Dann wäre er auch mal witzig gewesen, nicht immer nur Barbara. Aber er stellte selten Fragen. Die Eltern hatten damals die Fenster aufgemacht: »Riechst du das Watt?« In seine traurige Ratlosigkeit hinein roch er erstmals das Wattenmeer. Bald darauf die offene See. Seither machte ihn der Geruch glücklich.

Ob wohl heute Ebbe oder Flut war? Er schien den Jungen neben sich mit seiner unterdrückten Aufregung anzustecken. Der Junge schaute auch zum Fenster hinaus. Dabei knabberte er verwinkelte Gänge in einen sehr grünen, harten Apfel. Alles gerät ihm zum Labyrinth, dachte Herr Merse.

Der Zug verließ schon die Marschwiesen, sie waren auf dem Damm. Es war Flut. Ein grau melierter Himmel lag wie ein Seidentuch über einer anthrazit gewellten, weiten Wasserfläche. Von der Insel aus leuchtete ihm das weiße Kliff von Braderup entgegen. Unwillkürlich hob er die Arme, um das Fenster aufzureißen, aber das ging nicht. Es fehlte ein Quergriff zum Herunterziehen des Fensters. Früher stand auf einem weißen schmalen Emailleschild in vier Sprachen die Aufforderung, sich nicht aus dem geöffneten Fenster zu lehnen. Er hatte sie als Kind auf der langen Fahrt wieder und wieder gelesen und vor sich hin gemurmelt wie eine Melodie. Am schönsten war das Italienische: È pericoloso sporgersi. Hier aber war kein Griff, kein Schild.

Der Junge guckte ihn erstaunt an, weil er die Bewegung

wahrgenommen hatte, die ins Leere lief. »Schade, dass man es so nicht riechen kann«, sagte Herr Merse wie zur Erklärung.

»Riechen?«, fragte die Mutter der beiden und sah ihn direkt an mit leuchtenden, braunen, durch fein gezeichneten Mascarastift hervorgehobenen Augen.

»Das Glück«, sagte Herr Merse und merkte mit augenblicklicher Bestürzung, dass er sich in diese Augen hinein versprochen hatte. Er lief rot an. »Das Meer«, sagte er. »Das Meer. Früher gingen die Fenster auf. Dann konnte man Seeluft riechen und sich freuen.« »Ja, blöd, diese modernen Züge«, stimmte die Frau zu.

Herr Merse nickte erleichtert. Das Mädchen hatte nicht zugehört und wackelte mit dem Kopf im Takt ihrer Musik. Der Junge sah Herrn Merse wortlos an und schaute weg, als dieser ihn, um seine Verwirrung zu verbergen, aus Höflichkeit fragte, wo es denn hingehe. Schweigend schauten sie beide danach aus dem linken Fenster, wo sich als graue ferne Köttel die Halligen und als länglicher Bauklotz Amrum vor dem Horizont abzeichneten.

* * *

Am Bahnhof in Westerland driftete alles mit Sack und Pack auseinander. Herr Merse nahm den Bus nach Wenningstedt, ging, vom Duft der überall auf den Feldsteinwällen blühenden Heckenrosen beglückt, über die Straße die kurze Strecke zum Bunker, wie er Barbaras Wohnanlage nannte, und stellte sein Gepäck in dem Apartment ab. Es war alles, wie er es kannte: Der Blick aus dem Fenster zeigte die zum Schullandheim gehörende Wiese mit den Sportgeräten und dem Fußballplatz, drinnen stand das Doppelbett in einer Nische, vor dem Fenster die Couch mit dem ovalen Couchtisch, auf dem zwei Beutel mit Go-Steinen lagen, diesseits des Glasovals ein Sessel, in der Ecke der Fernseher, an die Kochnische anschließend ein ausziehbarer Esstisch mit zwei Stühlen. Er würde sich später einrichten. Jetzt zum Kliff!

Rasch ging er mit seinen lang ausholenden Schritten am Haupthaus des Schullandheims vorbei. Er nahm nicht den direkten Weg zur Promenade, wo es von Menschen wimmelte, die an dem unvermeidlichen Fisch-Gosch vorbei die breiten Holztreppen zum Strand hinuntertrabten, sondern wählte den nördlicheren Zugang von einer der neu erbauten, feinen Siedlungen aus. Hinter den reetgedeckten Häusern stieg der Weg zwischen Heckenrosen und Strandhafer an. Herr Merse lief mit der Ungeduld des sechsjährigen Ingo, dem nach der »Watt«-Enttäuschung das »offene Meer« verheißungsvoll in Aussicht gestellt worden war. Tief atmend, gelangte er auf den Holzbohlenweg, der oben auf dem Kliff parallel zum Meer verlief und in die Strandtreppe mündete. Unter und vor ihm erstreckte sich wie in einem riesigen Amphitheater das grandiose Strand-Meer-Himmel-Panorama, das sich nach rechts, links und vorn ins Unendliche ausdehnte. Er starrte auf das Meer mit den langsam und rhythmisch heranrollenden Wellen. Das Brandungsrauschen und der Wind hüllten ihn in Altvertrautes ein. Das blieb also. Mit der Salzluft sog er den trockenen Duft des Strandhafers ein, in den sich, wenn Fußgänger nah an ihm vorbeikamen, ein Hauch verschiedener Sonnencremes mischte. Herr Merse liebte von früher her den Geruch von Delial, einer Sonnenmilch in orangefarbener Flasche, auf der sehr schlanke braune Frauen in elegant-fröhlicher Haltung abgebildet waren.

Versunken zog er Schuhe und Strümpfe aus und stieg die breite Treppe hinab. Unter den Fußsohlen spürte er die geriffelten Tropenholzbretter. Die Treppe mündete am Korbverleih, dahinter befand sich die Rettungsstation mit den flatternden Badeerlaubnis-Wimpeln. Das Kliff fiel sanfter ab als in seiner Erinnerung und war sorgfältig durch Anpflanzungen vor Aushöhlung durch Sturmfluten geschützt. Früher hatte das Kliff schroffer, gelber und lehmiger dagestanden, unregelmäßig von oben nach unten durchfurcht von Wasserrinnsalen, vor deren schmal mäandernden Bahnen er oft grübelnd gestanden hatte.

Er stapfte über den breiten Sandstrand nach vorn. Am Meer blieb er stehen. Die Wellen rollten in langen, parallelen, manchmal auch schrägen Reihen heran und türmten sich mehrfach übereinander; manchmal kamen die Wellenreihen vierfach geschichtet auf ihn zu. Dass Wasser auf Wasser lief! Die einzelnen Wellen bauten sich rund und wogend auf, erreichten ihre naturgegebene Höhe, brachen rauschend und prasselnd. Das weißgischtige Wasser lief flach aus, leckte den Strand feucht, hinterließ kranzartige dunkle Ränder und wurde auf unsichtbaren Befehl vom Meer zurückgesogen. Er breitete die Arme aus und stand still da, das Gesicht im Wind. Hinter seinem Rücken kreuzten Stimmen von Badegästen hin und her. Die Brandung war aber so laut, dass man nichts verstand. Gott sei Dank. Eine drahtige Frau trat neben ihm bis zu den Knöcheln ins Wasser und wusch den Sand aus ihrem schwarzen Badeanzug. Auf ihren muskulösen Waden zeigte sich Gänsehaut. Es war kein warmer Spätnachmittag.

Herr Merse stand unverwandt, den Blick auf die bewegte, graugrüne Fläche mit der scharfen waagerechten Horizontlinie gerichtet. Ihm fielen Eichendorff-Zeilen ein. Schumanns Eichendorff-Vertonungen waren kürzlich Bestandteil eines Musikschulvorspiels gewesen, an dem auch seine »Hornissen« teilgenommen hatten. Die Lieder, von einem noch sehr jungen Mädchen schlicht vorgesungen, hatten ihn aufgewühlt. Zu Hause hatte er nach dem Vorspiel seine alte Gedichtsammlung aus der Schulzeit hervorgezogen und sich in Eichendorff-Texte vertieft. Er sprach die Liedzeilen als Sylt-Variation laut in den Wind: »Ich steh in Meeresbrausen / Wie an des Lebens Rand …« Bei dem Schlesier Eichendorff stand natürlich »Waldes Schatten«, was hier nicht passte. Die sportliche Frau warf ihm einen verwunderten Blick zu und schlenkerte den Badeanzug, dass einzelne Tropfen ihn bespritzten. Herr Merse schaute an sich herunter. Neben seinen Füßen lag ein weißlicher Gischtballen. Die Schaumreste zitterten. Jetzt bin ich angekommen, dachte er.

Und nun?

Er schlenderte Richtung Kampen. Hier begann der FKK-Strand, dann kam der Hundestrand. Früher hatten da keine Strandkörbe gestanden, jetzt aber lagen hier die Nackten auch in Körben. Allerdings waren sie wegen des Windes und der mäßigen Temperatur in Decken gehüllt und hielten nur ihre braunen Gesichter in die schräger einfallende, ab und an unter Wolken hervorkommende Sonne. Hoffentlich bleibt das Wetter so, dachte Herr Merse. Es war ihm gerade recht. Bevor er den Strand verließ, ging er beim Korbverleih vorbei und mietete für vier Wochen die Nummer 1423. Das gönnte er sich. Einen geflochtenen, nummerierten weiß-blauen Kokon.

Am Abend ging er essen, um seinen ersten Ferientag zu feiern, aber schwor sich nach dem wässrigen Fisch, Restaurants in Zukunft zu meiden. Von jetzt ab würde er kochen. Er machte Pläne, wie er die Tage verbringen wollte: Morgens joggen am Strand, danach die Zeitung holen und ausgiebig frühstücken. Dann, wenn die anderen zum Strand gingen, üben. Herr Merse hatte einiges an Noten mit: vor allem das Brahms'sche Horntrio, dann Wagner, das Englisch-Horn-Solo aus dem dritten Akt von »Tristan und Isolde« (»Tristan und die Olle« laut Dagmar) in einer Bearbeitung für Horn, sein geheimes »Lebensstück«, und noch etwas Modernes für eine kleine Mugge auf dem Schleswig-Holstein-Festival. Nach dem Üben an den Strand mit einem Picknickkorb. Mit dem »Mann ohne Eigenschaften«. Baden. Lesen. Essen. Zwischendurch einkaufen. Vielleicht mit Leuten um seinen Strandkorb herum bekannt werden und hier und da klönen. Abends kochen. Ja. Und dann? Noch mal spazieren gehen, noch mal ans Meer. Es blieb ja lange hell. Er würde klarkommen. Die Luft machte müde. »Meer macht müde«, hörte er seinen Vater. Ja. Er könnte es wagen, die Tabletten langsam abzusetzen.

Die Tabletten abzusetzen, sich »auszuschleichen«, war Herrn Merses Urlaubsprojekt neben dem »Mann ohne Eigenschaften« und dem Horntrio. Als Dagmar ihn mit ihrem »zweimal Blech« vor vollendete Tatsachen gestellt hatte, war er tagelang herumgeirrt, hatte weder geschlafen noch gegessen, sich mit bohrenden Fragen ausgehöhlt und mit schneidender Selbstverachtung verhöhnt. Er ging nicht mehr zur Arbeit, bestellte alle Schüler ab. Die neue Wohnung war eine reine Bleibe und sah auch so aus. Er konnte nicht allein sein. Er musste reden, reden, reden. Monoton wälzte er dieselben Fragen: »Wieso habe ich es nicht gemerkt?« »Was fehlte ihr?« »Wie kann ich sie wieder umstimmen?« Er saß die Nachmittage und Abende über bei Barbara, die ihn erst aus Mitleid ermuntert hatte, zu ihr zu kommen, aber bald genervt reagierte und ihn zu einem Neurologen drängte, ihn schließlich persönlich zu einem brachte (»schleppte«). Dort wurden ihm erst Tranquilizer verschrieben, dann, als die nichts bewirkten, Antidepressiva. Dazu Schlafmittel. Er hatte alles wortlos akzeptiert, aber unzuverlässig eingenommen, war bedröhnt vor ein Auto getaumelt, das noch rechtzeitig einen Schlenker um ihn machte. Zufällig war der Fahrer »vom Fach«, wie er selbst sagte, ein Psychiatriepfleger, der Herrn Merse im ersten Moment beschimpfte, dann seinen Zustand erfasste, freundlich-professionell auf ihn einredete und ihn ohne Weiteres davon überzeugte, dass er in einer Klinik besser aufgehoben sei. Herr Merse sagte nicht Ja, nicht Nein. Der Pfleger nahm ihn einfach mit.

Tatsächlich brachte die Klinik Abstand. Die Medikamentierung wurde passender auf ihn eingestellt, die Einnahme überwacht, er aß, was ihm vorgesetzt wurde. In Gesprächen stand zu seinem großen Staunen er im Mittelpunkt, man wollte etwas von ihm wissen, das er selbst nicht wusste, und Dagmar war nicht da, an der er sich orientieren konnte. Aber die Gespräche halfen ihm nicht. Weil er Dagmars Abwendung eben nicht verstand. Besser war die Musiktherapie. Herr Merse war Teil einer Gruppe, die aus acht Patienten bestand. Er war aber hier nicht »zuständig« wie sonst immer. Er leitete gar nichts an. Er hatte sein Horn nicht dabei und stellte sich als Grundschullehrer vor, der Blockflöte unterrichtete. Er hatte vorher bemerkt, dass keine Blockflöten als Instrumente zur Verfügung standen. Er benutzte ausschließlich Trommeln und Schlagwerk. Am liebsten saß er still dabei. Er nahm in sich auf, was die anderen an Tönen und Geräuschen hervorbrachten, und wenn die Musiktherapeutin sich ihm zuwandte, schwieg er beharrlich. Weil sie ihm leidtat, erklärte er ihr einmal angestrengt: »Ich bin der Klangstaubsauger. Sauge alles auf. Und irgendwann bin ich voll. Und platze. Aber jetzt noch nicht.« Die Therapeutin setzte viel daran, ihn zum »Platzen« zu bringen, aber es gelang nicht. Er tröstete sie: »Diese Klänge füllen mich nun aus, und damit vertreiben sie das, was vorher war, das Gedankenmühlrad und den Schmerz.« Er lächelte sie aus seinem schmalen Gesicht heraus an, er hatte abgenommen. Sie stimmte ihm schließlich zu, dass Klangstaubsaugen für ihn ein Fortschritt war.

Nach der Klinik hatte Herr Merse wieder mit dem Arbeiten angefangen, eine ihm dringend ans Herz gelegte Psychotherapie jedoch abgelehnt. Mit Dagmar zusammen hatte er Paargespräche machen wollen, aber Dagmar lehnte so etwas strikt ab. Sie brauche keinen »Seelenklempner«. Er hatte in der Klinik gelernt, sich »mit anderem« aufzufüllen, und das reichte ihm. Die Tabletten nahm er weiter ein, sie halfen, Erinnerungen und Fragen fernzuhalten. In den Unterrichtsstunden war er ganz da, mehr als früher; er nahm den Unterricht sehr wichtig, denn hier fand nun sein Leben statt. Zu neuen Freundschaften oder Beziehungen hatte er keine Lust. Barbara hatte allerlei versucht, um ihn »unter Leute« (sie meinte natürlich: an eine neue Frau) zu bringen, aber er blieb zurückgezogen, las, schaute fern, surfte manchmal in Pornoseiten, schlief viel.

Nur durch gelegentliches Muggen traf er auf neue Menschen. Auch auf Frauen.

Bei seinem letzten größeren Aushilfsjob bei den Hamburger Symphonikern hatte er eine sehr junge Geigerin kennengelernt, Yvonne, die ihn fragte, ob er den Hornpart im Brahms-Trio übernähme. Die Anfrage der schüchternen jungen Frau hatte ihn tagelang in Unruhe versetzt. Er erhöhte die Tablettendosis. War er als Hornist oder als Mann gemeint? Er hatte sich Bedenkzeit ausgebeten, indem er vorsichtig ausgebucht tat, und sagte schließlich, da es erst im Sommer des nächsten Jahres sein sollte, zögernd zu. Als Herr Merse das Aufleuchten in Yvonnes graublauen Augen wahrnahm, fasste er augenblicklich den Entschluss, von den Tabletten wegzukommen. Der Neurologe war überrascht gewesen und hatte ihn noch einmal ermahnt, doch eine Psychotherapie aufzunehmen, um bei der schwierigen »Entwöhnung« eine Begleitung zu haben, aber Herr Merse wollte es allein versuchen: »Hilfe erdrückt mich.« »Ich nenne es Begleitung, nicht Hilfe«, hatte der Neurologe erwidert, und Herr Merse hatte ihm daraufhin von einem Pianisten erzählt, der an der Hochschule als Begleiter für die Hornisten und andere Bläser zuständig gewesen war und von dem er sich als Student angetrieben, erdrückt und heruntergemacht gefühlt hatte. Drei Jahre lang. »So ein Begleiter verdirbt einem alles«, sagte er. Der Neurologe zuckte die Achseln. »Es gibt auch gute Begleiter. Aufbauende. Verständnisvolle. Aber wenn Sie nicht wollen …« Er machte sich einen Vermerk und bestellte ihn für nach den Ferien ein: »Mal sehen, wie's Ihnen ergangen ist. So einfach ist das nicht.« Er schaute in den Computer. »Sie haben die Tabletten fast drei Jahre lang eingenommen.«

Herrn Merses Dosis bestand aus zwei Tabletten am Abend und einer am Morgen. Die abendlichen dämpften und beruhigten, die morgendliche schob an. Er beschloss, sehr langsam vorzugehen. Der Neurologe schien ihm zwar nichts zuzutrauen, aber er würde es versuchen. Eben schleichend. Vielleicht würde er dann gar nichts merken. Die Zeit heilt doch auch, dachte er. Er schnitt von der zweiten abendlichen Tablette ein Drittel ab. Also ein Zweidrittel heute. Klimawechsel. Reizklima. Trotzdem nagte die Angst an ihm, nicht einschlafen zu können. Ich muss doch am nächsten Tag nicht funktionieren, dachte er. Kann doch 'ne Weile wach liegen. Falls Gedankenqualen kämen, dann wäre noch SB als Einschlafhilfe möglich. SB war sein Kürzel für »Selbstbedienung«, wie er die Selbstbefriedigung für sich nannte. Er empfand seine Schlafstörungen als Makel. Dagmar hatte prächtig geschlafen, sogar geschnarcht. Das hatte ihn nicht gestört, im Gegenteil. Wenn er ihrem Schnarchen zugehört hatte, war er oft in eine weiche, leicht hypnotisierte Stimmung geraten und seinerseits eingeschlafen. Er legte sich auf die Seite und stellte sich Dagmars Schnarchen vor. Als harmonisch anflutendes und abebbendes Geräusch, hin und her, nicht zu laut, gleichmäßig wie das Meer …

Dienstag

Ein lautes Gepladder weckte Herrn Merse am Morgen. Regen schlug gegen die Scheiben. Trotzdem stand er auf und zog sich zum Joggen an, das hatte er geplant, das würde ihm guttun, das setzte er um. »Was würde Ihnen denn guttun?«, war die Hauptfrage der Musiktherapeutin gewesen. Eine Frage, auf die keiner im Kurs leicht eine Antwort fand. Eine dicke Schneiderin, die jeden so treuherzig wie eindringlich mit immergleicher Energie fragte: »Ich bin doch nicht schuld, oder?«, hatte der Therapeutin einfach mit ihrer Frage geantwortet: »Bin ich denn schuld?« Sinnlos. Herr Merse wollte aber die Frage nach dem Guttun ab jetzt übernehmen. Tabletten absetzen würde ihm guttun. Das Horntrio würde ihm guttun. Joggen jetzt würde ihm guttun.

Es war kühl. Einzelne Badegäste im Regenzeug (Dagmar: »Friesennerz«) gingen Brötchen holen. Der Strand unten dehnte sich endlos im Ebbezustand. Es waren nur wenige Jogger unterwegs. Er legte los. Es war angenehm, weil er dadurch das Frösteln überwand. Er fröstelte schnell (»Frostbeule«). Die Füße stampften auf dem feuchten kühlen Sand. Ab und an trat er auf braunschwarzen Blasentang. Einige trocken gebliebene Blasen explodierten unter den Füßen mit Kracksgeräuschen, Muscheln und grobkörniger Sand gruben sich in die Fußsohlen. Er überlegte, ob es besser wäre, am Strand in Turnschuhen zu laufen (»Joggingschuhen«). Weiter. Er hasste die immer einschießenden Dagmar-Formulierungen und lief gegen das Denken in seinem Kopf an. Der Wind trieb ihm den Regen ins Gesicht, er lief bis zum roten Kliff, drehte um und stampfte zurück. Er war ausdauernd mit seiner Hornistenlunge, er liebte es zu spüren, wie ihm die Luft geräuschvoll aus dem Mund strömte. Mit Lippenblabbern. Er ließ gern die Lippen blabbern. Früher auch mit Dagmar zusammen. Sie konnte es länger als er, hatte mehr Luft. »Du hast mehr Lust als Luft!«, hatte Dagmar oft gesagt. Er hatte das nicht ernst genommen. Nur so als Wortwitz aufgefasst. Was für ein Fehler. Er ackerte die Treppe am Kliff hoch, dann weiter zum Bäcker und im Laufschritt mit den Brötchen zur Wohnung zurück.

Zufrieden schnaufend stellte er sich unter die Dusche. Dabei berührte er mit seiner feucht geschwitzten Haut den Duschvorhang, der an ihm kleben blieb. Er hasste den Duschvorhang in Barbaras Wohnung. Er war beige mit grünen, stilisierten Fischen, die zackig-dreieckige Schwänze hatten, und erinnerte ihn an den im Film »Psycho«, wo man sah, wie Blut dick und dunkelrot von der Dusche aus den Fliesenfußboden entlanglief und sich zu einer Lache ausbreitete. Er wusste nicht mehr, wer dort ermordet wurde, aber er erinnerte sich an das entsetzte Gesicht von Anthony Perkins, von dem er fand, dass er ihm etwas ähnlich sehe (»Das möchtest du wohl!«). Hatte Perkins auf das Blut geschaut? Oder selber geblutet? Oder die Mutter? Aber das konnte nicht sein, denn saß die nicht tot im Schaukelstuhl? Vor seinem inneren Auge schaukelte eine mumienhaft ausgetrocknete alte Frau mit glanzlosem, verschliertem Blick hin und her. Das Bild rührte in Herrn Merse ähnliche Gefühle auf wie die Zeilen »Ein Knie geht einsam durch die Welt / Es ist ein Knie, sonst nichts«, mit dem ihm Barbara früher Angst gemacht hatte. Er war oft zu ihr ins Bett gekrochen, um nicht allein zu sein. Sie spulte dann endlos Geschichten, Gedichte und Märchen aus sich hervor, und es war heimelig. Andere Male aber raunte sie mit rauchig erregter Stimme leise an seinem Ohr Verstörendes wie: »Verdaustig war's, und glasse Wieben / rotterten gorkicht im Gemank …«, bis er schrie und schrie …

Herr Merse goss sich etwas zu heftig Tee in den Becher mit rotem Leuchtturm auf der einen und dem Namenszug »Ingo« auf der anderen Seite. Ein Geschenk von Barbara. Er wischte die Tropfen schnell vom Tisch. Und jetzt tatsächlich nur eine halbe Morgentablette? Nein, besser zwei volle Tage nach jeder Veränderung verstreichen lassen. Er war beim Duschen abgedriftet. Da war was hochgekommen. Da schluckte er doch lieber wie gehabt die ganze Tablette. Und am Abend die gestrige Dosis von einer Tablette plus zwei Dritteln. Das wäre Ausschleichen.

Wie den Tag fortsetzen? Das Buch? Oder gleich üben oder erst mal ausgiebig in die Zeitung gucken? Herr Merse verspürte Leere. Bevor sie sich wie die Blutlache auf dem Badezimmerboden in ihm ausbreiten konnte, griff er zur Zeitung. Grübeln tat nicht gut, dagegen half die Zeitung. Üben konnte er noch nicht, denn bei diesem Regen würden viele Leute länger im Haus bleiben, und die wollte er nicht stören (»mit deinem Getröte«). Zu dem Mann ohne Eigenschaften hatte er keine Lust. Er ärgerte sich inzwischen, dass er das Buch überhaupt mitgenommen hatte. Ohne Eigenschaften. Gab es das, einen Menschen ohne Eigenschaften? War sicher von Musil provokant gemeint. Wahrscheinlich hatte der Mann ohne Eigenschaften in Wahrheit sehr viele Eigenschaften, die aber für andere unsichtbar blieben, weil er sie nicht zeigte. Oder die ihm durch einen Schicksalsschlag abhandengekommen waren – aber gab es so etwas überhaupt?

Vielleicht war es Musils Eigenart, den Leser auf eine falsche Fährte zu führen. »Eigenschaften« – das hörte sich neutraler an als »Eigenarten«. Eigenarten – das spielte ja schon ins Negative. Eigenarten von Dirigenten zum Beispiel, von Sängern. Da konnte er einiges anführen. Er hatte von einer Sängerin gehört, die darauf bestand, dass vor ihrem Auftritt der Weg vom Künstlerzimmer zu ihrem Platz auf der Bühne feucht aufgewischt wurde. Das war eigenartig. Eigenschaften waren positiv: Treue. Fleiß. Wahrhaftigkeit. Zurückhaltung. Ausdrucksstärke. Er selbst würde sich als fleißig, zurückhaltend, treu, wahrhaftig, aber nicht unbedingt als ausdrucksstark bezeichnen. Als Mann mit Ausdruckswillen. »Mann mit Ausdruckswillen« klang ja schon anders als »Mann ohne Eigenschaften«. Ausdrucksstark war er allerdings nur mit dem Horn. Er seufzte. Und nur in Sternstunden. Nie ohne Horn. Keinesfalls im Gespräch. Er war schweigsam. Er war langsam. Fad. Er dackelte hinter den Ereignissen her, jetzt hier auf Sylt dackelte er seinen Tagesablauf ab. Lag es an den Tabletten? Manchmal verlor Herr Merse jede Erinnerung daran, wie es mit Dagmar in Wirklichkeit gewesen war. Und wie er vor Dagmar gewesen war. Alles verlor sich im Ungefähren. Klar und deutlich blieb nur ihre Stimme. Ja. Er trug Dagmar im Ohr.

Er starrte aus dem Fenster. Hinten auf dem von Feldsteinwällen eingefassten Fußballplatz liefen Kinder hin und her.

Herr Merse erinnerte sich an die Szene, als er Dagmar zum ersten Mal gesehen hatte. Das war auf einem Tag der Hausmusik an seiner Schule gewesen, am Ende der elften Klasse. Den ersten Teil des Programms hatten Solostücke gebildet. Ganz junge Geigerinnen spielten Rieding und Vivaldi, am Klavier begleitet von ihren Müttern oder großen Schwestern. Dann sah und hörte man pubertierende Pianisten, die selbst komponierte Stücke rauschhaft laut vorspielten. Ingo hatte diese Jungen bewundert, wie sie beide Hände die Tastatur auf und ab schickten, die Augen schlossen, die Köpfe zurücklegten und sich hinterher mit abwesendem Blick kurz und ruckhaft verbeugten. Wie sie sich darboten! Und dann war Dagmar auf die Bühne getreten, die neue Schülerin. Klein und pummelig stand sie mit ihrer Flöte ganz allein da und begann das Solostück »Syrinx« von Débussy. Selbstsicher, die Flöte an ihren vollen Lippen wie festgewachsen; mit tanzenden, geschmeidigen Bewegungen und warmen Tönen zauberte sie die Geschichte vor sein inneres Auge, die seine Klasse gerade am Tag zuvor im Lateinunterricht durchgenommen hatte: Wie Pan als lüsterner Faun sich der Nymphe Syrinx nähert, wie sie vor ihm zum nahen Gewässer flieht und wie sie, als er sie packen, küssen, vergewaltigen will, sich in höchster Not in ein Schilfrohr verwandelt, so dass sein suchend vorgestreckter Mund unvermutet am Schilfstängel landet und ihm überraschend Flötentöne entlockt. Wie Pan dumm dastand – ein frustriert flötender Faun ohne Frau, ohne Sex, ohne alles.

Ingo hatte damals gebannt zugehört, wie Dagmar die Szene musikalisch ausmalte. Ohne Hemmungen. Vielleicht kannte sie die Geschichte der Nymphe gar nicht. Er wurde jedenfalls seit dem Tag der Hausmusik ihre Erscheinung nicht mehr los. Bald danach trat sie ins Schulorchester ein, und auf der ersten Orchesterfahrt kamen sie im Bus nebeneinander zu sitzen; Ingo Schwan, weil er keinen Freund hatte, Dagmar Merse, weil sie neu war. Sie brachten nur ein stockendes Gespräch zustande, das nach der Fahrt keine Fortsetzung erfuhr. Ingo war zu schüchtern. Obwohl Dagmar figürlich nichts von einer Nymphe an sich hatte, verband er die Faunszene vom ersten Moment an mit ihr. Er verschmolz Syrinx und Dagmar zu einer Figur. Zu seiner Geliebten, die er Darinx nannte. Sie hatte Dagmars Körper und seine, Ingos, Seele. Die Gefühle für sie veränderten sein Leben. Er weckte sich morgens eine Dreiviertelstunde früher als nötig, um zu tagträumen. Vor ihm floh Darinx nicht. Sie erwartete ihn am schilfbestandenen Ufer. In Hunderten Bildern malte sich Ingo aus, was sie für Bikinis oder Badeanzüge oder seidige, dünne Kleider anhatte, wie sie auf ihn zutrat, ihm durch Gesten andeutete, dass er ihr die Kleidung herunterziehen solle, wie er das tat, wie sie sich im warmen Sand nackt auf flauschigen großen Handtüchern aalten, wie sie es ersehnte, dass er sich ihr näherte, sie küsste, ihre weiche Haut mit Händen und Lippen selbstvergessen streichelte, wie sie auf, wie sie unter ihm lag, wie sie seinen stramm abstehenden Schwanz bewunderte, zu dem er bis dahin ein ambivalentes Verhältnis gehabt hatte aus Angst, durch eine Erektion aufzufallen; wie sie daran mit ihren Händen und ihrem Mund liebkosend auf und ab fuhr, wie sie sich mal stehend an einem Baum, mal liegend auf dem Rasen, mal huckepack im Wasser liebten und nicht ablassen konnten voneinander. In diesen Tagträumen war sie ihm dankbar, dass er immer konnte, war immer bereit, immer offen und feucht und weich, war nur für ihn da, ließ alles mit sich machen.

Da er nicht wusste, was man so alles machen konnte,

phantasierte er sich später den Faun hinzu; der lobte ihn von Mann zu Mann, gönnte ihm Darinx, bewunderte ihren Körper und gab ihm als erfahrener alter Liebhaber Tipps. Zum Beispiel wie er durch langsames Zungenspiel die Liebesantwort ihrer Brustwarzen erleben konnte, die sich in seinem Mund aufrichteten, was ihn bis zum Wahnsinn erregte und Darinx auch. Denn was ihn erregte, erregte auch sie. Alles, was Ingo je gehört, in Filmen gesehen, in Romanen gelesen, aus Gesprächen aufgeschnappt, auf Pornoseiten angeschaut hatte, probierte er am Schilfufer unter Anleitung des Fauns aus. Auch Darinx akzeptierte die Gegenwart des Fauns, sie liebte es, sich ihm nackt zu zeigen und bewundert, aber nicht bedrängt zu werden. Ohne den Faun war es für beide nicht so erfüllend. Mit ihm ideal. Jeden Morgen war er »am Ufer«, wie er es für sich nannte, bei langweiligen Proben und beim Einschlafen ebenso.

Es quälte ihn, dass er sich der wirklichen Dagmar nicht zu nähern wagte. Nur einmal in der gesamten restlichen Schulzeit hatte er sie gefragt, ob sie mit ihm in eine Aufführung des Schülertheaters gehen würde, aber sie hatte abgewunken. Er hörte aus der Absage das erwartete globale Nein zu seiner Person heraus und betrachtete es als berechtigte Strafe für seinen Kopfsex. Er traute sich Dagmar gegenüber nicht noch einmal hervor. Das Phantasieren mit Darinx aber konnte er nicht lassen.

Die tatsächliche Annäherung war schließlich von Dagmar ausgegangen, zwei Jahre später, als er schon auf der

Musikhochschule in Detmold war und sie sich als verunsichertes Erstsemester an ihn als einzigen Bekannten wendete, um ihn dieses und jenes zu fragen. Er konnte ihr nützlich sein und wurde ihr bald unentbehrlich, weil er gewissenhaft war (Eigenschaft?) und sie chaotisch (Eigenart!).

Herr Merse rief sich zur Ordnung. Er war erneut abgedriftet. Er wollte nicht an damals denken. Lag das an der Tablettenreduzierung? So schnell? Er faltete die Zeitung zusammen, die nicht gewirkt hatte, und holte das Horn aus dem Kasten.

Zum Einspielen eine Tonleiter. Er wollte mit dem ersten Satz beginnen. Vier Ferienwochen, das ergab eine Woche für jeden Satz. Und jedes Mal Passagen aus dem schnellen vertrackten Allegro. Ja, er brauchte einen Übeplan. Er hatte das Brahms'sche Horntrio nur ein einziges Mal aufgeführt; während des Studiums mit zwei Kommilitonen. Sein Hornlehrer hatte mit Bestimmtheit verkündet, er könne das Studium nicht abschließen, ohne es gespielt zu haben: »Dann bist du kein Hornist.« Herr Merse verschob und verschob es, weil er sich dem Stück nicht gewachsen fühlte. Technisch ja, aber menschlich nicht. Mit der unter Druck zustande gekommenen Aufführung war er nicht zufrieden. Trotz Lobs von allen Seiten, sogar von Dagmar. War er also kein richtiger Hornist?

Herr Merse fand die Hornistenidentität schwer fassbar und krisenanfällig. Eine Solokarriere entfiel für Hornisten.

Als Streicher etwa war man keinesfalls so ergänzungsbedürftig, man hatte die Wahl zwischen Orchesterstreicher, Kammermusiker oder Solist. Als Pianist war man entweder Begleiter oder Kammermusiker oder Solist oder Orchesterpianist. Pianisten waren mit ihrer Klangfülle sowieso nicht ergänzungsbedürftig, fand Herr Merse, und immer gefragt. Als Hornist dagegen war man entweder Teil des Orchesters und saß wegen vieler Pausen in den Stücken entsetzlich lange herum, andererseits trat man im Orchester auch solistisch hervor, da das Horn oft die zentralen Stellen hat. Und alle wissen, wie schwer das Einsetzen mit dem Horn ist. Wie es zum Kicksen neigt. Die seltenen schönen Hornpassagen bei Brahms oder Strauss – das waren die lohnenden Momente eines Hornistenlebens. Herr Merse breitete dann mit dem Horn seine Flügel aus. Der Klang, weich, dunkel, männlich, füllte den ganzen Raum. Den Weltenraum! Wenn Herr Merse gut drauf war, ergänzt und getragen vom Orchester, dann konnte er ausdrucksstark sein, hatte keine Ansatzprobleme, sein Horn verströmte einen vollen, kernig-warmen Ton. Die Kollegen nickten ihm dann mit den Augen zu. Aber das brauchte es nicht. Die Freude füllte ihn ganz aus. Kammermusik war eine andere Sache. Da wurde man als Hornist von bestehenden Formationen zum Mitspielen angefragt. Man gehörte nicht richtig dazu. Wurde dazugeholt und dann wieder weggeschickt. In der Kammermusik war man unausweichlich konfrontiert mit den Eigenschaften (-arten??)

der anderen. Und doch war Kammermusik das Ziel seiner Sehnsucht. Als Individuum dazugehören. Und wie die Insel Orplid ragte das Brahms'sche Horntrio an seinem Sehnsuchtshorizont auf. Und hierzu war er gefragt worden von Yvonne. Yvonne war anders. War sie wie er? Schauten ihre graublauen Augen auch nach Orplid?

Schon wieder abgeschweift. Zum Üben nun. Herr Merse bezweifelte plötzlich, ob die klare Einteilung – für jeden Satz eine Woche – angesichts des unterschiedlichen Schwierigkeitsgrads der Sätze sinnvoll war, und ärgerte sich, nicht vorher mit seinem alten Lehrer gesprochen zu haben. Jetzt stand er mit dem Anfangsthema da: Da da, da da da, da da da, da da da, da da da, da da da, da da da – daaaaaaaaaa summte er leise die Tonfolge vor sich hin, während er den Notenständer auseinanderzog. Er wollte die ersten Dreiergruppen als einen Bogen aufs Ziel hin denken. Wie aus der Ferne kommend, unaufhaltsam näher drängend. »Komm doch mal, komm doch mal, schau doch mal, schau doch mal, guck doch mal, guck doch mal, was fängst du aaaaaaaaaaaaaaaaaaaaan«, hatte Dagmar zu diesem Anfang geträllert. Sie hatte unzählige Variationen dieses blöden Verses erfunden: »Guck doch mal, guck doch mal, meiner ist lang«, oder: »Mutter kommt, Vater geht, Oma ist krank«, oder: »Peter nicht, Thomas nicht, keiner kommt ran.« Wie hatte er da überhaupt üben können? Zu dem göttlichen Thema der »Unvollendeten« sang Dagmar: »Ingo, wo gehste hin? Wo kommste her? Wann kommst wiedaaaa?« Wie hatte er es ÜBERHAUPT ausgehalten, wallte es plötzlich in ihm auf. Er ließ das Horn sinken. Wartete, bis das Gefühl abebbte. Dabei halfen die Tabletten. Das spürte er. Sie machten gleichgültig. Es wogte etwas durch ihn hindurch, und weg war es. Oder war er gleichmütig? Gleichmut sah er als Eigenschaft. Er würde ab jetzt seine Eigenschaften sammeln ...

Es klingelte.

Herr Merse fuhr zusammen, ging zur Tür und öffnete. Vor ihm stand die ältere Frau aus der Wohnung über ihm. Frau Neudecker. Sie bat ihn, das Blasen – sie sprach tatsächlich von Blasen – auf später zu verlegen, sie seien gestern erst angereist, ihr Mann sei krank, und ob er denn wirklich auch im Urlaub blasen müsse? Herr Merse wandte vorsichtig ein, er sei gezwungen, wegen eines wichtigen Engagements ein gewisses Übepensum zu absolvieren (geschraubt ausgedrückt, dachte er). Und fragte vor Anspannung überhöflich, wann es denn passen würde. »Heute gar nicht«, sagte Frau Neudecker, »solange mein Mann krank ist, gar nicht.« Herr Merse fragte, was er denn habe. »Vegetative Dystonie.« »Oh.« »Das ist ein stressbedingter Erschöpfungszustand.« »Aber einmal am Tag muss ich üben«, beharrte Herr Merse, als ihm klar wurde, dass so ein Zustand von Dauer sein konnte. Blöde Schreckschraube, dachte er ärgerlich in das belehrende Gesicht Frau Neudeckers hinein. (Siehste, Dagmar, direkt und aufrecht. Beharrlich. Eine Eigenschaft.) Frau Neudecker schlug vor, sie würden ihm Bescheid geben, wenn sie Spaziergänge unternähmen. »Aber ich kann doch nicht immer abwarten, wann es Ihnen passt!« Nach langem Hin und Her (Beharrlichkeit!) kamen sie zu einem »Agreement«, wie sich Frau Neudecker ausdrückte. Morgens nicht vor halb zwölf; abends nicht nach sieben. Herr Merse versicherte, um sie loszuwerden, damit leben zu können (Konsensfähigkeit. Eigenschaft!). Er stimmte auch zu, am heutigen Tag noch nicht zu üben, um Herrn Neudecker erst mal »in Ruhe ankommen« zu lassen (Großzügigkeit).

Als Frau Neudecker das Zimmer verlassen hatte und er ihre harten, entschiedenen Schritte auf der Treppe hörte, flammte Wut auf, dass er sich in ein solches »Agreement« hatte hineinzwängen lassen; aber ganz unlieb war es ihm nicht. Er hatte immer ein mulmiges Gefühl beim Üben in fremder Umgebung, weil er befürchtete, andere damit zu stören.

Es war halb elf. Der Urlaub fing schlecht an. Nichts gelesen, kaum geübt. Aber gejoggt. Ein paar Eigenschaften gesammelt. Unablässig fiel Regen. Er beschloss, mit dem Rad nach Westerland zu fahren und dort die Inselbücherei aufzusuchen. Als Junge war er oft dahin gewandert, um sich mit Stoff gegen die Ferienlangeweile einzudecken. Er könnte sich jetzt ein Buch über Brahms ausleihen. Vielleicht käme das Gespräch während der Proben auf Biographisches, da wollte er sich nicht blamieren vor Yvonne. Und außerdem konnte er noch ein paar Krimis gebrauchen, wenn das Wetter so bleiben sollte. Und ein anderes gutes Buch, damit er dem »Mann ohne Eigenschaften« nicht so ausgeliefert war.

* * *

Der Westerland-Entschluss tat ihm gut. In Regensachen gehüllt verließ er das Haus und zog Oskars Fahrrad aus dem Unterstand. Der Hinterreifen war platt und blieb auch nach dem Aufpumpen schlaff. Dry Sack. Er pumpte Barbaras Reifen auf, die blieben prall. Er ärgerte sich, weil der Sattel zu niedrig war und das Schutzblech klapperte. In der Reparaturtasche fand er keinen Schraubenschlüssel. Gut, dann fuhr er eben auf einem klappernden, zu niedrigen Damenfahrrad. Ritter der traurigen Gestalt. Bitte.

Als Kind war er auf schmalen Sandwegen mitten durch Heideflächen gelaufen, rechts die hohe Dünenkette, links in einiger Entfernung die Straße. Mittlerweile war alles geteert. Seine Eltern waren mit Barbara und ihm jede Ferien auf Sylt gewesen, da sein Vater als Lehrer in dem Schullandheim Ferienkinder betreute. Mit neun begann Ingo seine Wanderungen zur Westerländer Bücherei. In jenem Sommer war aus unklaren Gründen sein Knie angeschwollen, es hatte zweimal in der Nordseeklinik punktiert werden müssen. Die ganze Zeit war es in einen festen Verband gewickelt, und er durfte nicht baden. Er spielte beim Strandkorb seiner Mutter, während Barbara mit dem Vater und den Ferienkindern tobte. Er ließ sich bedauern, genoss aber heimlich den Schutzraum, den ihm sein Knie verschafft hatte, und verzierte die »Burg« seiner Eltern mit Muschelgirlanden. Einmal hatte er mitbekommen, wie seine Mutter, die stundenlang im Strandkorb saß und strickte, von einem Kollegen des Vaters besucht wurde, einem schwarzbraun gebrannten, mächtigen Mann mit krauser Matte auf der Brust, wie Ingo sie noch nie gesehen hatte. Dieser Mann setzte sich neben die Mutter und fragte, ob sie sich nicht langweile, allein im Strandkorb. Sie hatte so einsilbig geantwortet, dass Ingo sich wunderte, und dann hatte sie die Augenbrauen hochgezogen und mit dem Kopf zu ihm gedeutet. Er war eine Belastung für sie, hatte er daraus geschlossen. Sie war seinetwegen an den Strandkorb gekettet. Herr Merse musste trocken schlucken bei dieser Erinnerung und trat heftig in die Pedalen. An dem Tag hatte er seinen ersten Gang allein nach Westerland in die Inselbücherei gemacht.

Er radelte mit leisem Blechklappern den Weg entlang, der windgeschützt an neu erbauten Reetdachhäusern vorbeiführte, und reihte sich ein in den kontinuierlich fließenden Touristen-Fahrradstrom. Als die Häuser aufhörten, genoss er den Duft des Heidekrauts mit den schwarzblauen Beeren daran, die er als Kind gepflückt und in seinen kleinen Eimer getan hatte. Alles blühte: Holunderbüsche mit ihren weißen Tellern lockerten das Grün auf; einige Lupinen trugen zu ihren grünen Schoten an den Stängeln noch blaue und rote Blüten, und in großen Placken hatten sich

Je-länger-je-lieber-Ranken ausgebreitet mit ihrem duftenden Gelb und Rostrot. Je-länger-je-lieber, dachte er. War das eine Eigenschaft? Oder ein Problem? Fast kollidierte er mit einem Mountainbikefahrer, der ihm auf der falschen Seite entgegenkam. In Storm-Verfassung: »Kein Klang der aufgeregten Zeit / Drang je in diese Einsamkeit«, kam man auf diesem Weg nicht. Storm und Brahms. Früher hatte er die beiden ähnlich gefunden, zwei wortkarge Einsilber mit gewaltigen Bärten. Auch Brustmatten? Brahms klang nach Weite und Storm nach Sturm. »Ich meint es will sich was verkünden / und kann den Weg zu mir nicht finden.« War das auch Storm? Von innen oder von außen verkünden, das war hier die Frage. Ein nebeneinander radelndes Ehepaar mit Kindern auf den Sitzen drängte ihn an die Seite. Verkünden? Heutzutage bekam man Handybotschaften. Er hatte ein Handy mit Cembaloton. Den Ton hatte Dagmar ihm eingerichtet. Laut Dagmar hatte er sein Instrument verfehlt und hätte, »rank und schlank«, Cembalist werden sollen: »Wie der Mann, so der Ton.« Während er selber mit dem Cembaloklang wenig anfangen konnte. Zu metallisch. Außerdem war er kein Mensch, der Töne mit Händen hervorbringen wollte. Sie waren ihm zu weit entfernt vom Innersten. Der Mund war über die Luftröhre dagegen direkt mit dem Atemzentrum verbunden. Dem Sonnengeflecht. Dem Herz. »...und kann den Weg zu mir nicht finden.« Eine Botschaft von innen, dachte er. Für die man aber kein Ohr hat. Weil es nach außen lauscht.

Hinter ihm klingelte es. Ein junges Pärchen überholte ihn; der Junge sagte etwas zu dem Mädchen, und beide lachten. Sicher über den langen Mann auf dem Damenfahrrad, dachte Herr Merse und bewegte trotzig den Kopf. Die Kapuze flog nach hinten. »Kann den Weg zu mir nicht finden …« Wie ein Traum, den man vergisst. Seitdem er die Tabletten nahm, vergaß er alle Träume. Manchmal hielt er den Zipfel einer Traumerinnerung in der Hand, und wenn er sie näherziehen wollte, war sie weg.

Der Regen ließ nach. Er fuhr auf die wuchtigen Apartmentbunker Westerlands zu und passierte die Nordseeklinik, die jetzt eine Rehaeinrichtung war. Er hatte damals »zum Trost für das Knie« von seinem Vater ein kleines Flugzeug aus Plastik geschenkt bekommen. Roter Plastikleib, gelbe, sich im Wind schnell und mit ratterndem Geräusch drehende Flügel. Er hatte wieder und wieder versucht, dieses Ratterdings steigen zu lassen. Gegen den Wind laufend und die Plastikschnur lose gebend, genau wie man ihm gesagt hatte. Der Vogel war aber immer wieder auf den Sand gefallen. Das Rattern war dann schlagartig weg. Seine Mutter hatte ihn angewiesen, seine Flugversuche weiter entfernt von ihrer Sandburg anzustellen, es nerve. Er hatte aber Angst, sich weiter zu entfernen, weil er befürchtete, die Ferienkinder würden es ihm wegnehmen. So war es denn auch gekommen. Drei Jungs hatten es ihm aus den Händen gerissen und, als sie es auch nicht hochbekamen, an der total vertüdelten Leine hinter sich her durch das Wasser gezogen. Erst als sich Ingo weinend an seinen Vater wandte, ließen sie ab von diesem Spiel. Das Flugzeug lag als gestrandete, lahme Ente da, ein Flügel war herausgebrochen. Ingo hatte den Nachmittag hinter dem Strandkorb seiner Mutter damit verbracht, alles wieder zu richten. Er kriegte das Flugzeug tatsächlich repariert, sein Vater lobte ihn: »Der Junge hat Ausdauer« (Eigenschaft). Dann schauten ihm die Eltern zu, wie er versuchte, es zum Fliegen zu bringen, und das Unwahrscheinliche geschah: Er bekam das Flugzeug für kurze Zeit in die Luft, er gab mehr Leine, es flatterte und ratterte gelbrot über ihm …

Herr Merse lächelte unwillkürlich und schaute über die Dünenkette, über der hier und da anmutig und still bunte Lenkdrachen schwebten.

In der Inselbücherei fand er, was er wollte. Italienische Krimis, eine Theodor-Storm-Werkausgabe, das unvermeidliche Storm-Bartbild mit Pfeife auf dem Einband, und zu seinem Erstaunen zwei Bände über Brahms, einen Bildband und eine Biographie. Der Bildband überraschte Herrn Merse mit einem energischen Brahms-Foto, das den Komponisten als zirka Vierzigjährigen zeigte, bartlos; er hätte es niemals als Brahms-Porträt erkannt.

Zufrieden mit seinen Funden setzte er sich in einem Bistro in die Sonne und lachte, als der Wind wenig später aus der Milchschaumhaube der bauchigen Tasse eine schräge Mütze formte. Ein kleines Kind mit einem Eisbecher vor sich am Nebentisch lachte nicht mit. Es betrachtete Herrn

Merse mit Falten auf seiner Kinderstirn. Es sah so ernst aus, als wäre es mit den Falten schon geboren worden. Zu der Mutter gewendet, sagte es: »Unendlich ist, wenn viele Nullen da sind.« Die Mutter nickte, schabte ihre Cappuccinoreste zusammen und sagte dann: »Eine Null ist selbst unendlich. Sie fängt nicht an und hört nicht auf«, und malte dazu mit dem Zeigefinger eine Null in die Luft. Das Kind wiederholte unbeeindruckt Wort für Wort seine eigene Definition. Die Mutter stand auf und nahm das Kind an die Hand. »In sich selbst unendlich?«, fragte es und sah zur Mutter hoch. Beide Definitionen schienen sich hinter seiner faltigen Stirn zu der Vorstellung einer unendlichen Nullenvielfalt zu verbinden.

* * *

Der Nachmittag blieb sonnig. Herr Merse ging zu seinem Strandkorb, der nah am Kliff in einem Feld blau-weißer Körbe stand. Die Reduktion auf zwei Farben im Strandkorbwesen erinnerte ihn an Barbaras Go-Steine. Mühsam wuchtete Herr Merse sein Feriengehäuse in Richtung Sonne und Meer, damit er zwischen den anderen Körben hindurch auf das Wasser sehen konnte in der Illusion, das Meer für sich allein zu haben.

1423. Nach dem Eindruck, den das Kind mit seiner Unendlichkeitsphilosophie auf ihn gemacht hatte, wäre ihm ein Korb mit Nullen lieber gewesen. 1423. 1 – das war er. Er war ja allein (»single«). 4 – früher waren sie vier gewesen, zwei Kinder, zwei Eltern. 2 – Dagmar und er. 3 – außer Dreieinigkeit fiel ihm nichts ein. Merkwürdig. Was nun? Baden. Aber es war Ebbe. Herr Merse schaute auf den weiten Strand vor sich. Bei Ebbe durfte man nur auf eigene Gefahr baden, es konnte einen sonst hinausziehen. Er schaute auf die gelben Badewimpel, das Zeichen für: Achtung! Jetzt besser nicht baden! Eigentlich passte ihm das ganz gut. Er fühlte sich erschöpft. Er zog die Jeans aus, saß in T-Shirt und Boxershorts, die Dagmar noch für ihn ausgesucht hatte (»Die stehen dir! Die unterteilen dich.«), jägergrün mit Stockenten darauf. Er hatte es nicht über sich gebracht, sie wegzuwerfen, obwohl er neutrale Unterwäsche bevorzugte, aber so war er eben, ein Je-länger-je-lieber, und jetzt war er zu erledigt, um in die Badehose zu wechseln. Er legte sich zurück, so dass sein Kopf im Schatten blieb, und wollte im Register der Brahms-Bände nach dem Stichwort »Horntrio« schauen (»Hättste doch googeln können«, hörte er Dagmars Stimme. »Geht doch viel schneller.«)

Er ließ das Buch sinken und starrte aufs Meer. Und wenn? Wenn es ihn hinauszöge? Drei gleich zwei plus eins: Dagmar und Andreas und einer, der draußen bleibt. Er.

Ein paar Wochen nachdem er so vorauseilend und treudumm (Eigenschaften?!) ausgezogen war vor drei Jahren im Juni, war er abends spät in einem wütend-konfusen Drang zur Eppendorfer Wohnung geradelt. Er hatte sich, bevor er Dagmar wortlos beim Auszug seinen Schlüssel überreichte, einen Zweitschlüssel anfertigen lassen. Ohne klare Absicht.

Er war eine Weile vor den dunklen Wohnungsfenstern auf und ab gegangen und hatte den Schlüssel in der Hosentasche gespürt. Dann leise die Klinke heruntergedrückt. Es war abgeschlossen. Sie waren also weg. Vorsichtig hatte er die Tür geöffnet. »Dagmar?«, rief es halblaut aus ihm in die dunkle Wohnung hinein. Keine Antwort. Sie war nicht da. Sie waren nicht da. Rechts ging die Küche ab. Er hatte das Licht angeknipst und hineingeschaut. Es war aufgeräumter als früher. Auf dem Tisch standen zwei halb leer getrunkene Kaffeetassen. Aha, sie hatten eine Kaffeemaschine angeschafft. Es waren zwei neue große Tassen, eine rot, die andere grün. Albern. Backbord und steuerbord. Die rote gehörte sicher Dagmar. Ihre Lieblingsfarbe war Rot. Er verließ die Küche und stand schon im Wohnzimmer, drehte den Dimmschalter rechts an der Wand und prallte dann vor dem riesigen Flügel zurück, der fast die Hälfte des Zimmers einnahm. Blüthner, las er. Ein alter Blüthner mit einigen blinden Lackstellen. Noten lagen darauf herum. Er rang nach Luft. Neben dem Flügel stand ein Notenständer, ebenfalls aus schwarzem Holz. Dagmar hatte früher nur den üblichen metallenen gehabt. Er schaute auf die aufgeschlagenen Noten. Eines der »Six épigraphes antiques« von Débussy. Er stöhnte auf: Mit Débussy hatte er sie kennengelernt, und jetzt spielte sie mit diesem Hänfling Débussy. Er drehte sich herum, wollte ins Schlafzimmer und traute sich nicht. Es stöhnte laut aus ihm heraus. Er musste etwas tun, musste. Er nahm die Flötennoten und zerriss sie in kleine Stücke, erstaunlich, wie fest Notenpapier war, trampelte und stampfte darauf herum. Dann raffte er mit fahrigen Bewegungen die vielen beschmutzten Papierfetzen zusammen, ging zur Küche und stopfte sie, soweit es ging, in die beiden Kaffeetassen. Die Kaffeereste wurden herausgedrückt, liefen an den Tassen herunter und bekleckerten den Tisch. Aber das reichte nicht, es reichte einfach nicht. Er nahm beide Kaffeetassen und ging damit ins Schlafzimmer. Das Bett war nicht zugedeckt. Es war zerwühlt. Er kannte die Bettwäsche. Sie hatten sie von Dagmars Mutter zur Hochzeit geschenkt bekommen, sehr gute Bettwäsche, satinartig hellbeige schimmernd. Er nahm die Tassen, kippte die bräunliche Notenmasse über die Kissen und wühlte dann mit seinen Händen die Fetzen überall hin, so weit es ging. Dabei stöhnte und schluchzte er laut, brach schließlich auf dem kleinen Flickenteppich vor dem Bett – war es noch Dagmars Seite? – zusammen und weinte haltlos, den Kopf auf das Bett gelegt. Danach war er erschöpft aufgestanden und hatte leer wie eine Null sein Werk betrachtet. Dann hatte er auf dem einen der beiden Nachttische Dagmars Tagebuch gesehen. Ohne Zögern hatte er es wie mechanisch an sich genommen und die Wohnung verlassen. Er radelte langsam zurück; als er über die Lombardbrücke fuhr, zog er den Schlüssel aus der Hosentasche und warf ihn in hohem Bogen in die Alster. Das Platschen, mit dem der Schlüssel die Wasseroberfläche zerriss, hatte sich in Herrn Merse als Schallerinnerung eingegraben.

Eine Möwe schrie. Man sah ihren weit geöffneten Schnabel. Oben am Kliff waren neuerdings Warnungen vor angriffslustigen Möwen angeschlagen, die den Menschen Eistüten und Fischbrötchen aus der Hand klauten. Schnell schaute er neben sich in den Picknickkorb, wo eine Streuselschnecke lag, und deckte sie mit dem Handtuch ab. Die Möwe schrie wieder. Er ballte die Faust und wünschte, er hätte Dagmars Tagebuch da. Das hätte er gern der Möwe in den aufgerissenen harten Schnabel hineingerammt. Herr Merse erschrak vor dieser plötzlichen Vision, schüttelte heftig den Kopf, goss sich aus der Thermoskanne einen Kaffee ein und biss entschlossen von der handtuchumhüllten Streuselschnecke ab. Das Abdriften musste bekämpft werden.

Er griff nach dem ersten Brahms-Buch mit dem Untertitel »Begegnung mit dem Menschen«. Als ob es einen Unterschied gab zwischen dem Musiker und dem Menschen Brahms. Er regte sich sofort auf (»Reg dich ab!«). Das Stichwort »Horntrio« führte ihn zunächst an den Detmolder Hof, wo Brahms als junger unbekannter Mann, wie er las, auf Vermittlung von Clara Schumann im Herbst an dem Fürstenhof arbeitete. Aha. Seine Aufgaben waren: den privaten Gesangverein im Schloss leiten, was er gern tat, da er sich durch die Dirigiertätigkeit einen Zuwachs an Männlichkeit erhoffte, auf Hofkonzerten Solos spielen, was er hasste, da er schüchtern war, und der Prinzessin Klavierunterricht geben. Wie gern er das tat, blieb unerwähnt. Dass

Brahms Dirigieren als männlichkeitsfördernd ansah! Ja, ganz offensichtlich hatte er die Männlichkeitsausstrahlung des Dirigenten Andreas auf Dagmar unterschätzt.

Er las weiter. Die Autorin hob die strenge Etikette am Hof hervor. Der gehemmte Brahms sei doch immer mal angeeckt, vor allem was die Kleiderordnung betraf. Dies wurde von der Autorin mit viel Verständnis erwähnt. Herrn Merse kam sie wie eine ältere Tante von Brahms vor. Frei habe sich Brahms nur mit den Musikerfreunden gefühlt. Sie machten Kammermusik, tranken und erzählten sich Geschichten. Auch ein bekannter Bläser war dabei, der Hornist Cordes »mit dem berühmten weichen Ton«. Es blieb unklar, schrieb die Tante, ob Brahms durch ihn Anregungen zum viel später komponierten Horntrio bekommen habe. Hatte Brahms es nicht nach dem Tod seiner immer um ihn besorgten Mutter geschrieben?, dachte Herr Merse schläfrig. Der er als Junge Waldhorn vorgespielt hatte?

Er ließ das Buch sinken. Detmold. Brahms war in Detmold gewesen wie er selbst. Die Hochschule hieß ja nach ihm. Brahms als Kommilitone – das wäre schön gewesen. In ihm schwappte eine fast erschreckende Sehnsucht hoch. Brahms fünfundzwanzig, er, Ingo, einundzwanzig. Bartlose junge Leute. Brahms blond und klein, schmächtig, weich, sanft, etwas durchscheinend. Ingo groß und dünn, auch blass, aber nicht so lichthaft. Ingo hätte bei dem erwähnten Hornisten Unterricht gehabt, und der hätte ihn zu Johannes mitgenommen. Sie hätten sich vielleicht morgens beim Joggen getroffen. Aber nein, Johannes ging lieber spazieren (»walken«). Spazieren, Dagmar. Dabei komponierte er im Kopf. Später nannte er das Komponieren »Spazierengehen«. In Detmold, als junge Männer, da hätten sie sich jedenfalls angefreundet.

Herr Merse schloss die Augen und stellte sich vor, wie er ihn auf seinem Zimmer besuchte. Er klopfte an, Johannes brummte »herein«. Er machte gerade Dirigierübungen vor dem Spiegel. »Wie sieht es aus?«, hätte er gefragt. »Männlich genug? Entschlossen? Klar?« Und er, Ingo, hätte ihn korrigiert: »Nee, zu fahrig. Nicht so ausladende Bewegungen. Nicht so rumrudern.« Johannes auf Platt: »Wat versteihst du vom Rudern?« Herr Merse lächelte glücklich vor sich hin. Über Frauen hätten sie reden können, abends spät, wenn die anderen gegangen waren. Brahms über Clara, er über Dagmar. Clara und Dagmar, beide mit den zwei a-Vokalen. Johannes hätte manches zurückgehalten, aber Ingo hätte beharrlich alles aus ihm herausgefragt. Mit roten Köpfen hätten sie im halbdunklen Zimmer gesessen. Von dem Wohnungseinbruch hätte Ingo Johannes aber nicht erzählt. Das gestohlene Tagebuch lag ungelesen in seinem Nachttisch in der Wurstbude. Dagmar hatte damals in keiner Weise reagiert auf den Einbruch. Komischerweise hatte er das auch nicht erwartet.

»Hallo.«

Herr Merse öffnete die Augen. Gegen die Sonne blinzelnd erkannte er in der dunklen schmalen Silhouette ein paar Meter entfernt vor ihm die Frau aus dem Zugabteil. Im ersten Moment kam ihm ihre Erscheinung wie eine Delial-Inkarnation vor. Die Frau trug einen lila Badeanzug, ein rotes Handtuch lag locker über die Schultern drapiert.

»Oh, hallo«, haspelte er hervor bei dem Versuch einer ferienangemessenen Lockerheit. »Hat es Sie auch hierher verschlagen?« (»Glückwunsch.« Dagmar mit ätzender Stimme im Kopf. »Da steht sie ja. Verschlagen!«)

»Ja, da hinten ist unser Korb, wir haben unser Quartier hier in Wenningstedt«, antwortete sie einfach.

»Ich auch. Ich bin immer in Wenningstedt«, sagte Herr Merse. Sollte er aufstehen, oder war solche Höflichkeit bei halb nackten Begegnungen mit unbekannten Frauen übertrieben förmlich? Er blieb sitzen.

»Waren Sie schon im Wasser?«, fragte die Frau. »Nein, es ist ja noch Ebbe«, meinte Herr Merse. »Ach ja? Halten Sie sich streng daran?« »Ja, doch«, sagte er etwas verlegen (»O Merse!«).

Und dann sprach es schnell aus ihm weiter, ehe er etwas dagegen unternehmen konnte: »Ich hab da mal was erlebt, und seither halte ich mich an die Badegebote.«

»Was erlebt?«, fragte sie interessiert und trat einen Schritt näher auf den Strandkorb zu. Sie wechselte dabei das Standbein. Sie hatte gerade, fast dünne Beine, links zeigte sich eine längliche, schmale weiße Narbe, die irgendwo unter dem Badeanzug begann und fast bis zum Knie hinunterreichte. Herr Merse nahm diese Einzelheiten beiläufig wahr und erzählte umständlich die Geschichte von einem Ferienkind, das heimwehkrank bei Ebbe hinausgeschwommen war. Nur durch einen Zufall hatte man es rechtzeitig genug vermisst. Vor Entkräftung war es nicht gegen den Sog angekommen und nur knapp dem Tod entkommen (»›entronnen‹ heißt das«). Er habe als Junge miterlebt, wie es graublau und leblos von den Rettungsschwimmern beatmet und bepumpt und bearbeitet worden sei – Herr Merse deutete die Bewegungen an – und wie es dann plötzlich unglaublich viel Wasser herausspuckte und nach Luft japste. Und sein Vater als der Transportleiter, wie es damals hieß, hatte die Verantwortung! Der Tod eines Ferienkindes! Herr Merse merkte, dass er den Satz im Tonfall seines Vaters sprach und bisher offenbar in der Vorstellung gelebt hatte, die Verantwortung für den Tod des Kindes sei schlimmer als dessen Tod selbst. Er kam ins Stocken. Die Unsicherheit, ob er aufstehen sollte, längst hätte aufstehen müssen, und ob er ihr anbieten sollte, sich zu ihm in den Strandkorb zu setzen, ja längst hätte anbieten müssen, peinigte ihn. Er schwieg, denn er wusste nicht, ob er es überhaupt wollte beziehungsweise ob er es denn wollen sollte und, viel wichtiger, ob sie es denn wollte …

»Oh, gut, dass Sie mir das erzählen«, sagte die Frau. »Einige baden nämlich.« Sie drehte sich zum Wasser hin und zeigte auf ferne Punkte im Wasser. Ihr Rücken war noch weiß. Herr Merse sah ihre Schulterblätter. Zart wie zwei große Schmetterlingsflügel, dachte er. Sie wandte sich wieder um. Herr Merse zwang sich, nicht auf die Narbe und damit auf die Beine zu starren.

»Wir sind zum ersten Mal hier. Ich werde gleich mit den Kindern sprechen. Ich dachte nicht, dass man die Badewimpel so ernst nehmen muss. Natascha badet sowieso nicht gern, aber Joel …« Sie ließ den Satz unbeendet; in der fragend nach oben gezogenen zweiten Silbe schwang etwas wie eine Unsicherheit oder wie ein leichter Schmerz mit. Für Herrn Merse flatterte das unsichtbare Satzende über den Strand wie ein langer schmaler Lenkdrachenwimpel.

»Oder würden Sie mir wohl den Gefallen tun, ihm diese Geschichte selbst zu erzählen?«, fragte die Frau. »Es wirkt dann mehr, als wenn ich es tue.« »Wieso?«, fragte Herr Merse (»Mein Gott! Was geht dich das an!«).

Die Frau wendete sich ab, hob den Arm und winkte. Wohl zu den Kindern hin, dachte Herr Merse. »Ja, natürlich«, beeilte er sich zu sagen. Wieder stockte er. Jetzt musste er nach ihrer Strandkorbnummer fragen. Aber wäre es nicht zu aufdringlich? Wie eine Anmache? Gepresst schob er nach: »Ja, also ich komme einfach mal bei Ihnen am Strandkorb vorbei.« (»Einfach mal. Na. Du und einfach!«)

»Schön«, sagte die Frau, »danke.« Sie lächelte ihn an und ging in die Richtung, in die sie gewunken hatte, davon.

Herr Merse starrte ihr nach, diesem Körper im lila Badeanzug. Das über ihre Schulter geworfene Handtuch pendelte leicht bei jedem Schritt. In den braunen Locken fing sich der Wind. Sie verschwand zwischen den Strandkörben jenseits des Treppenabgangs, tauchte klein wieder auf und war außer Sicht.

* * *

Das Innere von Herrn Merse, erst wie erstarrt unter dem Druck, sich angemessen zu verhalten, geriet durch eine Fülle querschießender, sich kreuzender und miteinander verschlingender Bilder, Eindrücke, Fragen, Gefühle, Gedanken und Impulse in strudelnde Bewegung. Was wollte sie? Wieso begrüßte sie ihn? War sie extra zu ihm hergekommen? Oder hatte sie ihn zufällig erblickt und spontan angesprochen? Aber warum? Was war das für eine Narbe? Wie würde es sich anfühlen, an diesem schlanken Bein mit der Hand hochzufahren bis …(»du bist verrückt«). Hatte sie ihn wirklich angelächelt? Wem hatte sie zugewunken? Wieso sollte er mit dem Jungen sprechen? Warum meinte sie, wenn sie es tue, wirke es nicht? Wieso, wieso, wieso sprach sie ihn überhaupt an? War er blöd, einfach sitzen zu bleiben? Herrgott, warum war er nicht aufgestanden! Schafskopf, der er war (»Idiot!«).

Herr Merse sprang auf. Sie hat sich lustig gemacht. Klar! Andere baden bei Ebbe! Nur Ingo Merse nicht. Der liebe kleine Ingo nicht. Lass mich in Ruhe! Ist mir doch egal, ob deren Junge untergeht oder nicht. Was soll das alles. Ich will … ich will … (»Kinder mit'm Willen / kriegen was auf die Brillen!«)

»Ich will nicht!« Herr Merse brüllte und lief wild gestikulierend zum Wasser. Der Aufruhr im Innern übertönte das auch bei Ebbe laute Rauschen der Brandung. Sollte es rauschen, sollte es branden. Wütend stieß er mit dem Fuß in den Schaumkranz, rannte los und durchpflügte spritzend das flache Wasser, bis er zu den Wellen kam, warf sich hinein mit Boxershorts und T-Shirt, warf sich über die kippenden, gischtigen Wellenköpfe, schmiss sich gegen die Brecher, ließ sich auf den Wellenrücken fallen und ins Wellental gleiten und erneut hochheben, drehte sich auf den Rücken und kreiste raddampferartig seine langen Arme durch das Wasser. Seine Augen brannten. Es schmeckte salzig im Mund, er schluckte Wasser, spuckte es prustend aus. Er tobte. Sog, Sog, Sog. Soll es mich doch rausziehen. Es zog ihn aber gar nicht hinaus. Ohne Weiteres stemmte er sich nach einer gefühlten Unendlichkeit Richtung Strand zurück. Als er aus dem Wasser stieg, zitterten ihm die Beine. Er spürte an den Schenkeln den Sand, der mit den zurückflutenden Wellen hochgespült wurde, streckte sich und schüttelte die Fäuste gen Himmel. Ein Nackter lachte ihn an. Sollte der doch lachen.

Herr Merse trottete zur 1423 zurück, trocknete sich ab (»Immer gleich die nassen Sachen ausziehen!«) und merkte erst jetzt, dass er nicht seine Badehose angehabt hatte. Sie hatte ihn also in der Stockentenhose gesehen. Trotzig zog er sie aus. Und wenn schon. Er stieß die Beine in die trockene Badehose, hüllte sich in seine Decke und schenkte Kaffee in den Deckel der Thermoskanne ein. Doch gut, dass ich nicht aufgestanden bin, dachte er, während die heiße Flüssigkeit sich in ihm ausbreitete. Im Sitzen kann sie ihr nicht aufgefallen sein. Mein Gott.

Eine Weile saß er so, wie ausgehöhlt, und schaute vor sich hin. Im Sand vor dem Korb lag etwas. Er stand in seiner Deckeneinwicklung auf und bückte sich. Es war ein Seestern mit fünf Armen (»Armen!«). Tentakeln. Zacken. Hatten alle Seesterne fünf? Ein Arm war mitten durchgebrochen oder abgerissen. Ragte nur halb hervor. Der Seestern war klein, er passte auf seinen Handteller. Er war sandig, aber nicht vertrocknet. Womöglich lebte er noch? War ein Seestern überhaupt ein Tier oder eine Pflanze? Pflanzen kann man pressen. Getrocknete Seesterne gab es zu kaufen, getrocknet war ja fast wie gepresst. Er roch daran. Der Seestern roch lebendig. Salzig. Er ging zum Wasser und warf ihn hinein. Der Stern war so klein, dass er kaum flog und vor dem anlaufenden Wasser in den Sand fiel. Bleib doch, wo du bist, dachte Herr Merse missmutig.

Am Abend hätte er nach seinem Plan ein letztes Mal eine und zwei Drittel Tabletten einnehmen können, aber er verringerte die Dosis auf eineinhalb. Er wollte es jetzt wissen. Er spielte auch ein paar Töne auf dem Horn, gegen das Agreement mit Neudeckers. Er hatte den Eindruck, sich durch das Ebbeschwimmen von elterlichen Einengungen emanzipiert zu haben, und der Stolz darauf gab ihm einen Anflug von Hochgefühl.

Vor dem Einschlafen dachte er an die Frau mit den schlanken Beinen. Er betrachtete die Begegnung durch eine freundlichere Brille. Sie hatte sich einfach an ihn erinnert, ja. Schon im Zug war sie nett zu ihm gewesen. Heute hatte sie ihn beim Vorübergehen wiedererkannt und spontan angesprochen. Obwohl er mit geschlossenen Augen dagesessen hatte. Das hätte sie nicht tun müssen. Hätte einfach vorbeigehen können. Mit ihren braunen, gewellten Haaren. Ihrer eleganten Delial-Figur. Ihr leichtes, ein bisschen abwesendes Lächeln gefiel ihm besonders. Sie wirkte nicht entschieden. Eher vage. Hatte sie etwas Feenhaftes? Nymphenhaftes? Jedenfalls war sie mehr Syrinx als Dagmar. Aber zu feenhaft auch wieder nicht. Nein. Sie war eine frauliche Fee. Oder eine feenhafte Frau. Ja.

Er rekelte sich im Bett und konnte nicht umhin, sich vorzustellen, leicht über die Narbe und damit über das Bein zu streicheln. Es erregte ihn. Wo endete die Narbe? Am Venushügel? Venushügel, auch so ein mythischer Ausdruck. Er erinnerte sich an das Gemälde der Aphrodite von Botticelli. Ja, etwas von der hatte sie, allerdings war sie dunkler. Das fand er gerade gut, so war sie irdischer. Er beschloss, die Unbekannte aber unter keinen Umständen jetzt zu sehr zu verirdischen durch sexuelle Phantasien, die in ihm trotz seiner Müdigkeit machtvoll andrängten. Er polte die Phantasien um auf eine anonyme andere Frau, die er sich oft vorstellte, und verlor sich in seine vertrauten SB-Bilder. Er achtete darauf, dass nichts von der dunklen, schlanken Fremden sich hineinmischte, da er ihr wieder begegnen und zukünftiger Befangenheit vorbauen wollte. Es gelang ihm. Nie wieder Darinx, dachte er und schlief zufrieden ein.

Mittwoch

Die Sonne schien ins Fenster.

Herr Merse reckte sich und schaute ins Helle. Plötzlich wurde ihm bewusst, dass er geträumt hatte. Ein gutes Zeichen, dieser erste Traum seit Ewigkeiten! »Ich weiß, es will sich was verkünden / Und kann den Weg zu mir wohl finden«, murmelte er mit freudiger Betonung auf »wohl«. Auf Wiedersehen, Pillen, willkommen, Träume! Ihm war im Traum ein Hund erschienen. Ein Hund, von Größe und Art ein Jack Russel Terrier, aber wie ein Schaf geschoren und ganz weiß. Er sah aus wie ein Lamm und ging verloren. Wo, wie, warum war unklar. Man suchte, aber fand ihn nicht. Das Verlorengehen irritierte Herrn Merse. Wer oder was ging verloren? Und wieso Terrier? Diese Jagdbeißer, die gern mit viel zu langen Ästen quer im Maul auf schmalen Wegen herumliefen. Ich und Terrier?, dachte er. Dackel – ja, Terrier – nein.

Herrr Merse gähnte. Jack Russel Terrier waren schwarzweiß. Immerhin lief sein weißer Lammterrier nicht in Barbaras Go-Farben herum. Ja, er hatte sich gemacht seit dem Ebbeschwimmen. Geschoren und verloren? Ein Schaf war ein Herdentier. Wurde bewacht. Genutzt. Zum Schluss geschlachtet. Da war ein Terrier besser dran, als Jagdtier. Lieber beißen als zwischen Zähnen zermalmt werden. Er verspürte Hunger auf ein deftiges Frühstück und setzte Wasser auf.

Das Schaftier erinnerte ihn an einen Winterabend mit Dagmar, ein paar Monate vor ihrer »Andreas-Eröffnung«. Ihr letzter gemeinsamer Ehewinter war ungewöhnlich kalt gewesen, und Dagmar, die das Schlittschuhlaufen liebte, gab immerzu »Parole Alster« aus. Wenn sie auf der zugefrorenen Alster wie auf alten holländischen Ölbildern ihre Kreise gezogen hatten, tranken sie Glühwein an provisorischen Ständen. Dass es immer Menschen gab, die auf einem Neuland ihre altgewohnten Angebote machten! Currywurst oder Glühwein. Dagmar hatte es toll, Herr Merse bemerkenswert gefunden. Nach dem Schlittschuhlaufen glühten und futterten sie sich also durch. Sonntagabends allerdings kochte Dagmar gern selbst, und weil sich Herr Merse in ihren Augen zu langsam und tölpelhaft angestellt hatte, gleichsam als Stockente auftrat (»Und zwar extra!«), obwohl er aus seiner Sicht nur systematisch und gründlich war (Eigenschaften!), machte er sich dann nützlich, indem er laut aus der Sonntagszeitung vorlas. So auch nach einer Eis-Alstertour.

Dagmar hörte gern Skurriles, Schlimmes, Katastrophales. An jenem Sonntag las er ihr eine kurze Notiz von einem Schaf aus einer Herde vor, die auf vereister Weide vom Bauern vergessen worden war. Ein Schaf war dort in bitterer Kälte angefroren. Es wurde erschossen. Wie es zu der vergessenen Herde hatte kommen können, stand nicht in der Notiz, wohl aber, dass die anderen Tiere nicht angefroren waren. Nur einem war das Unglück zugestoßen. Wieso musste man es erschießen? Ob diese eiskalten Füße das Schaf sehr geschmerzt hatten? Hatten Schafe nicht Hufe? Waren Hufe nicht aus Horn und somit unempfindlich? Horn wuchs sogar an Toten unbeirrt weiter! Oder bedeckten die Hornhufe nur die empfindlichen Füße? Man hätte doch einfach warmes Wasser über Füße und Hufe gießen können, und das Schaf wäre gerettet gewesen!

Herr Merse hatte damals mit Dagmar diese offenen Punkte hin und her gewälzt. Diskussionen zwischen ihnen hatten sich stets schwierig gestaltet, da Dagmars Ansichten als feste Blöcke in ihr bereitlagen und unverrückbar blieben. Dagmar hatte zum Eisschaf kategorisch die Ansicht vertreten, dass erfrorene Gliedmaßen grundsätzlich erfroren blieben und schon gar nicht mit Wärme wiederbelebt werden konnten, das wäre viel zu plötzlich und würde unsägliche Schmerzen verursachen. Und um dem Schaf die vier Füße nicht absägen zu müssen, sei es eben erschossen worden. So. Herr Merse hatte bei dem Gedanken geschaudert. Damals wie jetzt. Dass Dagmar unverfroren von »Füße absägen« sprach. Dagmar hatte auch noch auf das Buch »So weit die Füße tragen« verwiesen, in dem es um die Flucht eines Gefangenen aus Sibirien ging.

Dieser Flüchtige war notgedrungen zum Schnee- und Erfrierungsexperten geworden, und von ihm hatte Dagmar in Erinnerung, dass man erfrorene Gliedmaßen (»wenn überhaupt!«) mit Schnee abreiben müsse.

Auch jetzt noch fand Herr Merse all das sehr widersprüchlich. Wenn das alles so klar war, warum hatte man dann dem Schaf die vier Füße nicht mit Schnee abgerieben? Hatte man sich denn überzeugt – und wie? –, dass die Schafsfüße schon durch und durch gefroren waren? Wie Eisbeine in einer Tiefkühltruhe? Wieder schauderte er. Die reine Vorstellung erzeugte in ihm eine schneidende Kälte, die sich unaufhaltsam vom Boden aus nach oben schob und ihn mit dem Untergrund zusammenfror. Er wollte mit den Füßen aufstampfen, strampeln und hampeln, aber nun vereisten erst die Unter-, dann die Oberschenkel. Das Knie wurde zum Eisknie und wanderte nicht mehr durch die Welt. Eine Schmerzstarre kroch immer höher, fraß sich vom Bein in den Körper hinein. Herr Merse sah sich von außen als Eisskulptur. Vor Jahren hatte er in Lübeck eine Ausstellung mit Eisskulpturen besucht. Im künstlich gekühlten Zelt, da es draußen milde gewesen war. Das Traumschaf und er bildeten jetzt dort vor seinem inneren Auge eine Zweierskulptur. Er trug das Schaf im Arm, das Schaf reckte den Kopf zu ihm und schaute ihn an. Plötzlich begriff er: Sie beiden waren nicht aus neutralem Eis gehauen, sondern waren erfrorenes, geschorenes, verlorenes Schaf und erfrorener, geschorener, verlorener Mensch. Das

Schaf schaute ihn mit seinen erfrorenen Augen an wie die plastinierten Pferde den Betrachter von dem Werbeplakat dieses Leichenausstellers …

Herr Merse sprang aus dem Bett und bewegte die Beine stampfend und schlenkernd. Wieder so ein Abdriften. Er drängte es weg. Weg mit dem ewigen Eis. Weg auch mit Ei und Wurst. Hinaus mit ihm an die Luft, zum Joggen, ins warme Licht.

Am Strand war es trotz der Morgenfrühe belebter als gestern im Regen. Einige Gäste joggten, Frühbader badeten, obwohl noch ein kühler Wind wehte. Es war Flut. Vom Türmchen wehten grün-weiß die Badeerlaubnis-Wimpel.

Herr Merse rannte, er joggte nicht, er rannte, bis er schwitzte, um alles Eisige aus seinem Inneren herauszuschnaufen. Es wirkte. Mit zitternden Beinen ging er zum Bäcker und zum Zeitungskiosk. Wieder zu Hause, duschte er heiß, bereitete seinen Tee zu und ließ sich in den Sessel am Fenster fallen. Er legte neben dem Teller noch einmal die ganze Morgentablette bereit. Das Abdriften weichte ihn seelisch zu sehr auf. Als er die kleine weiße Pille zwischen Daumen und Zeigefinger aufnahm, um sie in den Mund zu stecken, hasste er sie plötzlich. Und sich dazu. Wie lebte er? Fremdgesteuert. Die Tablette klebte an seinem Daumen, und er klebte an der Tablette. Ein Mann mit Tabletten, ohne Eigenschaften. Dagmar hatte recht. Er hasste sich und hasste sie. Wer war daran schuld? Er stampfte hart mit dem Fuß auf (»Reiß dich zusammen«!), erschrak dann vor seiner eigenen Heftigkeit (Eigenart?) und schluckte die ganze Tablette ohne Verzug hinunter.

Er trank viel heißen Tee und aß das kalte Ei und zwei Brötchen. Dazu schaute er in die Zeitung. Nichts blieb haften. Durch das offene Fenster drangen Möwenschreie, die sich mit dem Gezirpe zarterer Vögel verbanden. Die Sylter Luft wehte herein. Unten auf dem Fußballplatz tummelten sich Jungen und Mädchen aus dem Schullandheim. Sie trugen unterschiedlich bunte Hemden; es bildeten sich Grüppchen, einige liefen schnell, andere machten Gymnastik. Offenbar jeder, wie er wollte. Lockerer Frühsport. Als Ingos Vater Leiter der Ferientransporte gewesen war, hatten sich die Ferienkinder morgens vor der Treppe zum Haupthaus in Reih und Glied aufstellen müssen. Barbara und er dabei. Sie wurden dann in »Riegen« eingeteilt und marschierten zum Sportplatz. »Im Frühtau zu Berge«, hatten die Ferienkinder gesungen, und er mit ihnen. In Achterreihen hatten sie den Sportplatz umrundet, alle in schwarzer Hose, weißem Hemd. Beim morgendlichen Tausendmeterlauf zogen sich die Reihen auseinander, man konnte »überrundet« werden, aber Ingo war ausdauernd gewesen. Die kleineren Kinder liefen nur vierhundert Meter, eine Runde. Vor dem Frühstück.

Die Kinder vor seinem Fenster sangen nicht. Trugen einige sogar iPods? Genau erkannte er das nicht auf die Ferne, aber sie wirkten fröhlich. Ein buntes Durcheinander. In ihm war ein graues Durcheinander. Er hätte jetzt gern

Dagmars Tagebuch hiergehabt. Um zu sortieren. Zu verstehen. Aufzuräumen. Innerlich noch einmal auszuziehen. Alles war drei Jahre her, gut drei Jahre. Wer war schuld? Er wollte lesen, was sie geschrieben hatte. Warum hatte er das Tagebuch so lange nicht angerührt? Er hatte unter dieser Tablettenhaube gesteckt. Man sollte ihn zur Strafe im Tablettenhäubchen mit darangehäkelten Scheuklappen auf den Sportplatz jagen und fünf Runden laufen lassen. Da würden die unten aber staunen. Erst staunen, dann sich anstoßen und lachen. Ha. Mit dem Häubchen als Tarnkappe war er jahrelang durch seinen Alltag gerannt. Er schnaubte wütend und starrte auf die Kinder unten. Zwei Jungen schubsten einander. Einer fiel um. Ein anderer half ihm auf.

Herr Merse drehte sich weg, kramte sein Handy hervor, rief Frau Niebuhr in Hamburg an, beschrieb ihr das Tagebuch – er nannte es »Mitteilungsbuch« – und wo es lag und bat sie, es ihm nachzusenden. Umständlich diktierte er ihr die Adresse. Er stöhnte leise. Der Auftrag war ihm unangenehm, weil er sicher war, dass sie den Ausdruck »Mitteilungsbuch« durchschauen und in dem Tagebuch lesen würde. Aber egal jetzt. Er schüttelte es ab. Er war Ebbeschwimmer. Er würde von jetzt an alles abschütteln.

Herr Merse nahm das Horn aus dem Hornkoffer. Wie spät war es? Passte es in das Agreement? Konnte er auch das blöde Agreement abschütteln? Es war erst zwanzig vor zehn. Er fluchte und legte das Horn wieder zurück.

Auf dem Tisch lag das Buch »Der Mann ohne Eigenschaften«. Voller Hass beschloss Herr Merse plötzlich, jeden Tag eine Seite aufs Geratewohl aufzuschlagen und sie sich laut vorzulesen. Und dabei nach innen zu wittern. Auf eine Verkündigung zu lauschen. Per Buch zum Orakel zu gehen. Wie die Menschen früher nach Delphi. Dagmar hatte ihm mit dem Buch etwas verkünden wollen, und er würde jetzt ihre Botschaft ergründen. Verkünden-ergründen. Er würde aber in seiner neuen Schafsterrier-Identität das dicke Buch nicht brav von vorne nach hinten durchdackeln. Nein. Er nahm es in beide Hände, wog seine Schwere, schloss die Augen und klappte es auf.

Er landete mitten in der Mitte. Das zweite Buch – der Roman war in verschiedene Bücher eingeteilt – war zu Ende. Das erste Kapitel des dritten Buchs begann auf der aufgeschlagenen rechten Seite. Die aufgeschlagene linke Seite war leer. Stellte bereits die leere weiße Seite eine Botschaft dar? Er grübelte. Auch das Traumtier war weiß. Weiß gleich leer. Trotzdem erschien ihm dieses Orakel doch zu vieldeutig. Zu wortlos. Andererseits waren Orakel vieldeutig. Er las die Kapitelüberschrift auf der rechten Seite und dann die gesamte Seite laut in der Hoffnung, dass irgendetwas in seinem Inneren wie eine Wünschelrute anschlug, wenn »es« berührt wurde:

Die vergessene Schwester

Als Ulrich gegen Abend des gleichen Tags in … ankam und aus dem Bahnhof trat, lag ein breiter, seichter Platz vor ihm, der an beiden Enden in Straßen auslief und eine beinahe schmerzliche Wirkung auf sein Gedächtnis ausübte, wie es einer Landschaft eigentümlich ist, die man schon oft gesehen und wieder vergessen hat.

Herr Merse unterbrach sein Lesen. Auf Anhieb war ihm dieser Ulrich, auf den eine Umgebung schmerzlich einwirken konnte, sympathisch. Wo spielte das Ganze? Musil war Österreicher. War Wien gemeint? Zu groß. Ein breiter, seichter Platz. Salzburg? Zu fröhlich und schnörkelig. Graz? Herr Merse kannte Graz nicht, aber der Name »Graz« hörte sich weit und seicht an. Er las weiter:

»Ich versichere Ihnen, die Einkommen sind um zwanzig Prozent geringer geworden und das Leben um zwanzig Prozent teurer: das macht vierzig Prozent!« »Ich versichere Ihnen, ein Sechstagerennen ist ein völkerverbindendes Ereignis!« Diese Stimmen kamen dabei aus seinem Ohr; Kupeestimmen. Dann hörte er ganz deutlich sagen: »Trotzdem geht mir die Oper über alles!« »Das ist wohl ein Sport von Ihnen?« »Nein, eine Leidenschaft.« Er bog den Kopf, als müßte er Wasser aus seinem Ohr schütteln: Der Zug war voll gewesen und die Reise lang; Tropfen allgemeinen Gesprächs, die während der Fahrt in ihn eingedrungen waren, quollen zurück. Ulrich hatte mitten in der Fröhlichkeit und Hast der Ankunft, die das Tor des Bahnhofs wie die Mündung eines Rohrs in die Ruhe des Platzes ausfließen ließ, gewartet, bis sie nur noch

tropfenweise rann; nun stand er im Saugraum der Stille, die auf den Lärm folgt …

Saugraum der Stille. Heftiger Wünschelrutenausschlag. Das war eindeutig. Bei der Leere auf der linken Buchseite, da hatte es nur ein ganz leichtes Ziepen gegeben. Wie ein fragender Hinweis hatte es sich angefühlt. Es war im Übrigen nur die Herzseite, wenn man draufschaute; vom Buch aus gesehen war die rechte Seite leer. Auch das zu vieldeutig. Geradezu beliebig. Dann die Überschrift mit der »vergessenen Schwester«. Ein kleiner Ausschlag, etwas stärker als bei der Leere, wie ein winziger elektrischer Schlag. Aber dann der »Saugraum der Stille«. Das musste es sein. Ja. Vermutlich war alles zusammen auf ihn gemünzt, aber er konnte mit dem Saugraum der Stille am meisten anfangen. Er sprach ihn als »Klangstaubsauger« an. Er sammelte, was die anderen von sich gaben. Deswegen war in ihm, anders als in Ulrich, kein Saugraum der Stille entstanden, sondern ein Saugraum fremder Klänge. Wie der Staub und Dreck im Staubsaugerbeutel sammelte sich in ihm das Gerede der anderen an. Allein die vielen Dagmar-Sprüche! Herr Merse begriff.

Er las die Seite bis dahin erneut. Dieser Ulrich kam wie er irgendwo an. Er hörte zunächst nicht, was die Leute auf dem Bahnhofsvorplatz so sagten, sondern er hatte noch die Stimmen seiner Mitreisenden im Ohr. Es war wohl eine lange Fahrt gewesen. Nicht wie seine, Herrn Merses,

Fahrt nach Sylt. Sondern eine lange Fahrt, wie die durchs Leben oder bei ihm die durch die letzten drei Jahre. Ja. Aber Ulrich hatte die Fähigkeit, die Stimmen der anderen wie Tropfen aus seinem Ohr zu schütteln. Ulrich war kein Klangstaubsauger, es schien in ihn zwar allerlei hineinzufließen, aber dann neigte er den Kopf, sprang vielleicht auf einem Bein herum, und die Stimmen tropften heraus. Ulrich war frei, auf seine Leidenschaft zu hören, hier die Oper, also die Musik, während er, Ingo, alles ansaugte, vor allem das Negative, das ihn dann verstopfte. Bei Barbara und Dagmar hatte er besonders gut gesaugt. Ulrich schüttelte die Stimmen aus seinem Ohr wie der Zug die Ankommenden aus dem Bahnhofsrohr. Und wenn alles ausgeschüttelt und ausgeflossen war, dann entstand ein Saugraum der Stille.

Herr Merse runzelte die Stirn und starrte aus dem Fenster. In Ulrichs Welt war der Saugraum also außen und saugte ihm seine Stimmen aus dem Ohr oder half ihm beim Austropfen der Ohren, während der Saugraum bei ihm, Ingo, drinnen war. Und das war das Problem.

Die leere Seite – auch die zielte auf ihn ab. Er war gemeint, mit seiner übergestülpten weißen Tablettenhaube. Die weißen Pillen machten ihn von innen taub gegen das angesaugte Gerede. Durch die Scheuklappen sah er draußen nichts Neues. Taub, leer, blind. »Die vergessene Schwester« – oder hieß es »die vergessliche Schwester«? Er blätterte fahrig in dem Buch. Nein, vergessen. Das Schwesternorakel sprach ihn nicht an. Er hatte wenig Lust, sich mit Barbara zu beschäftigen. Ihn interessierte der Saugraum der Stille. Stille oder Leere. Er schaute auf die Uhr. Fünf vor halb elf.

Er änderte seinen Plan und legte sich aufs Bett. Er hätte das Thema des Saugraums gern mit seinem Detmolder Freund Johannes diskutiert. Er stellte sich wieder vor, dass er ihn besuchte. Am Vormittag. Johannes kam gerade vom Spazierengehen und wirkte zurückgezogen. »Wie war's?«, fragte Ingo. Johannes brummelte vor sich hin. Er setzte sich ans Klavier und begann suchend zu spielen. Ingo fühlte, dass er störte. Ach klar, Johannes war »spazieren« gewesen. Hatte Töne aus der Natur angesogen, kam voller Töne nach Hause. Besuch passte nicht. Vielleicht später. Sollte er still warten? Johannes spielte. Er hatte Ingos Anwesenheit wohl vergessen.

Herrn Merses Bein kribbelte. Er ging im Zimmer auf und ab. Er wollte jetzt auch spielen. Er wusste, es war noch zu früh, aber er schüttelte das Agreement ab. Er steckte die Hand in den Schalltrichter und spielte ohne Vorbereitung die klagende Hirtenweise aus »Tristan und Isolde«. Sie weckt den schwerverletzten Tristan und erinnert ihn an seine Kindheit, vielleicht wie der seichte Platz Ulrich an Graz erinnerte. Oder, passender, Klagenfurt, dachte Herr Merse. Die Melodie war eigentlich nicht für Horn geschrieben, aber das war Herrn Merse egal. Die Tonabfolge war rhythmisch so schwebend und melodisch schwer fassbar, dass Dagmar darauf kein dummer Spruch eingefallen war. Sie hatte allerdings selten versäumt, darauf hinzuweisen, dass das Horn zu gewaltig für diese Melodie sei, auf der Querflöte klinge sie besser, also wenn schon ein anderes Instrument, dann Flöte. Sie spielte es nach solchen Ausführungen demonstrativ vor.

Es ärgerte Herrn Merse jetzt, wie klein er damals beigegeben hatte. Schafartig ihrer Meinung nachgetrottet war. Natürlich war die Flöte auf den ersten Blick als pastorales Instrument für diese traurige Kindheitsweise geeigneter als das Horn, das konnte man einräumen. Doch hätte er weiterargumentieren müssen! Es gab das wichtigere Klangargument! Er spielte nämlich klagender auf dem Horn, viel klagender als Dagmar auf der Flöte. Vielleicht war das Horn nicht per se klagend, aber er klagte anders als Dagmar. Die Melodie beweint Tristans Schicksal, dessen Vater nach der Zeugung und dessen Mutter bei seiner Geburt gestorben war. Herr Merse hatte sich als näher dran an Tristan empfunden als Dagmar. Denn seine Eltern waren für ihn zigmal im Leben gestorben. Wenn er zum Beispiel mitbekommen hatte, dass sie nur für andere lebten. Für Ferienkinder. Für Barbara. Fürs Stricken. Nicht »Die vergessene Schwester«, »Der vergessene Sohn« hätte das Kapitel heißen sollen, dachte er.

Herr Merse übte mit neuer Überzeugung ohne Dagmar-Störung die verschiedenen Phrasen. Keiner klopfte, keiner meckerte. Es war zwölf Uhr, als er absetzte. Er packte die

Strandsachen zusammen und ging zufrieden in den schon warmen Sommertag hinaus.

* * *

Zuerst verstaute er alles in der 1423. Legte die ausgeliehenen Bücher unter das Handtuch und cremte sich mit einem dickflüssigen Sonnenschutzmittel mit hohem Lichtschutzfaktor ein. Auf seiner Haut blieben hier und da weiß schimmernde Streifen übrig. Es störte ihn, aber er riskierte eben keinen Sonnenbrand. Er saß eine Weile in der prallen Sonne, bis er unter dem Fettfilm zu schwitzen begann. Als er es vor Hitze nicht mehr aushielt, ging er Schritt für Schritt in die kalte Nordsee. Heute war wenig Brandung. Es blies ein seltener Ostwind. Herr Merse ließ sich treiben. Seine Creme erzeugte Ölschlieren, die sich um ihn in Ringen auflösten. Ein paar blaue Quallen schwebten neben ihm im Wasser. Quallen mit ihren langsamen, eleganten Bewegungen und ihrer Durchsichtigkeit faszinierten ihn. In ihrem Lebensraum, Saugraum, waren sie schön, auf dem Strand bildeten sie unangenehme Gallerthaufen, in die man unversehens hineintrat. Herr Merse stieß nach dem Baden eine Qualle mit dem Fuß Richtung Wasser; sie flog mit Sandspritzern und klatschte schwer auf. Halbtotes Tier, dachte er. Wie geschoren, so verloren. Das passte nicht, aber klang gut, er murmelte es vor sich hin. Ich werde wie Dagmar, dachte er plötzlich. Ich bin Dagmar, und ich verstehe mich nicht, wie ich auch sie nie verstand.

Die weiße Schmiere war nun abgewaschen. Unter dem Salz begann die Haut zu spannen. Herr Merse schlenderte schräg über den breiten Strand, um eine der Süßwasserduschen nah am Kliffrand aufzusuchen. Gedankenleer stolperte er fast in ein Sand-Kunstwerk hinein. Ein Labyrinth. Der Junge aus dem Zug war dabei, es auszubauen. In den Grundzügen stand es schon. Es war eine ziemlich große Fläche, gut zwei Meter lang an jeder Seite, mit einem asymmetrisch verzweigten System von Gräben und Dämmen bebaut. Der Junge kniete im Sand und war dabei, einige Wälle mit Tang zu verzieren; andere sollten offenbar mit Muscheln besetzt werden, denn Herr Merse sah einen großen Haufen gesammelter Muscheln aufgetürmt neben ihm liegen. »Baust du die auch noch ein?«, fragte er den Jungen.

Der Junge hob den Kopf. Herr Merse sah das Wiedererkennen in seinen Augen. »Später«, sagte er kurz, stand auf, blickte einen Moment unschlüssig über sein Werk und ging dann an eine kleine Senke, in der viel dunkler Blasentang lag. Er holte einen ganzen Armvoll davon und setzte seine Verzierungen fort. »Wer soll sich denn hier drin verlaufen?«, fragte Herr Merse. »Verlaufen?«, fragte der Junge zurück und sah Herrn Merse aufmerksam an. »Na, in Labyrinthen verläuft man sich doch. Man wird reingeschickt als Aufgabe. Als eine Art Prüfung. Wenn man wieder rausfindet, hat man gewonnen. Wenn nicht …« »Ja, wenn nicht?«, fragte der Junge. »Na, je nachdem, wie man es spielen will«, sagte Herr Merse. Ihm gingen alle möglichen Labyrinth-Geschichten durch den Kopf und verhedderten sich miteinander. »Eben je nachdem.«

Der Junge belegte weitere Wälle mit Tang. Herr Merse bemerkte, dass er die Verzierungen nicht willkürlich verteilte, sondern dass nur die parallel zum Wasser liegenden Wälle für Tang vorgesehen waren; die anderen offenbar für die Muscheln. »Machst du das extra so? Um denen im Labyrinth Tipps zu geben, oder um sie zu verwirren?« Der Junge sagte eine Weile nichts. (»Blöde Frage! Er hat doch gesagt, das mit dem Verlaufen interessiert ihn nicht!«) Als Herr Merse schon weitergehen wollte, zuckte der Junge die Achseln: »Nee, einfach so.« Seine Schulterblätter waren stark gerötet. »Willst du dich nicht eincremen?«, fragte Herr Merse. »Du kriegst sonst einen Sonnenbrand. Bei dem Wind merkt man die Sonne nicht so. Und heute Abend geht's dir dann schlecht.«

Der Junge gab keine Antwort. »Wo ist denn euer Strandkorb?«, fragte Herr Merse und schaute ihn unschlüssig an. Sollte er das jetzt vorantreiben mit dem Jungen? Das Badeverbot bei Ebbe ansprechen? Der Junge zeigte unbestimmt Richtung Kliff. »Da hinten!« »Welche Nummer?« »1051.« »Aha. Na, ich sag mal deiner Mutter Bescheid wegen der Creme, was meinst du?«, fügte Herr Merse nach einer kleinen Weile hinzu. Der Junge hatte mit der Muschelverzierung begonnen. »Die ist nicht da«, sagte er prompt, ohne aufzusehen. »Oh. Ach so. Kommt sie später zum Strand?« »Sie ist weggefahren. Meine Schwester ist da.« »Na, dann sag ich der mal Bescheid. Tschüs, Joel.« Der Junge sah schnell zu ihm hinüber, als er seinen Namen hörte, und wandte sich dann wieder dem Labyrinth zu.

1051. Auf seinem Weg zur Süßwasserdusche suchte Herr Merse auf den Strandkorbbrücken nach der richtigen Ziffer. Da. Er sah Natascha im Bikini mit ihren unvermeidlichen Stöpseln im Ohr auf einem großen blauen Handtuch vor dem Strandkorb in der Sonne liegen. Der Strandkorb guckte in eine andere Richtung als alle anderen. Wahrscheinlich konnten die Kinder ihn nicht von der Stelle bewegen, dachte er. Weggefahren. Er betrachtete Strandkorb, blaues Handtuch und Mädchen. Natascha, die Schwester von Joel. Sie war nicht ganz so schlank wie ihre Mutter. Etwas gedrungener. Kraftvoll. Wie eine Rhönrad-Sportlerin, dachte er. Denn sie hatte sowohl muskulöse Arme als auch Beine, und vor Herrn Merses innerem Auge rollte sie aus eigener Kraft, ausgestreckt wie Leonardo da Vincis Goldener-Schnitt-Mensch, in ihrem Rhönrad durch eine Turnhalle. Sollte er sie ansprechen? Sich einmischen?

Weggefahren – wohin? Nach Westerland zum Einkaufen? »Weggefahren« klang wie »abgereist«. Sonst hätte der Junge »Sie ist einkaufen gefahren« gesagt. Außerdem – wer fuhr schon nach Westerland zum Einkaufen? Hinten in Wenningstedt war ein Supermarkt, sogar nahe am Strand noch ein Edeka-Laden – da konnte man doch alles holen. Wenn sie aber weg-, das heißt abgefahren war, dann musste er jetzt einschreiten, denn diese zugestöpselte Schwester würde nach seiner Einschätzung nicht im Traum daran denken, ihren kleinen Bruder einzucremen.

Er trat auf den Henkel eines Spieleimers. Barbara allerdings hätte das früher für ihren Ingo-Bruder getan, dachte er. Aber sie war auch nur zwei Jahre älter als er. Joel und Natascha waren viel weiter auseinander. Barbara hatte nach Herzenslust an ihm herumerzogen. Er war ihr bestes Spielzeug gewesen. Wenn sie auf Krawall gebürstet war, dann bekam Ingo alles ab. Nachdem sie eingeschult worden war, hatte sie ihn nachmittags mit Schulespielen malträtiert. Er musste als Schüler Buchstaben in kleine Hefte schreiben, die sie für ihn bastelte. Die gelungenen Lettern hatte sie als Lehrerin rot, alle anderen schwarz umkringelt. Sie behauptete, wenn die Schüler mehr schwarze als rote Buchstaben hätten, würde die Lehrerin in der Schule sie mit einem Lineal auf den Po hauen. Die Schüler müssten sich so – sie hatte es ihm genau vorgemacht – über ein Pult legen, und dann komme die Lehrerin und haue. Wer weinte, wurde danach in die Ecke geschickt. »Und das wollen wir hier auch tun. Dann bist du gut vorbereitet.« Herr Merse als kleinerer, aber zäher Bruder hatte sich zwar oft erfolgreich gewehrt, aber mit Versprechungen – »Ich tu ja nur so, ich hau nicht richtig!« – und Verheißungen kriegte sie ihn doch meist herum. Verheißungsvoll war ihr Versprechen »Du kannst dann Häsli kriegen«. Bärli und Häsli waren zwei fellige Handpuppen. Barbara hatte Häsli zum Schulbeginn und er Bärli zum Trost bekommen, weil er noch zu Hause bleiben musste. Er hatte die Fellpuppen über alles geliebt, ihren Hasen aber mehr als seinen Bären. Der Hase guckte still und klug. Der Bär lieb und dümmlich. Wenn er beide hatte, war Ingo glücklich. Barbara wusste das und nahm Häsli immer mit in die Schule, damit er ihn vermisste. Für Häsli hatte er sich über den Stuhl gelegt, der das Pult darstellte, und versucht Barbaras Schläge abzuwettern. Dabei hatte er ausprobiert, was weniger schmerzte: wenn er die Pobacken anspannte und sich hart, oder wenn er sie entspannte und sich weich machte, was aber schwerer war wegen der Angst, die er vor den Schlägen hatte. Barbara hatte ein eckiges Lineal benutzt. Er fand nie heraus, was weniger schmerzte, da er sich stets angstvoll anspannte; es tat immer gleich weh, und alles endete in Gebrüll und Kampf. Er schrie und trat nach Barbara, sie wehrte sich, beide schlugen um sich, bis die Mutter kam oder bis einer »Mal« keuchte und mit hochgestreckten Zeige- und Mittelfingern das Kreuzzeichen machte. Nie hatte er Häsli bekommen, nie, da er ja nicht geduldig alles über sich ergehen ließ, wie ihm Barbara hinterher wieder im Lehrerinnenton klarmachte.

Herr Merse stapfte durch den Sand. Ja, Barbara hätte ihn eingecremt und daraus ein Spiel gemacht. »Du bist jetzt der Gefangene, und die Kannibalen wollen dich fressen. Dafür müssen sie dich vorher rösten und vor dem Rösten einölen, und das tun sie jetzt.« »Mhm, lecker, lecker«, hätte sie gemurmelt und wäre vielleicht mit der Zungenspitze über noch nicht eingeölte Partien seiner Haut geglitten, und er hätte alles genossen … So hatten sie auch oft die Hexe aus Hänsel und Gretel gespielt; er musste essen, und sie testete dann, ob er »weich und fett« war, überall testete sie, immer mit den Worten »lecker, lecker« …

Herr Merse blieb neben dem Strandkorb stehen. »Natascha«, rief er leise. Gegen seine Erwartung reagierte sie sofort, zog die Stöpsel aus den Ohren und richtete sich auf. Herr Merse trat noch einen Schritt auf sie zu. »Hallo. Kennst du mich noch? Der vom Zug. Ich bin eben an deinem kleinen Bruder vorbeigekommen und hab gesehen, dass er jetzt schon ganz rote Schultern hat von der Sonne. Da dachte ich, es wäre vielleicht besser, wenn man … äh du … also wenn man ihn eincremen würde … Weil … es sieht so aus, dass er noch ein ziemliches Bauvorhaben da zu erledigen hat …« (»Na ja. Bauvorhaben.«) »Ach so, ja«, sagte Natascha. Sie wirkte wie aus dem Schlaf geholt, griff zu der Sonnencreme, die neben ihr auf dem Handtuch lag, und hielt sie Herrn Merse hin. Die Flasche war ölig und ringsum mit Sand paniert. »Ja …«, Herr Merse zögerte und ergriff dann die Flasche mit spitzen Fingern. »Willst du ihn nicht eincremen?«, fragte er und kam sich hölzern vor, wie er da stand, die sandige Flasche in der Hand. »Nöö, von mir lässt er sich nicht anfassen«, sagte Natascha.

»Wo ist denn eure Mutter?«, setzte Herr Merse nach. Er ließ sich doch nicht so schafartig von dem Mädchen einspannen. Selbstbezogene arrogante Pute, dachte er in plötzlicher Wut. Jetzt spannte er sie mal für sich ein. Er musste herauskriegen, was mit der Mutter war. Wie sie wohl hieß? »Weggefahren«, sagte Natascha. Diese Einsilbigkeit! Er kümmerte sich hier um sie, und sie ließ ihn so abblitzen! Affig. Was tat er hier überhaupt. Trotzdem fragte er weiter in Freundlicher-Onkel-Manier: »Und seid ihr hier jetzt ganz allein?«

Natascha antwortete gar nicht. Sie guckte zu den Rettungsschwimmern, die neben einem DLRG-Boot saßen und rauchten. Ihre braunen muskulösen Oberkörper glänzten. Herr Merse legte das Sonnenöl zurück in ihre Nähe. »Mach du das man, oder bring es ihm, er wird es schon selbst hinkriegen.« Damit drehte er sich um und ging entschlossen weg, so entschlossen, wie er im Sand gehen konnte.

Wütend erreichte er die Dusche. Es prasselte warm auf ihn herab. Der schwarz-gelbe Wasserschlauch schlängelte sich salamanderhaft das Kliff hinauf; das Wasser war angewärmt. Er genoss die Weichheit des Süßwassers. Wie Juniregen, dachte er und drückte wieder und wieder auf den Edelstahlknopf. Bis das kalte Wasser kam. Er trocknete sich ab und ging, Strandkörbe und Badegäste umwandernd, auf die 1423 zu, zog sich ein weißes T- Shirt und weiße lange Hosen über; die übrigen Stellen seines Körpers cremte er ein und drehte den Korb, so dass er ihm Halbschatten bot. Die Öffnung zeigte nun Richtung Labyrinth.

Gedanken wogten in ihm hin und her. Sollte oder sollte er sich nicht einmischen?

Gottverdammte pubertäre Einsilbigkeit. Was ging es ihn an. Aber sie hatte ihm einen Auftrag gegeben. Sie, die schlanke Mutter. Die jetzt weggefahren war. Die mit dem ungefähren Blick. Mit der vermutlich sehr weichen Haut. Andererseits – wenn er jetzt hinginge, hatte er die Kinder womöglich an der Backe. Er hatte Ferien. Außerdem hasste er das Mädchen mit ihrem iPod. Natascha. Dreimal a. Für den Namen kann sie nichts, Merse. Trotzdem. Rettungsschwimmer im Kopf, alles klar. Sie war eingecremt. Sie glänzte wie eine Speckschwarte. Der Bruder war ihr doch egal. »Der vergessene Bruder«, hätte es heißen müssen.

Er trank einen Schluck Mineralwasser und biss in seine Stulle. Joel. Komischer Name. Sehr modern. Ob die Mutter diesen Namen ausgesucht hatte? Oder hatte ihr Mann sich damit durchgesetzt? Wie sie wohl hieß? Das Mädchen war bestimmt siebzehn. Oder sechzehn. Da konnte die Mutter schon mal wegfahren. Aber wenn die Mutter doch wusste, dass ihre Tochter sich nicht gut um den kleinen Bruder kümmern würde? Was war sie dann für eine Mutter? Wer machte das Essen? Natascha? An der See bekam man schnell Hunger. Aber vielleicht war die Frau auch tatsächlich nur in Westerland. Er war ja gestern schließlich auch in Westerland gewesen. Und kommt nachher mit Essen oder anderem zurück. Wenn sie dann merken würde, dass er sich eingemischt hatte, wäre es ihr vielleicht unangenehm. Als ob er ihr indirekt zeigen wollte, sie erfülle ihre Aufsichtspflicht nicht. Unmöglich wäre das! Andererseits:

Wenn sie hören würde, er sei da gewesen, habe aber seinen Auftrag nicht erfüllt und auch nicht geholfen beim Eincremen – vielleicht wäre sie enttäuscht.

Herr Merse blickte in den Himmel. Möglicherweise war es ein größerer Auftrag gewesen, den sie ihm gestern wie nebenbei gab. An dem viel mehr hing, als man auf den ersten Blick erkannte. Ein Auftrag wie ein Eisberg. Wie das Buch von Dagmar. Sie hatte ihn vielleicht indirekt um Mithilfe gebeten, weil sie gestern schon gewusst hatte, dass sie heute wegfahren würde. Sich mit ihrem Mann treffen wahrscheinlich. Wo war der überhaupt? Der vergessene Mann. Vielleicht kam der später, eben heute, erst an! Ja, und sie holte ihn aus Westerland ab. Oder ihr Mann kümmerte sich nicht um sie, und sie holte einen Liebhaber ab. Sie wurde bestimmt von allen Seiten angebaggert. So eine wie sie: ja. Gerade weil sie es nicht herausforderte. Weil sie einfach mit ihrem Liebreiz frei in der Welt stand. In die Welt hineinstrahlte. Und einer hatte es geschafft. Ein Besonderer. Den hatte sie zu ihrem Geliebten erwählt. Bei dem war alles anders als mit ihrem Mann. Ihr Mann hatte die modernen Namen durchgesetzt und war ein höherer Bankangestellter, ein Anlageberater, alles bei ihm war praktisch und übersichtlich, und sie hatte sich angepasst. Zwei Kinder gekriegt, mit denen sie dann allein war, weil ihr Mann Geld verdiente, nichts als Geld im Kopf hatte. Und dann war DER BESONDERE gekommen. Groß und breit wie eine wohlgeratene Linde, weich und einfühlsam wie deren sanftgrüne Blätter.

Ja. Oder ein Mann wie ein großherziger, gefühlvoller, erfahrener Rettungsschwimmer, zu dem diese Fraufee mit dem unbestimmbaren Blick und dem Lächeln und der Narbe sich hingezogen fühlte. Mit Körper und Seele.

So einer war er, Ingo Merse, nicht. Denn ihm fehlte es an allem.

Er war Sandmann, kein Lindenmann. Sein Blick schweifte über den Strand. Am Wasser vorne lief ein kleines Kind hin und her. Es bückte sich und sammelte Steinchen in seinen roten Plastikeimer. Herr Merse stand ruckhaft auf, ergriff seine teure Sonnencreme und ging zu Joel.

Joel trug jetzt ein helles T-Shirt. Er hatte sich also in Natascha getäuscht (»Siehste. Erst gucken, dann spucken.«). Das T-Shirt war stellenweise dunkelfleckig von dem Blasentang, der jetzt komplett auf den Wällen ausgelegt war. Gerade beschäftigte sich Joel damit, alle Wälle, die in der Mittagshitze und im Wind austrockneten, mit Wasser zu begießen. Er hatte hierfür nur einen kleinen Kindereimer und musste häufig zum Wasser laufen. Sollte er den Jungen überhaupt ansprechen? Jetzt war doch alles in Ordnung! Allerdings waren weder Arme noch Beine eingecremt, und auf den Unterarmen breitete sich die Röte aus. Herr Merse stellte sich an den Rand des Labyrinths. »Ziemlich kleiner Eimer, nicht?«, sagte er. »Hast du nicht noch was anderes?« Herr Merse fühlte sich unsicher. Wie ein Eindringling, aber Joel lächelte ihn an.

Er lächelt wie sie, dachte Herr Merse gerührt. Aber er hat

keine braunen Augen. Eher grünbraune. Der Junge schüttelte den Kopf. »Nee, hab nichts anderes. Hab diesen Eimer auch nur gefunden. Du vielleicht?« In der freudigen Überraschung, dass Joel ihn duzte, ihn ansah und sogar dabeihaben wollte, brachte Herr Merse haspelnd hervor: »Ja – äh nein, oder warte mal. Ich hab so 'ne Tupperdose, wo mein Nachmittagskuchen drin ist.« (O Gott, Tupperdose.) Er zögerte einen Moment und sagte dann: »Wollen wir die aus meinem Strandkorb holen? Ist nicht weit.« Joel nickte.

Es war alles ganz einfach. Sie gingen nebeneinander auf die 1423 zu. »Warum bist du noch mal gekommen?«, fragte Joel. Herr Merse hielt seine Sonnencreme hoch. »Ich dachte, ich bring dir die Creme. Du warst schon so rot wie ein Krebs. Aber dann hat ja Natascha doch für dich gesorgt.« »Natascha? Nee, das Hemd hab ich mir selbst geholt«, sagte Joel. »Ach so. Na, umso besser«, sagte Herr Merse erstaunt. »Wieso umso besser?«, fragte Joel. Herr Merse wusste nicht, was er antworten sollte. Er sah auf den Jungen herunter. Sie waren am Strandkorb angelangt. »Lass uns den Kuchen einfach aufessen, damit wir die Dose leer kriegen, ok?«, schlug er vor. Was wusste er, wann Joel gegessen, was er zum Frühstück bekommen hatte. »Komm, wir drehen die dicke 1423 weiter in den Schatten.« Joel lachte. »Das ist doch keine Lok!« »Doch! 'ne Korblok!«

Sie setzten sich nebeneinander. »Wieso umso besser?«, kam Joel auf die Frage von vorhin zurück. »Ach weißt du, ich hab früher auch 'ne Schwester gehabt (spreche ja über sie, als wäre sie gestorben!, dachte er verwirrt), und die hat mir immer gesagt, wo 's langgeht. Die hätte mich auch eingecremt. Aber so wird man nicht selbständig. Du hast dir selbständig das T-Shirt geholt. Umso besser. Du solltest dir übrigens die Unterarme eincremen, die sind schon rot.« Er reichte Joel die Tube, und der quetschte einen dicken weißen Streifen auf seiner geröteten Haut aus. »Nimm nicht so viel davon, die ist sehr ergiebig«, mahnte Herr Merse (»Alter Knauser«), nahm Joel ein bisschen davon ab und tupfte sie ihm auf die Schienbeine. Joel verrieb alles gründlich und schweigend. Dann aßen sie den Kuchen aus der Tupperdose.

»Ich mach immer alles alleine«, sagte Joel. »Spielt Natascha nicht mit dir?« »Ich spiele am liebsten alleine«, sagte Joel. Er stopfte sich den Kuchen in den Mund, und Herr Merse sah, wie hungrig er war. Er schaute auf die Uhr. Mittag war längst vorbei.

»Was meintest du vorhin mit dem Verlaufen im Labyrinth?«, fragte Joel. »Na, ich dachte, du kennst dich mit Labyrinthen aus«, antwortete Herr Merse. »Du hast doch im Zug auch welche gemalt.« »Konstruiert«, korrigierte ihn Joel ernsthaft. »Ich entwerfe sie. Ich baue sie dann. Ich baue Rätsel in Labyrinthform«, sagte er unbestimmt. »Du baust sie nur? Spielst dann nicht damit?« »Na, ich lasse Autos durchfahren.« »Kennst du nicht die Sage vom Minotaurus?«, fragte Herr Merse. »Nee. Wie geht die?« Herr Merse überlegte etwas. »Ich weiß nicht mehr genau, wie es anfing«, sagte er. »Der Minotaurus war halb Stier, halb Mann. Ein Ungeheuer. Für den musste Dädalus ein Labyrinth bauen – kennst du Dädalus? Den Vater von Ikarus?« Joel zuckte die Achseln. »Also Dädalus war ein sehr geschickter Baumeister. Wie du. Er war mit seinem Sohn Ikarus eingesperrt ...« »Warum?« »Also wenn ich alles erkläre, kommen wir nie zum Minotaurus. Die beiden wurden jedenfalls auf einer Insel gefangen gehalten, und Dädalus musste als Sklave immer für andere bauen, aber heimlich fertigte er große Vogelschwingen für sich und Ikarus an. Sie machten Flugübungen im Dunkeln, und eines Tages flohen sie damit. Dädalus hatte Wachs benutzt zum Befestigen der Federn an den Holzgestellen, und leider schwang sich Ikarus zu hoch in die Luft, so dass die Sonnenhitze das Wachs zum Schmelzen brachte und die Federn abfielen. Das leere Holzgestell trug nicht. Ikarus stürzte ins Meer.« Herr Merse dachte an sein gelb-rotes Plastikflugzeug. Joel schwieg auch, und beide sahen aus dem Strandkorb in die parallel anrollenden Wellen.

»Er fiel schnell, und die Federn schwebten langsam hinter ihm her?«, fragte Joel sinnend. Offenbar konstruierte er die Szene vor seinem inneren Auge. »Ja, stimmt, so war es, und die Federn schwammen dann auf dem Wasser.« »Aber Holz schwimmt doch auch. Warum hat er sich nicht an den Fluggestellen festgehalten? Und gerettet?« Herr Merse staunte. Er hatte im Gegensatz zu Joel das Ende der Sage immer fraglos hingenommen. »Vielleicht war Ikarus vom

Aufprall betäubt. So hat er auch das Ertrinken nicht mitbekommen.« Sie schwiegen wieder. Herr Merse überlegte, ob er an dieser Stelle auf die Ebbeproblematik überleiten sollte, aber fand es unpassend.

»Und der Minotaurus?«, fragte Joel. »Ach, ich erzähl später weiter«, sagte Herr Merse. Er fühlte sich plötzlich leer. »Ich geh jetzt zurück.« Joel stand auf. »Bist du morgen wieder hier?« Herr Merse nickte. »Kommt deine Mutter nachher wieder?« Die Frage schoss Herrn Merse unerwartet aus dem Mund. Sein Herz klopfte wie verrückt. »Weiß nicht. Sie hat gesagt, sie kommt in ein paar Tagen wieder. Wir sollen uns vertragen. Tun wir auch.« Damit drehte Joel sich um und ging. Er wirkte klein. Herr Merse atmete aus. In ein paar Tagen erst! Er verfolgte Joel mit den Augen und hatte das Gefühl, mit ihm durch ein dünnes unsichtbares Gummiband verbunden zu sein, das sich immer weiter und weiter dehnte.

* * *

An diesem Nachmittag versuchte Herr Merse durch angestrengtes Üben und Schwimmen, durch Einkaufen, Zubereiten einer indonesischen Gemüsepfanne, Smalltalk mit Neudeckers und schließlich durch Schreiben einer Karte an Barbara (»Liebe Barbara! Ich genieße Deine Sylt-Wohnung und habe Dich nicht vergessen. Danke, dass ich hier sein kann! Herzlich, Dein Ingo«) das Denken zu bannen, das unablässig um Joels und Nataschas Mutter und ihr Wegfahren kreiste. Es waren Kraftakte, die nicht immer gelangen; jede Mußeminute wurde zum Einfallstor von Phantasien. Nach dem Abendessen ging Herr Merse mit einer Decke und einer Flasche Rotwein zum Strand und setzte sich in die 1423. Die Lok. Er zwang sich, nicht zu dem 50er Strandkorbfeld hinüberzuschauen, sich nicht noch weiter hineinzuhängen. Er hing ja schon fest. Er spürte das Gummiband.

Alkohol verstärkte die Wirkung seiner Tabletten, und Herr Merse hatte deswegen in den letzten Jahren höchstens mal ein Bier getrunken. Aber er nahm ja jetzt weniger ein. Wenn auch nur wenig weniger. Er wollte jetzt unbedingt die Dosis weiter reduzieren. Nicht mehr zwei ganze Tage verstreichen lassen, bis er etwas änderte. Schluss mit dem lahmen Schleichen. Nein. Entweder am Abend nur noch eine und ein Drittel oder heute doch noch mal eine und eine halbe und morgen nur noch eine halbe statt einer ganzen? Ja, das erschien ihm besser. Er war zu faul auszurechnen, wie lang dieses Ausschleichen dann noch dauern würde. Seine Hoffnung war, tablettenfrei vor Nataschas und Joels Mutter zu stehen, wenn sie wiederkam. Ohne Haube. Ohne Scheuklappen. In ein paar Tagen. Auf jeden Fall meinte er die Dosis doch schon so reduziert zu haben, dass er heute Abend etwas trinken konnte. In seiner Lage.

Es schaute in den taghellen Abend. Juni und Juli – die hellen Monate. Die Sonne stand noch hoch im Westen und fiel schräg in seinen Strandkorb. Er schaute zwischen den anderen Körben hindurch auf das blausilberne Gewoge, das jetzt kaum brandete, und sog die Salzluft ein. Rufe, Gesprächsfetzen zogen durch die Luft, eines der Propellerflugzeuge für Touristen brummte von ferne. Der Wind, das leise Wellenrauschen, der Sand dämpften alles angenehm ab. In die brodelnde innere Unruhe hinein, die er den ganzen Nachmittag einzudämmen versucht hatte, trank Herr Merse nun in kleinen Schlucken vom Rotwein und war erleichtert über die Entspannung, die sich mit der roten Flüssigkeit in ihm ausbreitete.

Es blieb genug Unklares übrig. Alkoholgedimmt stiegen die drei Orakel vom Vormittag wie Blasen aus einem dicken Gebräu in ihm auf: die »Leere Seite«, die »Vergessene Schwester« und der »Saugraum der Stille«. Was bedeuteten sie? Was hatten sie mit den Ereignissen des Tages zu tun? Er brauchte klare Handlungsanweisungen. Er hatte Barbara eine Karte geschrieben, denn er hatte das »Vergessensorakel« als erhobenen Zeigefinger interpretiert: »Vergiss deine Schwester nicht!« Hatte er denn Barbara jemals in seinem Leben vergessen? Ja, in der Zeit mit Dagmar hatte sich der Kontakt ausgedünnt. Aber das hatte doch schon vor Dagmar begonnen? Wer war schuld? Er hörte die dicke Schneiderin mit ihrer Frage. Seit Oskar? Er mochte Oskar nicht. Von Anfang an hatten er und Oskar einander konsequent abgelehnt. Ja, seitdem Oskar in Barbaras Leben getreten war, hatte sich alles zwischen Barbara und ihm geändert. Herr Merse war damals als Student zwischen Detmold und

Hamburg hin- und hergependelt. Barbara war nach ihrem Auszug in Hamburg geblieben. Ingo war in Detmold, bevor Dagmar kam, einsam gewesen. Wenn er am Wochenende keine Proben hatte, besuchte er Barbara in ihrem Eppendorfer Studentenwohnheim. Sie setzten einfach ihre Kindheit fort. Barbara kam nie nach Detmold, auch nicht zu seinen Vorspielen. Er fuhr zu ihr nach Hamburg, wie er früher zu ihr ins Bett gekrochen war. Als Kinder waren sie samstags und sonntags ins Freibad oder ins Kino gegangen. Jetzt kochten sie zusammen und lasen sich abends vor. Schauten fern. Tranken Wein. Gingen gelegentlich in ein Konzert. Er schlief auf einer Matratze vor ihrem Bett im Studentenwohnheim. Im Dunkeln hatte Barbara Geschichten und Gedichte gemurmelt …

Herr Merse seufzte und nippte am Rotwein. Ohne Vorankündigung hatte sie ihn eines Samstags verbannt und gebeten, bei einer verreisten Kommilitonin zu übernachten. Denn sie hatte Oskar kennengelernt. Herr Merse nickte: So herum hatte es sich abgespielt. Er war zum überflüssigen Bruder geworden. Auf einmal gab es Oskar, den Verbindungsstudenten, zwar ohne Schmisse, aber ein Verbindungsstudent. Der Barbara mitnahm auf Verbindungsfeste. Der ihr Leben veränderte wie später Dagmar seines. »Dich muss ich mir erst mal zurechtschnitzen«, sagte Oskar, und seine große Schwester hatte sich schnitzen lassen. Und das, obwohl sie so gern sang: »Ich bin so, wie ich bin, so nimm mich denn hin, willst andre besitzen, so lass sie dir schnitzen.« Dagmar trällerte es eine Weile auch immerzu. Bei Dagmar hatte es gepasst. Bei Barbara nicht. Oskar hatte sich Barbara, Dagmar Ingo zurechtgeschnitzt.

Herr Merse hatte immer wieder versucht, mit Barbara über ihre Veränderung zu reden. Aber er wusste schon vorher, dass diese Versuche scheitern würden. Und das lag an ihm, nicht an ihr. Denn er war damals nicht nachdrücklich gewesen. Zwar war er beharrlich: ja. Beharrlichkeit war eine seiner guten Eigenschaften. Er nickte vor sich hin. Er war beharrlich, ohne aber nachdrücklich zu sein. An dieser Stelle verwirrten sich die Gedanken. Nein, er verstand das Orakel nicht.

Ihm fiel ein, dass man zum Orakelverstehen eine Pythia brauchte. Die er nicht hatte. Darum tappte er ratlos zwischen den Möglichkeiten herum. Die vergessene Schwester musste sich ja gar nicht auf ihn und Barbara beziehen. War Natascha gemeint? Dann müsste es aber »Die vergessliche Schwester« heißen. Vielleicht bezog es sich auf die braunhaarige Frau; die fuhr nicht ihren Mann abholen oder ihren Lindengeliebten, sondern zu einer kranken Schwester. Herrn Merse fiel die behinderte Schwester von Brahms ein. Die aber von Brahms nicht vergessen, sondern lebenslang unterstützt worden war. »Die nie vergessene Schwester.« Diese Vielzahl an Möglichkeiten. Vielleicht sollte er Barbara, die ihn damals vergessen hatte, seinerseits vergessen. Vergeben und vergessen.

Er trank einen weiteren Schluck. Leichter war es mit der

leeren linken Seite. Er war leer, war schon immer leer gewesen, das sah er als klaren, wenn auch unerklärlichen Fakt, und er füllte sich auf mit anderem. Mit der Frau aus dem Zug, die er gar nicht kannte. Mit deren Sohn Joel, der ihn gar nichts anging. Er selbst hatte keinen Sohn. Dagmar hatte keine Kinder gewollt. »Später. Jetzt genieße ich mal meine Freiheit.« So war das gewesen. Punkt. Brahms sagte der Tante zufolge einmal: »Ich müsste jetzt einen Sohn haben, der elf Jahre alt ist.« So wie Joel ungefähr. Aber Brahms bekam weder Sohn noch Tochter. Noch Frau. Er hatte nur seine ferne Clara-Geliebte, Schumanns Frau, die zig Kinder hatte. Auf die er manchmal aufpasste und für die er Lieder schrieb. Auch später im Leben hatte Brahms nichts als ziemlich ferne Geliebte, während er, Merse, immerhin eine Frau gehabt hatte. Das hatte er Brahms voraus. Sonst natürlich nichts. Er war ein leerer Lehrer. Brahms dagegen, ohne Frau, ohne Kind, schöpfte beim Spazierengehen Musik aus seinem Saugraum und füllte damit alle Herzen …

Die Gedanken in Herrn Merses Kopf drehten sich. Etwas tauchte auf, anderes unter. Joel. Minotaurus. Wie fing die Sage an? Wieso hatte er mit Ikarus begonnen? Er sollte ihn vorm Ebbeschwimmen warnen, nicht vorm Fliegen. Minotaurus. War das nicht die Geschichte mit der verrückten Königin, die sich in einen Stier verliebte, sich in einer eigens von Dädalus für sie gebauten Kuh versteckte und im Inneren dieser Kuh saß oder vielmehr lag, mit weit geöffneten Beinen lag und dem wild erregten Stier, der naiv auf den Kuh-Täuschungstrick hereingefallen war, entgegenfieberte? Und die es so weit gebracht hatte, dass der Stier sie mit seinem Tierschwanz auffüllte und dann schwängerte? Was für eine Geschichte! Herr Merse fühlte sich jäh abgestoßen. Der betrogene Stier tat ihm leid. Aber er hatte in seiner Gier auch nicht genau hingeguckt! Das Ergebnis dieser ungeheuerlichen Verbindung konnte ja nichts anderes sein als ein Ungeheuer, das in ein Labyrinth weggesperrt wurde und Menschen tötete; auch Jungfrauen wurden ihm gebracht, wer weiß, dachte Herr Merse, was er mit denen anstellte, bevor er sie tötete. In ihm stiegen Picasso-Bilder auf, auf denen sich der stierköpfige Minotaurus mit runden Nüstern über eine halb nackte Frau beugte (»Runde Nüstern, ach, wie lüstern«, hörte er Dagmar gurren). Wie sollte er all das Joel erklären? Bei der Hartnäckigkeit des Jungen war unbedingt damit zu rechnen, dass Joel auf die Geschichte zurückkam. Beharrlichkeit auch bei ihm. Er spielte, nein: baute, allein. Joel war Baumeister Dädalus. Ingo Merse der Abstürzer, Ikarus mit dem Rattervogel.

Herr Merse wanderte auf unsicheren Weinbeinen am Wasser entlang, nach rechts, weg vom 50er Feld. Besser Weinbein als Eisbein, dachte er und hasste sich. Dieses Dagmar-Gealbere. Ich bin sie, dachte er wieder. Mache alles wie sie. Und ich dachte, ich sei ich. Die Sonne sank ihm zu langsam. Er wünschte alle Menschen weg, die Spielenden, Badenden, Nackten, Verbrannten, Gebräunten, Dicken, Dünnen, Lesenden, Dösenden, Meckernden, Lachenden, Trinkenden, Buddelnden. Er wollte allein sein. Er beschloss, seinen Wecker auf vier Uhr morgens zu stellen und dann an den leeren Strand zu gehen. Noch vor dem späten Sonnenuntergang, den alle am Kliff abends wie sonst die »Tagesthemen« anschauten, ging er müde und dumpf nach Hause, dankbar für die Wirkung des Alkohols, nahm ohne zu zögern nur noch eine Tablette ein und legte sich ins Bett. Sein Kindergebet fiel ihm ein, wie er es mit Barbara immer zusammen gesprochen hatte. »Ich bin klein, mein Herz ist rein, soll niemand drin wohnen als Jesus allein.« Er änderte es ab und murmelte vor sich hin: »Bin nicht mehr klein, mein Herz ist nicht rein, ich bin traurig und allein, und jetzt kommt mein Schaf herein.« Er musste weinen, schluchzte wieder und wieder »und jetzt kommt mein Schaf herein«. Die Kopfstimmen mit »albern«, »Blödsinn« wurden stiller, und das Sprüchlein trug ihn unbemerkt über die Grenze.

Donnerstag

Um vier Uhr weckte ihn das Piepen des Weckers. Er wollte sich umdrehen und weiterschlafen, musste aber aufs Klo und befürchtete, nein, war sich sicher, danach nicht wieder einschlafen zu können. Es war schon ziemlich hell. Er stieg in die Joggingkleidung und schlich sich aus dem Haus, um keinen zu stören. Draußen empfingen ihn Kühle und eine ungewohnte Stille. Was war anders? Der Wind fehlte. Legt der sich nachts?, dachte er. Erst als er ans Kliff kam, spürte er eine leichte Brise.

Tatsächlich, er hatte den Strand für sich. Die Flut kam, aber mit wenig Brandung. Er lief zum schiefergrauen Wasser und wandte sich nach Norden, Richtung Kampen. Von rechts musste gleich die Sonne kommen. Er lief langsam. Ziemlich lahm. Es war der dritte Joggingtag, er hatte gelesen, dass Sportler am dritten Trainingstag jeden Muskel fühlen. Am ersten hat man Muskelkater, am zweiten denkt man, man ist schon fit, und am dritten Tag ist man bleiern. »Bleiente, Bleiente, Bleiente!« Er hörte Dagmar und dachte voll Hass und Selbsthass an die Stockentenhose. Wenn man den e-Laut von »Bleiente« nicht hart mit einem Kehlkopfschluss begann und das t zu einem d entspannte, ergab sich das schwingende Wort »Bleiende«, in dessen Rhythmus es sich gut lief: Bleiende, Bleiende, bleiende, bleiende. Bleiende weinende Bleiente, bleiende weinende Bleiente …

Herr Merse genoss es, allein vor sich hin zu laufen und laut zu blabbern, wie und was er wollte. Laut, leise. Das Ende vom Blei. Bleis Ende. Er blieb stehen und begann mit Streck- und Dehnübungen. Das vermied er sonst. Er bedauerte, dass er das Horn nicht mit an den Strand bringen konnte, aber Sand und Salz würden ihm schaden. Er hätte gern gegen das Meer angespielt. Er stellte sich hin und prustete sich aus. Wirbelte dabei die Arme durch die Luft. Sonnentanz. Ha. Die Sonne ging hinter ihm auf und ergoss sich rötlich auf das Meer vor ihm. Herr Merse machte Knie- und Rumpfbeugen, keuchte und gurgelte. Plötzlich hörte er aus einem Strandkorb Stimmen. Er drehte sich um. Drei junge Leute, die die Nacht durch am Strand geblieben waren, lachten albern zu ihm herüber. Bestimmt bekifft. Herr Merse ärgerte sich und wandte sich wieder um. Er hatte gar nicht gemerkt, wie weit er gelaufen war. Er wanderte zurück, langsam, immer da, wo der Sand fest und nass war. Er kniff die Augen zusammen und sah stur geradeaus.

Immer lachte irgendwo einer. Na wartet. Ihr werdet auch noch geholt, dachte er finster. Geholt. Bei seinem Hornlehrer hing ein großes Bild eines angeblich bekannten Malers. »Das ist meine Lebensversicherung«, sagte sein Lehrer immer. Er hatte es geerbt. Es zeigte nach Herrn Merses Ansicht Sylt, und zwar genau die Strecke Sand und Meer, die er jetzt entlangwanderte. Vor dem Bild stehend, hatte man links das Meer, rechts den Sand, darüber den Himmel vor sich. Alles in blanden Farben zwischen blaugrau und sandbeige. Im Zentrum des Bildes sah man klein, aber markant eine geschlossene Pferdekutsche. Auf den ersten Blick wirkte sie wie ein schwarzer Kasten. Vermutlich sollte sie ein Wattgefährt darstellen, aber Herr Merse bestand seinem Lehrer gegenüber stets darauf, dass sich die Szene eben nicht am Wattenmeer, sondern genau zwischen Wenningstedt und Westerland abspielte. Für ihn war das Gefährt eine Todeskutsche, was sein Lehrer abwegig fand. Herr Merse stampfte ingrimmig durch den Sand. Und diese Kutsche, dachte er, kommt eines Tages, und zwar für jeden. Und euch, euch holt sie auch, euch bescheuerte, bekiffte, bedröhnte Strandkorblacher. Schwarz kommt sie und hält nicht einmal an, das geht ganz schnell, eh man sich versieht, wird man geschnappt vom Großen Tod, reingezerrt in die Kutsche und ab durch die Mitte mit Peitschenknallen.

Herr Merse erinnerte sich an eine Einführungsveranstaltung zu einem Schostakowitsch-Konzert durch einen jungen Musikwissenschaftler, der von einer Art »Schwarzen Minna« erzählt hatte, einem Gefährt der Stalin-Schergen, vor dem alle russischen Künstler und Intellektuellen gezittert hatten. Er hatte berichtet, dass Schostakowitsch wochenlang im Anzug schlief, um bereit zu sein für den Abtransport. Beziehungsweise vor Angst eben nicht schlief. Schostakowitsch hatte auch an Schlafstörungen gelitten. »Und ihr da hinten seid nicht bereit!«, rief er.

Er erschrak vor seiner eigenen Stimme und stand still. Atmete tief und schaute aufs Meer, auf dem die ersten Sonnenstrahlen hinten eine weite silberne Fläche ausmalten. Bereit oder nicht bereit. Vielleicht war es sogar besser, wenn man nicht bereit war? Wozu brauchte es einen Anzug im Lager? Vor dem Erschießungskommando? Vor seinem inneren Auge blitzten die Brillengläser des müden, abgemagerten Schostakowitsch auf. Herr Merse versuchte, dahinter dessen Augen zu erkennen, aufzunehmen, was sie ihm sagten. Aber er drang mit seinem Blick nicht durch das dicke Glas.

»Bereit sein ist besser«, hörte er plötzlich Johannes brummen … Johannes erzählte ihm, wie er nach Claras Tod mit dem Zug zu ihrer Beerdigung aufgebrochen war, einen Zuganschluss verschlafen hatte und zu spät kam. Herr Merse wusste aus dem Buch der Tante, dass Brahms erst ankam, als Claras Sarg schon auf den Friedhof getragen wurde. Brahms hatte geweint und geweint und geweint und einen jungen Mann angeschnauzt, er verstehe nichts vom Sterben der einzig Geliebten. Dieser angeschnauzte Mann hätte ich sein können, dachte Herr Merse erschrocken. Danach hatte der alte Johannes sich bereit gemacht für seine Kutsche. Und war bald gestorben. Als Dagmar weg war, dachte Herr Merse, kam die Kutsche ganz nah an mir vorbei. Aber es saß ein Psychiatriepfleger drin. Glück gehabt.

Vor ihm auf einem kleinen Sandhügel lag ein flach gespülter, hellgrauer Stein. Er hob ihn auf, wog ihn prüfend in der Hand, holte weit aus und schleuderte ihn haarscharf über die Wasseroberfläche. Ditschen hatten sie es früher genannt. Er hatte es geübt als Junge. Er konnte gut ditschen. Der Stein riss siebenmal die Oberfläche auf. Sieben Hüpfer. Sieben Leben. »Mein Gott, wo bin ich«, stöhnte er und sah auf die Armbanduhr. Fast sechs. Die Bäckerei machte erst um sieben auf.

Herr Merse ging nach Hause und stellte sich unter die Dusche, drehte die Temperatur auf eine angenehme Wärme und blieb lange mit geschlossenen Augen darunter stehen. Er passte auf, dass er den Duschvorhang nicht berührte. Das Rauschen und Pladdern beruhigte ihn. Ich passe auf. Auf mich, beschloss er. Die Gefahr kam von innen. Nicht von außen. Vom Denken, vom zu vielen Denken. »Muss einer denken? Wird er nicht vermisst?«, hatte er in einem Bachmann-Gedicht gelesen. Diese Zeile hatte ihn mit Wucht getroffen. Bachmann war in ihrem Hotelzimmer in Rom verbrannt. Hatte geraucht, war eingeschlafen. War sie bereit gewesen? Schluss damit. Horn spielen wäre jetzt gut, dachte er, aber es war zu früh. Er fühlte sich schwach. Er legte sich hin, bis es sieben Uhr war und er Brötchen holen konnte, und las derweil im Brahms-Buch der netten Tante, um nicht an Joel und seine Mutter zu denken. Mein Tag beginnt mit sinnvoller Lektüre. Er beschloss, die Tablettendosis für heute doch beizubehalten.

Nach dem Frühstück und der Zeitungslektüre, bei der er abdriftete, war es immer noch zu früh zum Üben. Mit zwiespältigen Empfindungen nahm er »Der Mann ohne Eigenschaften« in die Hand. Die Orakelsprüche (»Schlecht orakelt: abgetakelt!«) von gestern hatte er noch nicht verdaut, und schon mit der Wünschelrute nach einem neuen ausgehen? War das sinnvoll?

Er schwang das schwere Buch von links nach rechts und wieder zurück. Es glitt ihm aus der Hand und landete mit einem dumpfen Plumps auf dem Teppichboden. Es war auf den Buchrücken gefallen und lag aufgeschlagen da. Aha, das ist schon ein Orakel, dachte Herr Merse. Etwas gleitet mir aus der Hand. Etwas öffnet sich von selbst. Ich muss loslassen, dann ergibt sich etwas. Dieser Gedanke ermunterte ihn; er setzte sich in die Hocke und begann die aufgeschlagene Seite laut zu lesen.

So viel war ihm von seinem ursprünglichen Mißtrauen gegen Agathes Herkunft noch verblieben, daß er nicht die Geheimnisse des Kriegsministeriums vor ihr preisgeben wollte. Erst im Vorzimmer, wohin ihn Ulrich geleitete, klammerte er sich an dessen Arm fest, flüsterte lächelnd aus heiserem Hals: »Um Gottes willen, red doch nicht offenen Landesverrat!« und schärfte ihm ein, daß vor einem Dritten, und wenn das selbst die eigene Schwester wäre, kein Wort über die Ölfelder verlauten dürfe. »Schon gut«, versicherte Ulrich. »Aber es ist ja meine Zwillingsschwester.« »Auch vor einer Zwillingsschwester nicht!« beteuerte der General, dem schon die Schwester so unglaubwürdig vorgekommen war, daß ihn die Zwillingsschwester nicht mehr aus dem Konzept brachte. »Versprich es mir!« »Es nützt nichts«, steigerte sich Ulrich, »wenn du mir dieses Versprechen abnimmst, wir sind ja siamesische Zwillinge; verstehst du?«

Siamesische Zwillinge. Die Wünschelrute hatte ihm einen richtigen Schlag versetzt. Herr Merse schluckte. Dagmar und er waren siamesische Zwillinge gewesen! So ungleich sie auch aussahen. Nicht als Geschwister, sondern als Paar. Aber nicht sie war an ihm festgewachsen, sondern er an ihr. Er war ein einseitiger siamesischer Zwilling. Er war an ihrem Rücken festgewachsen, mit seiner ganzen Vorderseite, hatte sich mit seinen um sie geschlungenen langen Armen immer an ihr festgehalten, und sie hatte sich gehäutet. War aus seiner Dauerumarmung still und heimlich weggeschlüpft, bis er auf einmal gemerkt hatte: Er hielt nur noch die leere Hülle. Das Wegschlüpfen hatte sich über Jahre hingezogen. Herr Merse strich sich unvermittelt über Brust und Bauch. Die leere Dagmar-Hülle hing nicht mehr dran. Er hatte sie abgerissen. Nicht auf einmal, sondern immer ein Stückchen. Sein Körper war noch wund. Der Schwanz war frei geblieben, immerhin. Obwohl er damals immer in sie eindringen wollte, war sein Schwanz an der siamesischen Dauerumarmung nicht beteiligt gewesen. Merkwürdig. Daher aber auch unverletzt. Immerhin.

Dieser Ulrich erzählte also alles seiner Zwillingsschwester. Herr Merse beneidete ihn. Der große dicke General aus dem Kriegsministerium war an der Stelle machtlos. Gegen Ulrich und seine Schwester kam er nicht an. Gegen ihn und Barbara war der Vater auch nicht angekommen, wenn Barbara sich in seltenen Fällen entschied, mit ihm, Ingo, zusammenzuhalten. Barbara war ein siamesischer Wechselbalg, denn mal war sie mit dem Vater verbündet gegen Ingo oder die Mutter, dann mit der Mutter gegen ihn oder den Vater. Sie war sehr geschickt. Wenn es Ölfelder gab – Barbara hätte davon gewusst und wäre auf der Gewinnerseite gewesen.

Herrn Merse fiel das Dirigentenspiel ein. Sie hatten als Kinder gern eine Oper auf der Terrasse aufgebaut, mit dem Orchestergraben im Staudenbeet vor der Terrasse, die einzelnen Instrumentengruppen, bestehend aus je ähnlichen Kuscheltieren, genau abgesetzt voneinander. Barbara spielte fast immer den Dirigenten, er gab den Orchesterwart und alle anderen. Schleppte alles hin und her, zog den nicht vorhandenen, schweren roten Samtvorhang auf und zu, während Barbara auf einem Hocker stand, von dem aus sie dirigierte oder sich verbeugte. Wenn er auch auf den Dirigierhocker wollte, wehrte sie ihn ab. Einmal war er hartnäckig gewesen, und es war ihm gelungen, das Dirigentenpodium zu erklimmen. Als er seinen imaginären

Dirigentenstab erheben wollte, schubste ihn Barbara voller Wut vom Hocker. Er fiel auf einen eisernen Fußabtreter und blutete heftig aus einer Platzwunde an der Stirn. Barbara war zur Mutter gerannt, zerrte sie herbei und schilderte beredt und besorgt, wie Ingo vor lauter Hampeln hingefallen sei und wie sie noch versucht habe, ihn aufzufangen. Sie half der Mutter, holte Taschentücher, verschmolz mit ihr zu einer siamesischen Helfereinheit, während er brüllend versucht hatte, der Mutter den wahren Sachverhalt zu vermitteln. Aber das half nichts: Er wurde ausgemeckert (»Kannst du denn nicht aufpassen?«), Barbara wegen ihrer Umsicht gelobt.

Vom Sportplatz drangen Kinderstimmen in Herrn Merses Zimmer. Aber wenn sie in der Grundschule in der großen Pause Reiterkämpfe aufgeführt hatten, dann war er mit Barbara unschlagbar gewesen. Sie hatte ihn als Pferd huckepack auf dem Rücken getragen; er spürte noch den kräftigen Druck ihrer Arme um seine dünnen Jungenbeine, die er vorne um ihren Bauch herum zur Doppelsicherung übereinandergeschlagen hatte. Von Barbaras Rücken warf ihn keiner, er aber zerrte die anderen aus ihren Reitersitzen, indem er unnachgiebig an Ärmeln und Kleidung riss und daran Reiter und Ross im Kreis so lange herumzog, bis sich deren Griffe lockerten und sie hinunterrutschten. Er als Reiter mit Barbara als Streitross unter ihm bildete einen unbesiegbaren siamesischen Antäus des Schulhofs.

Antäus. Minotaurus. Herr Merse beschloss, am heutigen Tag erst nachmittags Horn zu üben und sogleich an den Strand zu gehen. Er packte einen großen Picknickkorb mit Getränken für die beiden Geschwister, mit Obst, belegten Brötchen und Kaffee für sich. Er nahm zwei Tassen mit für den Fall, dass die Mutter der beiden doch schon wieder da war. Für die Befestigung des Labyrinths eine große leere Plastikwasserflasche. Zum Schluss steckte er die Bücher in den Korb, zweimal Brahms und einmal Storm.

Von oben auf dem Kliff schaute er auf die Strandszenerie wie auf eine Spielzeugglashalbkugel. Am Deckenrund der Halbkugel überwölbte ein lichter Himmel mit der daran aufgehängten, strahlenden Sonne und ein paar segelnden Möwen große und kleine bunte Menschen, Bollerwagen, Gummitiere, knallig farbige Strandtaschen. Am Boden der Glaskugel brachen sich mittelhohe Wellen auf den ockerfarbenen Strand, die Badeerlaubnis-Wimpel flatterten, eine Gruppe Jugendlicher spielte Beachvolleyball über ein aufgespanntes Netz. Herr Merse sah sich plötzlich als winzige Figur neben der Lok 1423 stehen als Teil des Kugelpanoramas. Ein Kind konnte die Halbkugel umdrehen, dann würde der Sand in Zeitlupe durch die Flüssigkeit nach oben schweben, dazu seine in den Strandkorb gelegten Dinge, ja er selbst und alle anderen samt den Gummitieren und Luftmatratzen und Sonnensegeln. Er sah alles bunt nach oben treiben, und außerhalb des dicken Glases Dagmars riesiges Kindergesicht, das lachte, lachte …

Herr Merse schlenkerte mit Armen und Beinen und produzierte ein befreiendes Brrrrrrrrrrrrr. Raus aus der Glaskugel. Alles abschütteln. Es trieb ihn automatisch nach links zum 50er Feld. In der 1051 saß zu seinem völligen Befremden ein junges Pärchen; die Kinder waren nirgends zu sehen. Herr Merse ging zu dem, was vom Labyrinth geblieben war, und schaute strandab- und -aufwärts, aber er fand die Kinder nicht. Unsicher näherte er sich der 1051 und sprach das Pärchen an. Ob sie wüssten, wo die Kinder seien, die zu diesem Strandkorb gehörten. Der Junge fragte leicht gereizt zurück, was er denn für Kinder meine. Er sähe doch: Jetzt säßen sie hier. Das Mädchen kicherte. Herr Merse stand sprachlos. Er kam sich seltsam verlangsamt vor. Wie umgeben von einer dicken Flüssigkeit. Im Zeitlupendenken wanderten Fragen in ihm um: Konnte es denn sein, dass die Kinder auch abgereist waren? Dass die Mutter sie angerufen und zurückbeordert hatte? Hatte er alles nur geträumt?

Er zog sich schweigend zurück. Bis plötzlich heftige Empörung in ihn einschoss. Zielstrebig eilte er zum Strandkorbverleih und behauptete, er sei gestern von der Frau, die den Strandkorb 1051 gemietet habe, gebeten worden, sich um ihre beiden Kinder zu kümmern, da die Mutter plötzlich zu einer kranken Verwandten habe fahren müssen, und nun säßen da einfach Jugendliche drin, und sein Verdacht sei, dass sie die beiden Kinder vertrieben hätten. Herr Merse war aufgebracht und dadurch so überzeugend, dass der Strandkorbverleiher augenblicklich mit ihm sympathisierte, in seinem Heft nachschaute und ihm recht gab: Ja, der Korb 1051 sei von Frau Luner bis zum 21. Juli inklusive gemietet und bezahlt worden, und ja, immer wieder komme es neuerdings vor, dass sich da Jugendliche einfach reinsetzten und zahlende Kurgäste verjagten.

Während er von Wochenendtouristen erzählte, die am Strand übernachteten, keine Kurtaxe bezahlten und neben die Süßwasserduschen pinkelten, floss der Name LUNER samtig in Herrn Merses Saugraum und füllte ihn mit seinem Klang bis an den Rand. Mühsam hielt er Kontakt zu seinem Anliegen und zur Realität des Strandkorbvermieters, indem er die Segelschifftätowierung auf dessen rechtem Arm fixierte. Ohne abzuwarten, stampfte der untersetzte, braun gebrannte Mann mit Herrn Merse im Schlepptau auf die Nummer 1051 zu, aber die Jugendlichen hatten bereits Reißaus genommen, der Korb war leer. Herr Merse war erleichtert und zugleich beschämt, dass er Hilfe gebraucht hatte gegen zwei Halbwüchsige (»Schisser – Pisser«!). Der Strandkorbverleiher sagte gutmütig, er solle ihm Bescheid geben, wenn es wieder Probleme gebe, und Herr Merse sah ihn dankbar an. Er schob die 1051 ein Stückchen vor, so dass er den Korb von der Lok aus im Blick hatte, und zog sich zurück.

Luner. So hieß sie also. Er begann vor Freude zu vibrieren. Luner. Er platzte fast. »Luner« klang wie »Luna«. Fast zu schön, um wahr zu sein. Er murmelte den Namen leise vor sich hin. Er liebte ihn auf Anhieb. Wie gut der Name zu ihr passte! Weich, dunkel, leicht. Er lächelte selig. Luner. Darauf fällt dir nix ein, Dagmar. Darauf reimt sich nix.

Dann überkam ihn Unruhe. Sie hinderte ihn am Lesen, trieb ihn ins Wasser. Er warf sich mit aller Kraft durch die Wellen. Stellte es so an, dass er die Wellen frontal abbekam und sie gegen seine Brust klatschten. Es brannte auf der Haut. Wo er noch wund war von der abgerissenen siamesischen Hülle.

* * *

Er verbrachte den halben Tag in rastlosem, müdem und gleichzeitig überwachem Zustand zwischen Süßwasserduschen, Meer und Korb, aß sein Picknick, versank in minutenlanges Dösen mit dem Luner-Namen im Ohr, sprang wieder auf: Wo waren die Kinder? Hatten sie mit den Rettungsschwimmern einen Ausflug gemacht? Musste er sich kümmern? Oder war das Einmischen?

Er zog sich in die Wohnung zurück, absolvierte sein Übepensum halbherzig und unkonzentriert. Schließlich hielt er die Spannung nicht mehr aus und begab sich zur Kurverwaltung, wo er erneut die Geschichte von der notfallartig abgereisten Frau Luner auftischte, die er mit heimlich stolzer Selbstverständlichkeit eines alten Bekannten beim Namen nannte, um deren Kinder er sich kümmern solle, die aber nicht erschienen seien, so dass ihn die Sorge umtreibe, ob sie vielleicht krank seien und seine Hilfe bräuchten. Er erzählte von dem Sonnenbrand des Jungen; vielleicht habe er eine Hitzeallergie oder ein Hitzefieber entwickelt, einen Hitzschlag … Zu seiner Verwunderung rückte die Frau am Tresen ohne Umstände mit der Adresse heraus; offenbar wirkte er ehrlich und besorgt: Pension Strandmöwe im Lerchenweg.

Aufgeregt radelte Herr Merse los. Er passierte den Wenningstedter Dorfteich, zwinkerte den dortigen Enten und Haubentauchern zu (Schluss mit Entenhosen und Pillenhäubchen, Dagmar! Ich tauche auf!) und klingelte an der Haustür der Pension mit einer neuen Zielstrebigkeit (Eigenschaft?), bevor er überlegt hatte, was er eigentlich sagen wollte. Auf die leicht gestotterte Frage nach der »Familie Luner« zeigte die Zimmerwirtin mit ihrem rot lackierten Finger auf eine Holztreppe: »Oben im ersten Zimmer links. Da wohnt Frau Luner mit ihren beiden.«

Herr Merse stieg pochenden Herzens die Treppe mit dem Sisalläufer hinauf, klopfte an, hörte ein unbestimmbares Geräusch, zögerte einen Moment und öffnete die Tür. Natascha und Joel saßen auf einem mit braunem Cordstoff bezogenen Sofa und guckten in den Fernseher, den sie sich direkt vor den Couchtisch gezogen hatten. »Hallo«, sagte Herr Merse. »Ich wollte nur mal nach euch schauen. Ihr wart gar nicht am Strand, und da dachte ich, Joel hätte vielleicht so schlimmen Sonnenbrand, dass er Hilfe braucht …«

»Ja, hab ich auch«, sagte Joel und zeigte seine blaurot gefärbten Unterarme. Er schien nicht verwundert über Herrn Merses Erscheinen. Natascha sagte nichts. »Habt ihr denn was zum Verarzten?«, fragte Herr Merse. Als keine Antwort kam, schlug er vor, mit Joel in die Apotheke zu gehen. Der Junge stimmte gleich zu. Natascha nickte. »Wollen wir hinterher Pizza essen?«, fragte Herr Merse mutig. (Mutig! Neue Eigenschaft.) Zu seiner Überraschung nickte Natascha wieder und machte den Fernseher aus.

Auf dem Weg zur Apotheke fragte Herr Merse das eine oder andere aus ihnen heraus. Sie hatten offenbar lange geschlafen, Cornflakes gegessen und den ganzen Tag ferngesehen. Die Mutter hatte sich nicht gemeldet. »Sie ist zu ihrem Chef«, erfuhr er von Natascha. »Der hat 'nen Nervenzusammenbruch. Ist im Krankenhaus. Pleite gegangen mit seiner Klitsche.« Sie sprach abfällig von einem Buchladen, in dem ihre Mutter arbeitete. Herr Merse fragte, ob denn ihr Vater nicht kommen könne. Keine Antwort. Er wechselte schnell das Thema: »Könnt ihr Skat?« Wieder überraschte ihn Natascha damit, dass sie nickte. Sie erzählte von ihrer Schule, einem musischen Gymnasium, wo sie in den Biologie- und Erdkundestunden Skat spielten. »Um Gras.« Ob sie angab? Joel spielte nicht Skat, beteuerte aber, es lernen zu wollen.

Der frühe Abend verging mit Herrn Merses geduldigen, Nataschas gereizten Skaterklärungen und ersten Spielversuchen mit offenem Blatt, das der Kellner ihnen gegeben hatte; zunächst in der Pizzeria, dann auf Herrn Merses Vorschlag im Strandkorb, und zwar in der 1051. »Ihr müsst euch hier blicken lassen«, meinte er. »Sonst wird der Korb von fremden Mächten besetzt.« Die Spielregeln waren kompliziert, im Strandkorb fehlte der Tisch, Joel ermüdete, und auch Herr Merse gähnte. Er spürte das frühe Aufstehen. »Wollen wir morgen weitermachen?«, fragte er. »Warum tun Sie das für uns?«, fragte Natascha zurück. Er zuckte die Achseln. »Einfach so. Ich bin allein und hab Zeit«, hörte er sich sagen. »Sind Sie Lehrer?«, fragte sie weiter. »Nein. Ja. Hornist. Hornlehrer.« Joel guckte überrascht. Er schien eine Frage zu unterdrücken.

Herr Merse begleitete die Kinder zum Lerchenweg. Natascha schaute auf ihr Handy. »Mama kommt morgen wieder! Hat sie gerade gesimst.« Joel lächelte freudig, während Herr Merse zu verbergen suchte, wie diese Nachricht ihn glückdurchflutete. »Na schön, dann ist ja alles wieder in buster, äh, bester Mutter. Mit Butter«, alberte er. Natascha sah ihn an, und er fühlte sich durchschaut von ihrem glasklaren Blick aus den hellblauen kühlen Augen. Er wendete sich ab, um das Erröten zu verbergen, das er heiß den Hals hoch in die Wangen steigen spürte.

Zu Hause lag vor seiner Tür ein kleines Päckchen: Frau Niebuhrs Büchersendung mit Dagmars Tagebuch. Sie musste es sofort abgeschickt haben. Er riss es auf, eine Karte fiel heraus. »Lieber Herr Merse«, las er, »hier das Verlangte. Die Blumen sind gut versorgt, alles geht seinen Gang hier. Weiter gute Erholung! Herzlichen Gruß, Alma

Niebuhr.« Er nahm sein Handy heraus, wählte ihre Nummer und bedankte sich. »Das war ja wohl dringlich, da hab ich 's gleich zur Post gebracht«, sagte sie.

Herr Merse legte das Tagebuch auf ein Regal. Es war ihm unmöglich, sich jetzt damit zu befassen. Zu belasten. Es würde ihm nicht guttun, er war zu beschäftigt, er war angefüllt bis unter den Rand, das Tagebuch störte. Er schob es unter die anderen Bücher, wollte es nicht sehen, verflixt, warum hatte er es überhaupt bestellt? Was sollte dieser alte Kram in seinem neuen Luner-Leben?

Herr Merse legte sich ins Bett und sortierte in aller Ruhe, was er von Frau Luner wusste: den Namen, die Buchhandlung, den kranken Chef, die drohende oder tatsächliche Insolvenz. Ganz sicher hatte sie ein Liebesverhältnis mit diesem Chef, sonst wäre sie nicht zu ihm ins Krankenhaus gefahren. Aus ihrem Urlaub! Also alles klar. Pech gehabt. Die Bleiente sank.

Nein. Er ballte die Faust. Es könnte doch auch sein, dass sie einfach nur seine »rechte Hand« war und nun retten musste, was zu retten war. Vielleicht waren Luners knapp bei Kasse, und sie war nur zu bereit, ihm zu helfen, um ein bisschen Extrageld zu verdienen. Aber passte ein Sylturlaub mit wochenlang gemietetem Strandkorb zur knappen Kasse? In der Hochsaison?

Das schwierigste Thema war der Vater. Herr Merse war sich sicher, dass der Vater nicht der Chef war, dass der Vater die Familie im Stich gelassen hatte, dass auf jeden Fall Natascha eine Stinkwut auf ihn hatte. Er hatte es ihrem Schweigen angemerkt. Wie konnte ein Mann diese Frau verlassen! Und diese Kinder. Alles in allem war Natascha doch netter als gedacht. Immerhin war sie bei Joel geblieben und nicht zu den Rettungsschwimmern gelaufen. Konnte die gucken! Allein die Erinnerung an den hellblauen Glasblick trieb ihm die Röte ins Gesicht zurück. (»Roter Puter, bist mein Schnuter«, sagte Dagmar nach dem Sex gelegentlich. Er wurde leicht rot, und das als erwachsener Mann. Und beim Sex immer.) »Dein blaues Auge blickt so klar / Ich schaue bis zum Grund.« Er liebte das Lied mit dem Heine-Text. Es kühlte jede Wunde. »Eines deiner besten, Johannes!« Wahrscheinlich hatte sich Brahms den Bart als ultimative Rettung gegen das Erröten stehen lassen. Storm auch. Alles so Schnuter. Bartschnuter.

Buchhändlerin. Ein schöner Beruf. Er liebte Buchhandlungen. Es war sicher eine kleine Buchhandlung. Klitsche. Das klang nicht nach was Großem. Er stellte sich vor, wie er einen kleinen, vollgekramten Buchladen in einer mit Platanen bestandenen Berliner Seitenstraße betrat und wie er Frau Luner am Computer vorfand, wo sie etwas suchte, aufschaute und ihn gleich erkannte: »Ach, Sie! Hallo«, und wie er sie dann in ein Gespräch verwickelte und einlud, mit ihm essen zu gehen, alles ganz easy (»Du und easy!«). Wie sie an einem Restauranttisch saßen, auf einem der Plätze in Berlin, mit Windlicht, und wie er sie ausfragte. Nein, wie sie ihm ganz von selbst alles erzählte. Nein, nein, das war alles viel zu direkt. Wie sie über Reisen sprechen würden. Wo man schon immer mal hinwollte und noch nie war. Venedig (zu kitschig), Rom (da war jeder schon mal), Barcelona. Ja, Barcelona. Herr Merse hatte ein Buch gelesen, das in Barcelona spielte, und ihr fiel dann wohl ein anderes ein, das in Lissabon spielte, und sie malten sich aus, wie schön es wäre, den Bücherhelden nachzuwandern und sich treiben zu lassen und alle möglichen Winkel zu entdecken und keine Sorgen zu haben und Hand in Hand über Plätze zu schlendern und an einem Fluss zu sitzen. Da würde er sie mit dem Ditschen beeindrucken, und sie würden sich ins Gras in den Halbschatten eines alten holzigen Holunderbusches legen, und er würde behaupten, das sei der Busch aus Hoffmanns »Goldenem Topf« und sie solle mal genau hinsehen, dann sähe sie Salamander mit ihren goldenen Krönchen in den Zweigen, und sie würde lachen und ihre Locken schütteln und ihn anstrahlen, und er würde ihr Bein streicheln und sie fragen, woher sie eigentlich diese Narbe hätte, und ihr erzählen, dass er sich immer mit dem ungeschickten Studenten Anselmus aus dem »Goldenen Topf« identifiziert hätte, aber nun sei sie gekommen und habe ihn erlöst …

Er lächelte glücklich, aber kurz. Er wollte sich nicht in ein keinesfalls sicheres und höchstwahrscheinlich sowieso nie für ihn gedachtes Glück hineinsteigern. Das er aber unbedingt jetzt mit jemandem teilen musste! Weil er doch fast platzte! Er erzählte dem erstaunten Johannes, dass er eine

Buchhändlerin kennengelernt habe und sie sich über Reisen unterhalten hätten. »Was ist denn ihr Lieblingsbuch?«, fragte Johannes, der seinerseits leidenschaftlich gern las, wie Herr Merse von der Tante erfahren hatte. Herr Merse schwieg. Er war auf diese Frage nicht gekommen. Er wollte »Die Leiden des jungen Werthers« antworten, schluckte den Einfall aber hinunter. Albern. Eine Frau um die vierzig. Mit zwei Kindern. Johannes fand, einer Frau Luner müsse man ein Nachtstück schreiben, und begann eine Melodie auf dem Klavier, an dem ihn Herr Merse immer sah. Wahrscheinlich hatte er »Luna« verstanden. Während Herr Merse ihm zuhörte, dachte er weiter über ihr mögliches Lieblingsbuch nach und verwarf eines nach dem anderen. War er müde! So müde, dass er keine Tablette mehr brauchte. Nie mehr. Schluss damit, schlafen und Punkt. Aus.

Freitag

Herr Merse schlief traumlos bis sechs Uhr morgens. Er wachte mit einem leichten Zittern auf; es zog sich die gesamte Innenseite an den Beinen entlang. Das nicht kontrollierbare Vibrieren irritierte ihn. Er strich mit den Händen über die Oberschenkel, vorbei an seiner Morgenerektion. Mit dem Salamanderbusch, unter den er sich gestern mit Frau Luner getagträumt hatte, war er gefährlich nah »am Ufer« gelandet und kämpfte jetzt mit sich, ob er das Zittern mit SB beruhigen sollte. Er fühlte sich in der Klemme: Eine Verwechslung von Frau und Phantasie war gefährlich, siehe Darinx; aber innerlich saß er bereits so fest am Haken der braunlockigen Buchhändlerin, dass er keinerlei Lust auf eine anonyme Phantasiefrau verspürte. SB erschien ihm andererseits als die einzige Möglichkeit, das Zittern loszuwerden. Kalte Dusche, hätte sein Vater empfohlen. Wenn sie denn je darüber gesprochen hätten. Herr Merse versuchte es mit Kniebeugen. Das Zittern hörte nicht auf. Er legte sich wieder hin. In Dagmars »Brigitte« hatte er etwas über therapeutisches Selbsterregen gelesen, aber galt das nur für Frauen?

Ihm fielen die Rettungsschwimmer als Bindeglied zwischen einer Anonyma und Frau Luner ein. Er mutierte mit geschlossenen Augen, die Hand am Glied, etwas zögerlich zu einem kräftigen Rettungsschwimmer und zog eine nackte Frau aus dem Wasser, die schreiend und armwedelnd eine Ertrinkende gespielt hatte, um die Aufmerksamkeit der Männer auf sich zu ziehen. Er stellte sich vor, wie Frau Luner der Rettungsaktion von ferne beiwohnte und ihn bewunderte. Er hatte die Absicht der »Ertrinkenden« von Anfang an durchschaut und cremte sie nun am ganzen Körper angeblich aus Wiederbelebungsgründen ein … Herr Merse versuchte sich mit dem Bild der nackt auf dem umgedrehten Rettungsboot ausgebreiteten Frau weiter zu erregen, spürte aber aus der Ferne Frau Luners Augen auf sich. Was tue ich?, stöhnte er in dem flachen Höhepunkt, warf sich auf die Seite und begann haltlos ins Kissen zu schluchzen.

Das Zittern blieb. Er ging zum Strand und absolvierte sein Laufpensum. Auch nach dem Joggen war es genau wie vorher. Ein leises, ununterdrückbares, mit den Augen kaum wahrnehmbares Zittern, wie die leichte Erschütterung einer Wackelpuddingoberfläche. Die Tabletten, dachte er. Oder die Aufregung? Weil sie heute zurückkam? Nein, die Tabletten waren der Grund, nicht Frau Luner. Es war ein fremdes Zittern, nicht das vor Aufregung. Er las sich die Nebenwirkungsliste auf dem Packungszettel durch, aber stieß nur auf den ihm bekannten Hinweis, das Absetzen der Tabletten solle in Rücksprache mit dem Arzt erfolgen.

Wenn er zum Arzt ginge? Nein. Er kannte hier keinen und bezweifelte außerdem, dass es auf einer gesunden Insel wie Sylt überhaupt einen Neurologen gab. Er entschied, seine Morgentablette nicht zu nehmen, denn die wirkte ja anschiebend, das brauchte er auf keinen Fall; er brauchte Beruhigung. Daher nahm er nach dem Frühstück aufgrund der »besonderen Umstände« eine halbe Abendtablette.

Für das Orakel war er zu unruhig, fürs Hornüben war es zu früh, Lesen absorbierte ihn nicht genug, die Zeitung hatte er beim Frühstück schon halbherzig durchflogen. Dann lieber jetzt mit dem Fahrrad nach Westerland fahren und am Bahnhof nachsehen, wann Züge aus Berlin ankämen; außerdem guten Wein einkaufen, für alle Fälle; auf dem Rückweg könnte er unauffällig durch den Lerchenweg radeln. Danach üben. So würde er den Vormittag herumbringen.

Die Westerlandtour tat Herrn Merse trotz des klappernden Damenfahrrads gut. Am Bahnhof ermittelte er mit einem Anflug von schlechtem Gewissen und Scham (»Merse als Nick Knatterton«), dass täglich zwei Züge aus Berlin ankamen, einer gegen Mittag – da musste man morgens recht früh aufgestanden sein –, einer am frühen Abend um 17.46, der, mit dem er vor inzwischen fünf Tagen auch gekommen war. Er trank einen Milchkaffee in der Einkaufszone. Sollte er hier unauffällig auf den Mittagszug warten? Nein, in Wenningstedt, am Strand oder beim Einkaufen gäbe es unverdächtigere Begegnungsmöglichkeiten. Frau Luner sollte keinesfalls die Bedeutung mitkriegen, die sie für ihn hatte.

Welche Bedeutung? Diese Frage beunruhigte ihn. Ließ sie ihn zittern? Etwas passierte mit ihm, ohne dass er es kontrollieren konnte. Er war unversehens aus seinem durchgetakteten Tagesablauf herausgespült worden wie aus dem geöffneten Fenster einer Eisenbahn, die bei Sturmflut auf dem Hindenburgdamm stehen geblieben war – È pericoloso sporgersi! –, und fand sich in einer fremden Strömung wieder, mitgezogen wie ein langes Stück Treibholz. Die Strömung war reißend. War er nicht wie unter Zwang hierhergeradelt? Er musste jetzt unbedingt auf sich aufpassen, zum Beispiel eine Insel wahrnehmen und dort anlanden, sich an einer langen Wurzel, die vom Ufer ins Wasser hing, festhalten. Ja, er musste aufpassen.

Das Zittern war besser nach der Westerlandtour, aber weg war es nicht. Er verstaute den Rotwein, aß einen Apfel und begann zu üben. Den langsamen Satz aus dem Horntrio. Den Brahms nach dem Tod seiner Mutter komponiert hatte. Einen Trauersatz. Dunkle, langsame Klänge. Er konzentrierte sich auf einen runden Ton. Mit einer Phrase war er schließlich zufrieden, wollte sie festigen, bekam es nicht mehr hin und stürzte innerlich ab. Seinen Schülern sagte er immer: »Alles ist ein einziger Fluss, mal klappt es, mal nicht, versuch nicht, dich an feste Ziele zu klammern, sondern hör dir zu bei dem, was du tust.« Was ich den Schülern predige, gelingt mir selbst nicht, dachte er verzweifelt. Wenn es nicht mal dieses eine gab, in dem er ganz enthalten war, was blieb dann? Wer war er? (»Eine Null ist eine Null, Ingo hat die Hosen full.«) »Eine Null ist in sich selbst unendlich«, hörte er sich plötzlich gegen Dagmar sagen und malte dazu mit der rechten Hand einen Kreis in die Luft. Ihm kamen Tränen. Verdammt, er war labil geworden. Er packte den Picknickkorb für den Strand und steckte nur einen Krimi ein. Wieder nahm er die Wasserflasche und etwas für die Kinder mit. Und für alle Fälle die zwei Kaffeetassen.

* * *

Es war ein blendend heller Sommermittag. Die Möwen so weiß wie die Wellenschaumkronen. Das Meer dunkel-, der Himmel königsblau. Keine Wolke. Sonnencremetag. Badetag. Unten am Kliff das volle Strandleben. Herr Merse badete ausgiebig, duschte, ohne zum 50er Feld zu gucken, wärmte sich in der Sonne vor seinem Korb und drehte ihn dann so, dass er im Schatten saß. Lustlos vertiefte er sich in den Krimi und aß dabei seine Brote. Nach einer Weile kam er in die Geschichte hinein. Er fühlte sich erleichtert. Da kratzte es hinten am Korb. »Hallo!« Es war Joel. Mit einer Cremetube. »Ob du mich am Rücken eincremen könntest?«, fragte der Junge. Er wirkte verlegen. »Na klar«, sagte Herr Merse. Er schmierte ihm die Schultern gründlich ein. »Besser wär ein T-Shirt«, meinte er. »Solange du dich noch schälst.« »Danke«, sagte Joel. »Ich geh denn mal zu meinem Labyrinth.« Er blieb aber stehen.

Herr Merse erkundigte sich, ob denn über Nacht von dem Labyrinth noch etwas übrig geblieben sei. »Was heißt übrig?«, fragte Joel. »Ich hab den ganzen Vormittag ein neues gebaut. Will ich Mama zeigen, wenn sie nachher kommt.« Herr Merse schluckte. Er wollte Joel die Wasserflasche mitgeben, aber besann sich. »Ich komm nachher mal und guck es mir auch an, ok?« fragte er. »Ok«, sagte Joel. Es war nicht herauszuhören, ob er sich darüber freute oder ob er sich gewünscht hätte, dass Herr Merse jetzt schon mitkam, oder ob er so in Vorfreude auf seine Mutter war, dass nichts anderes in ihm Raum fand.

»Ok, ok, ok« hallte es in Herrn Merse nach. Warum hörte er nichts heraus? Weil nichts drin war? Weil er es nicht hören konnte? Weil er sich nicht auskannte mit so jungen Kindern? Warum hatte er Joel nicht einfach gefragt: »Soll ich mitkommen?« Oder: »Wollen wir es gemeinsam weiter bauen?« Oder: »Wollen wir damit spielen?« Aber der Junge spielte ja lieber allein. Entwarf. Konstruierte.

Plötzlich guckte Joels Jungengesicht wieder um die Ecke. »Natascha sagt, ich soll dich nicht nerven«, lächelte er verlegen. »Aber wie war das mit dem Minotaurus?« Herr Merse lachte. »Ich sag schon, wenn mich was nervt. Lass uns das spielen mit dem Minotaurus.«

Sie gingen nebeneinander über den Sand zu einer freien Stelle, fast einem Quadrat, das Joel durch vier niedrige, ziemlich lange Sandwälle von der Umgebung abgesetzt hatte. »Damit keiner durchlatscht«, erklärte Joel. Herr Merse hasste das Wort »latschen« (»Langer Lulatsch latscht und quatscht«), aber aus Joels Mund hörte es sich harmlos an. Er schwieg und starrte auf das neue Labyrinth. Es sah erstaunlich aus. Joel hatte Strandhafer, Gräser, dünne Halme und Heidezweiglein gesammelt und sie dicht nebeneinander in die Wälle gesteckt, so dass ein veritables Heckenlabyrinth entstanden war. »Sieht toll aus«, sagte Herr Merse beeindruckt. »Aber wie soll man damit spielen? Es ist mehr ein Kunstwerk, oder? Man kann schlecht ran, ohne es kaputt zu machen.« »Weiß nicht«, sagte Joel mit dem gleichen tonlosen Ausdruck, mit dem er vorhin »Ok« gesagt hatte.

Herr Merse ließ sich auf alle viere nieder. »Also, wenn wir Minotaurus spielen wollen, dann sieht das so aus, dass der Minotaurus, dieses Ungeheuer, halb Stier, halb Mensch, in der Mitte wohnt. Immerzu müssen ihm Menschen gebracht werden, die er frisst. Bis Theseus kommt, ein Held. Der hat eine Freundin, Ariadne, die gibt ihm einen Faden mit, den wickelt er beim Reingehen ab, so dass er dann wieder aus dem Labyrinth herausfindet. Er kämpft mit dem Minotaurus und bringt ihn um. Wollen wir das spielen?« »Oben oder unten?«, fragte Joel. »Was meinst du?«, fragte Herr Merse zurück. »Na, ist er oben Stier und unten Mensch oder umgekehrt?« Herr Merse war einen Moment verwirrt. »Gute Frage.« Er rief sich das Picasso-Bild aus dem Berggruen-Museum in Erinnerung, das er auf einer Berlinreise mit Dagmar besucht hatte. »Warte mal. Unten vier Beine. Also unten Stier. Der Kopf menschlich. Lockig.

Stiernackig. Also oben männlich.« Die Mitte ließ er vorsichtshalber weg. »Wir haben aber keine Figuren«, sagte Joel. »Ich müsste erst mal welche basteln.« »Man könnte passende Treibhölzer suchen«, schlug Herr Merse vor. »Ja«, sagte Joel wieder tonlos. Herr Merse kam sich fehl am Platz vor. Was drängte er sich dem Jungen auf?

»Ich will was essen«, hörte er Joel sagen. »Bis nachher.« Herr Merse sah ihm nach, wie er zum Strandkorb ging und etwas holte, dann den Strand Richtung Ort verließ. Na klar, der Junge hat den ganzen Vormittag gebaut. Er ist hungrig. Holt sich eine Pizza. Oder isst wieder Cornflakes. Natascha war nicht zu sehen. Hätte er ihn doch begleitet! Immer war er so langsam.

Baden. Duschen. Cremen. Krimi. Kein Joel. Baden. Duschen. Keiner zu sehen. Noch mal Kaffee. Der Zug musste längst angekommen sein. Krimi. Herr Merse ging nach Hause und machte sich einen Salat mit Schafskäse. Das passt, dachte er. Schafskopf. Schafshund. Ihm war flau. Nach dem Essen ging es ihm besser. Er zog Dagmars Tagebuch hervor. Er wartete nicht auf Frau Luner. Er wollte nie mehr warten. Auf keine Frau der Welt. Das halbe Leben ist warten. Warten, bis du groß bist, warten, bis du eine Frau findest, warten, bis es dir besser geht, nachdem sie weg ist, warten, bis du eine neue findest, warten, bis du weißt, ob sie sich für dich interessieren kann. Warten, ob ihr Interesse von Dauer ist. Warten warten warten warten warten. Never never never never never. König Lear auf der Heide. Wartet auf seine Töchter. Ich lese jetzt. Warte nicht mehr.

Er öffnete das Buch. Die erste Eintragung war vom 2. Oktober 2000. Er blätterte. Er wollte erst einmal sondieren. Das Buch war ungefähr drei viertel vollgeschrieben. Der letzte Eintrag stammte vom 8. September 2005. Ihr letzter gemeinsamer Herbst. Im Frühjahr 2006 hatte sie ihn »konfrontiert«. Nach dem Eiswinter. In der Zeit unmittelbar vor ihrer »Eröffnung« hatte sie nichts geschrieben. Da gab es nur leere Seiten. Das Orakel der Leere? Hier war es wieder. Das Wichtigste, die Begründung, fehlte. Es zeigte sich als Leere.

Herr Merse zögerte. Sollte er die Eintragungen wirklich lesen? Vor seinem inneren Auge sah er Dagmar, wie sie abends schräg im Sessel saß und ihre Beine über die Lehne baumelten. Wie sie die unvermeidlichen Kreuzworträtsel löste und gelegentlich etwas in ihr Tagebuch schrieb. Manchmal fragte er, scherzhaft: »Beklagst du dich über mich?« Und sie hatte geantwortet, ganz ernsthaft: »Du bist nicht das Einzige auf der Welt. Ich denke über mich und mein Leben nach.« Hätte sie gesagt: Du bist nicht der Einzige auf der Welt, ja, dann hätte er schon damals heimlich in das Tagebuch geschaut. Dessen war er sich sicher. Oder? Nein, er hätte es nicht getan. Er kannte sich. Sie hatte gerätselt und geschrieben, er gelesen und gelesen. Die Zeitung. Bücher. Romane. Gedichte. Aber nicht ihr Tagebuch. Und nicht in ihr.

Was wusste er von Dagmar? Von der geheimen Kammer ihres Herzens? Hatte sie diese je geöffnet? Immer war sie so sicher, so bestimmt und bestimmend gewesen. So schnell. Er hätte ahnen müssen, dass die Schnellen immer das Langsame in sich liegen lassen und dann, wenn sich davon genügend aufgetürmt hatte, ratlos vor diesem Berg stehen. Der sie von innen drückt. Natürlich hatte er damals geglaubt, dass sie genau das wollte, was sie gerade so schnell und direkt verkündete. Er hatte nie Stopp gerufen, sie nie verlangsamt. Weil er Angst hatte, dass er dafür einen auf den Deckel bekam. Deckel. Dackel. Natascha hat Angst, dass Joel mich nervt. Merkwürdig, wo diese Angst unter völlig harmlosen Menschen herkam?

»Ich habe jetzt auch Angst.« Herr Merse erschrak, weil er sich wie einen Fremden hörte, der mit lauter Stimme zu jemandem redete. Schnell stellte er sich Johannes vor. Sie standen am Fenster seines Zimmers in Detmold und sahen auf eine große Blutbuche. »Ich habe Angst«, sagte Ingo, leiser als zuvor. »Wovor?« »Na, zu lesen, was sie schreibt. Dann weiß ich, was ich alles falsch gemacht habe.« »Und? Ist doch gut! Dann machst du es nächstes Mal richtig!«, sagte Johannes einfach und vertiefte sich in sein Spielen. Nächstes Mal? Herr Merse hatte Frau Luners Lächeln vor sich. Ob es ein nächstes Mal gab? Dann war es wichtig. Richtig. Johannes hatte recht.

Er schlug den ersten Eintrag auf:

2.10.2000. Im Traum heute Nacht habe ich ein dreimaliges Klopfen gehört. Dumpfes, schweres Klopfen mit einem Nachhall. Wie mit einem schweren Stock gegen eine Eisentür oder mit der Faust gegen ein Tor. Sonst nichts gesehen, nur dieses Klopfzeichen gehört. Seltsam. Darum fange ich an, hier zu schreiben. Ingo zitiert immer: »Ich meint, es will sich was verkünden / Und kann den Weg zu mir nicht finden.« Wohl ein Spruch von seiner Schwester. Er hat ja alles von seiner Schwester. Aber jetzt verstehe ich den Spruch. Etwas klopft bei mir an. Aber was? Ingo will ein Kind. Aber ich will nicht. Klopft so ein Kind an? Kann nicht sein.

Herr Merse schluckte. So wichtig hatte sie ihn genommen! Ihn zitiert! Sie war eifersüchtig auf Barbara gewesen, mein Gott! Erschüttert blätterte er weiter. Dagmar hatte entgegen ihrem Vorsatz vom 2. Oktober ein ganzes Jahr lang nichts weiter eingetragen. Was auch immer anklopfte, dachte Herr Merse, sie ging dem nicht weiter nach. Jedenfalls nicht schreibend. Er schlug die nächste Seite auf. Zwischen ihren Einträgen ließ Dagmar immer mindestens eine Seite frei.

28. Dezember 2001. Bin schwanger. Test war positiv. Hab auf den Ring gestarrt. Konnte es nicht glauben. Ingo weiß nichts. Ich sag ihm nichts. Ich wills nicht. Mit Renate gesprochen.

29. 12.2001. Ich hab 'ne Adresse in Altona. Sage Ingo, ich geh auf die Chorfahrt mit Renate, springe ein im Sopran als Aushilfe.

Herr Merse starrte auf den Eintrag. So wie er jetzt auf die Seite starrte, hatte Dagmar auf den Ring – was für einen Ring??? – gestarrt. Test mit Ring wohl. Kannte er nur vom Hörensagen. Es raste in seinem Kopf. Er hätte einen Sohn haben können. Ein Kind. Eine Tochter konnte er sich nicht vorstellen, einer Tochter fühlte er sich nicht gewachsen. Einen Sohn. Der Sohn wäre jetzt – Herr Merse zählte benommen – acht, nein sieben Jahre alt. Im September 2002 – er zählte an den Handknöcheln die Monate vom Dezember ab – wäre er zur Welt gekommen. Wenn. Ja wenn.

Er rang nach Luft. Aus einer Tiefe im Inneren, die er bisher nicht gekannt hatte, kam ein Ton. Ein Fremder in ihm stöhnte. Er sprang auf, rannte ohne anzuhalten bis hinunter zum Strand, stand keuchend am Wasser. Wie an des Lebens Rand. O Gott. Er stöhnte und starrte das Meer an. Was war das? Aus seinem eigenen Leben war er ausgebucht worden. Er hatte nicht gezählt für sie. Alles hatte sie in die Hand genommen. Nichts für ihn gelassen. Nichts mit ihm besprochen. Kein Wort zu ihm. Sein Anteil am Kind! Sein – sein Samen. Ausgelöscht. Sein Samen zählte nicht. Der sich mit ihrem Anteil vereinigt und schon ein winziges Wesen erzeugt hatte, das einen Ringabdruck hinterließ. Eine Null formte. Schon in sich selbst unendlich war.

Das Wasser klatschte an die Buhne neben ihm. »Nicht so nah an den Buhnen schwimmen!«, hatte man ihnen früher eingeschärft. Nun ging er an der Buhne entlang ins Wasser. Sollte ihn das Wasser doch darandrücken. Auf dem nassen Beton saßen Miesmuscheln, dicht an dicht. Eine Welle kam. Er torkelte, fühlte die scharfen Kanten am rechten Oberschenkel. Es schmerzte nicht. Er fühlte nichts. Nullen fühlen nichts. Nichts fühlen Nullen. Eine neue Welle kam und drückte ihn an die Buhne. Er sah Quallen im Wasser. Sie erinnerten ihn an Abbildungen männlicher Eizellen, die Richtung weibliche Eizelle schwammen und da anklopften. Ein Klopfen, wie Dagmar es im Traum gehört hatte. Und eines seiner Tierchen hatte es beharrlich durch die Wand geschafft, und so war aus zwei eines geworden. Ein Neues. Sein Sohn. Der dann einen Ring machte auf einem Test. Schon gewachsen war zu Millionen von Zellen und vielleicht schon kleine Beine, Hände und Füße und einen kleinen Kopf und einen kleinen Leib mit einem winzigen Schwanz gehabt hatte. Herr Merse stöhnte wieder und schlug mit der flachen Hand auf das Wasser. Der in Dagmars Bauch herumgeschwommen war wie diese Quallen hier, Wesen, die am Strand nur einen Gallerthaufen bildeten und allen lästig waren. Sein kleiner Sohn war Dagmar lästig gewesen, wie er selbst sicher auch. Lästig. Lästige Last.

Leere Null und lästige Last. Herr Merse sagte es laut und deutlich vor sich hin. »Ich bin eine leere Null und eine lästige Last.« Nachdem er es ausgesprochen hatte, drehte er sich um und watete wankend aus dem Wasser, schrammte dabei mit dem anderen Oberschenkel an der Buhne entlang. Ein Mann sah ihn neugierig an. »Ist Ihnen nicht gut?«, fragte er. Herr Merse schüttelte den Kopf. Seine Haut war blutig aufgeschrammt, er spürte nichts. Er hörte nichts, er ging in einer großen stillen Blase. Nass kam er in Barbaras Wohnung an. Da lag das offene Tagebuch, wie er es verlassen hatte. Er nahm es auf und blätterte um. Der nächste Eintrag war ein halbes Jahr später.

6. 6. 2001. Ich muss etwas ändern. Aber wie? Er tut mir leid. So kann es nicht bleiben. Ewig hängt er an mir dran, ich finde keine Ruhe, in mir nicht und außerhalb auch nicht. Nur beim Flöten. Will noch den Vortragsabend schaffen und dann mit ihm reden.

»So kann es nicht bleiben«? Vier Jahre vor der »Konfrontation« hatte sie diese Zeile geschrieben! Wie war das möglich? Er erinnerte sich dunkel an den Vortragsabend. Sie hatte geübt wie verrückt. Nicht mehr mit ihm geschlafen. War abends müde. Vertröstete ihn auf nach dem Konzert. In Herrn Merses Kopf verwirrten sich die Gedanken. Er las nicht weiter. Die Zeilen »Bin schwanger. Test war positiv« reichten doch. Mehr musste er nicht wissen. Warum sie ihn noch so lange ertragen hatte? War ihm egal. Bin schwanger. Test war positiv. Dim dam dam. Dim dim dam dam dam.

Herr Merse schaute auf die Uhr. Sie tickte weiter, als wäre nichts geschehen. Wenn jemand starb, blieb keine Uhr stehen. Alles ging immer weiter. Blind und blöd war er neben Dagmar hergetrottet. Wo war sie hingegangen mit ihrem gemeinsamen Sohn im Bauch? Was war das für eine Adresse gewesen? Er könnte Renate fragen. Aber warum? Entsetzliche Bilder wälzten sich in seinem Kopf. Was ist aus dem Gallerthaufen geworden? Er schlug ohnmächtig verzweifelt den Kopf an die Wand. Abtreibung. Wie das klang. Ausschabung. Was da passierte. Wie sie das Kleine da rausholten. Mit was für Instrumenten. Er schauderte. Hatte das Kleine was gemerkt? Dass da was Scharfes reinkam, da, wo es ursicher herumpaddelte. Sorglos mit seinen kleinen Bein- und Armtentakeln herumfuhrwerkte. Und er als Vater hatte es nicht beschützt. Der Seestern fiel ihm ein. Den er achtlos weggeworfen hatte. Dem ein Arm fehlte. Abgebissen oder abgerissen. Den er weggeworfen hatte, egal, ob der noch lebte oder nicht. Er war nicht besser als Dagmar. »Dagmar, ich bin nicht besser als du«, hörte er sich stöhnen.

Es tat ihm gut, diesen Satz laut auszusprechen und ihn ernst zu meinen. Er wiederholte ihn mehrfach laut. Er zitterte, aber anders als am Morgen. Er zitterte laut am ganzen Körper. Er war noch nass vom Wasser, hatte nicht geduscht. Er duschte jetzt. Die aufgeschabten Hautstellen brannten. Er trocknete sich vorsichtig ab und zog sich an.

* * *

Herr Merse holte Barbaras Fahrrad aus dem Schuppen und fuhr los, Richtung List. Er fuhr und fuhr, bis er zu dem großen nördlichen Dünengebiet kam. Er warf das Fahrrad an den Weg. »Betreten der Dünen außerhalb der ausgewiesenen Wege verboten!« Er stieg die Dünen hinauf und hinunter. Es war schon spät, wurde dunkel und kühl. Mit jedem Schritt sank er im Sand ein, nutzte die Büschel des scharfkantigen Schneidegrases, um besser vorwärtszukommen. Seine Hände bluteten. Er wollte sich verlaufen. Von höheren Dünen aus sah er das Meer, das schwarz und ruhig dalag. Als er vor Erschöpfung keinen Schritt mehr tun konnte, warf er sich in eine Sandmulde. Unter der abgekühlten Oberfläche war der Sand noch warm. Er legte sich platt auf den Bauch und wühlte mit ausgestreckten Armen, die er auf und ab bewegte, Halbkreise in den Sand. Wie Kinder es im Schnee tun. Ich spiele Engelchen, dachte er. Bin aber ein Engelmacher. »Ich bin nicht besser als du, Dagmar.«

Schließlich lag er still, die Stirn auf dem angewinkelten Arm. Endlich konnte er weinen. Er weinte in den Sand hinein. Wenn er schnaufte, fühlte er Sandkörner im Gesicht, in den Nasenlöchern, im Mund. Irgendwann hörte er auf. Der Schmerz war noch da, aber nicht so allumfassend; er fühlte sich benommen und ruhiger. Er drehte sich auf den Rücken und schaute in den Nachthimmel.

Eine späte Möwe schrie. Der Schrei versetzte ihn zurück in das Studentenwohnheim in Detmold, wo eine Gesangsstudentin trotz Einspruchs von allen Seiten ihre Übungen durchgeführt hatte. Ihr Zimmer war direkt neben seinem gelegen. Eine Übung – er kannte alle ihre Übungen mit Namen, da sie gelegentlich zusammen gefrühstückt und sie gern ihre gesanglichen Themen ausgebreitet hatte – hieß »Die Möwe«. Eine nasale, ganz hoch angesetzte, dann von oben nach unten gezogene helle scharfe Stimmäußerung, eindringlich, unüberhörbar. Der Schrei erinnerte ihn an den Abend, als Dagmar zum ersten Mal mit auf sein Zimmer gekommen war, in ungewohnt wackeliger Verfassung, da sie meinte, schlecht gespielt und sich »blamiert« zu haben, und das vor ihrem Vater, der dieses eine Mal dem Konzert zugehört hatte. Sie war trostbedürftig, und so waren sie endlich zusammengekommen. Erst hatte er sie liebevoll umsorgt, was ihm leichtfiel. Er war so froh gewesen, dass sie bei ihm Anlehnung suchte. Glücklich. Er hatte ihr Wein eingeschenkt, ihr zugehört, sie zum Reden und Klagen ermuntert. Er, Ingo, war zufällig konträr zu Dagmar in Bestverfassung gewesen, da er zum ersten Hornisten im Studentenorchester aufgerückt war. Er hatte sie dann in den Arm genommen. Sie saßen ohnehin schon auf dem Bett, weil es nur einen Stuhl in seiner Bude gab. Hatte sie durch seine Bewunderungsworte, die in Liebesgeflüster übergingen, angefüllt. Aufgebaut. Bis sie sich ihm zuwandte. Bis sie ihn wollte.

Herr Merse wusste selbst nicht mehr, wie er das alles geschafft hatte. War das wirklich er gewesen? Es war so lange her. So weit weg. Sie war die zweite Frau gewesen, mit der er im Bett war. Gott sei Dank nicht die allererste, so war er vorbereitet. Er hatte mit seinem gesamten Sensorium zu ihr hingewittert und sich lange zurückgehalten, bis er das Gefühl hatte, sie ließ sich gehen und kam. Oder wollte sie nur, dass er kam? Machte sie ihm was vor? Später war er ihr gegenüber immer stolz darauf gewesen, wie lange er im Bett konnte, und sie hatte genickt und gelacht und ihn mit Loriot aufgezogen: »Du kannst länger, aber ich kann öfter.« Das war doch alles echt gewesen! So war es doch gewesen! Oder nicht?

Bei diesem ersten Mal hatte die Studentin nebenan plötzlich nach ein paar Dreiklangübungen »Die Möwe« gemacht. Damals waren sie beide peinlich berührt gewesen, es riss sie heraus aus ihrer ersten Zweisamkeit. Später allerdings, als sie vertrauter miteinander waren, machte Dagmar immer mal »Die Möwe« nach. Einfach so. Wenn sie sich langweilte. Beim Fernsehen. Und einmal beim Sex, mittendrin. Mitten aus ihrem Stöhnen heraus hatte sie laut »Die Möwe« an seinem Ohr gemacht. Es hatte ihn bis ins Mark erschauern lassen. Es war das einzige Mal, wo er sich auf der Stelle in sprachloser Wut zurückgezogen hatte. Da hatte sie sich entschuldigt (»Es ist über mich gekommen!«) und Theorien aufgestellt, dass es sie vom ersten Mal »geprägt« habe. Es war ihm aber klar gewesen, dass dies Ausflüchte waren. Den Grund, den wahren Grund für ihr seltsames Verhalten hatte er nie herausgefunden. Aber hatte er denn hartnäckig gefragt? Es wirklich verstehen wollen? Nein, es war einfach versandet in ihm. Mit der Zeit. Alles versandete eben in ihm. Sandeman. Dry Sack.

Er setzte sich auf. Wischte sich den Sand von den Armen,

aus dem Gesicht. »Dann machst du es nächstes Mal richtig«, hörte er Johannes wieder sagen.

Angestrengt versuchte Herr Merse sich zu erinnern, wie der mögliche Zeugungssex gewesen war. Wo und wann? Er musste zurück und auf die Daten der Einträge schauen. Er musste, nein, er wollte das klären. Das war viel wichtiger, als das mit der Möwe herauszufinden.

Er stand auf und stolperte durch die Dünen zurück. Er hatte sich nicht verlaufen, fand sogleich das Fahrrad. Es ist noch nicht schlimm genug, dachte er, sonst würde ich nicht so schnell zurückfinden. Der Gedanke war gleichzeitig tröstlich und jämmerlich. Der Weg nach Hause zog sich hin, die Dünen hinauf und hinunter. Ihm war Sand in die Hose gekommen und scheuerte zwischen den Pobacken, während er den Fahrradweg entlangstrampelte. Zu Hause stellte er sich unter die Dusche, cremte die wunden Stellen ein, trank ein Glas Rotwein, schlug das Tagebuch zu, klärte nichts, schluckte voller Selbsthass eineinhalb Tabletten und schlief sofort ein.

Samstag

Er erwachte am hellen Vormittag, weil es an der Tür klingelte. Neudeckers beschwerten sich über die nächtliche Duschenbenutzung. Während sie sprach, spähte Frau Neudecker an ihm vorbei ins Zimmer. Herr Merse brachte ein »Entschuldigung« heraus. Mehr nicht. Er schloss die Tür. Es war bereits elf. Sein Mund fühlte sich trocken an. Er trank ein Glas Wasser; es schmeckte schal. Wie ich wohl stinke, dachte er. Trinke und stinke. Er setzte sich wieder hin. Ihm war flau. Er wollte wieder seine Pillen einnehmen. Er zitterte. So ging es nicht. Aber nicht auf nüchternen Magen. Also erst zum Bäcker. Oder Knäckebrot? Nein, nichts Staubtrockenes in diesem staubtrockenen Mund.

Er zog mechanisch ein T-Shirt und die Jogginghose an. Dann die Jogginghose wieder aus, die Badehose an. Dann die Badehose wieder aus. Er konnte jetzt nicht in dem kalten, riesigen Meer baden. Er ging in Jogginghose ohne Unterhose zum Bäcker. An der Theke stieß er völlig unvorbereitet auf Frau Luner. Als er sie von hinten sah, wäre er am liebsten heuschreckenhaft weggesprungen. Er hatte noch nicht mal die Zähne geputzt! Regungslos stand er da. Jetzt eine Tarnkappe! Frau Luner war gerade mit ihrem Einkauf fertig, drehte sich um, und ihr Gesicht hellte sich auf: »Oh, hallo! Schön, Sie zu treffen. Ich habe Sie gestern schon mit Joel gesucht! Wir wollten Sie zum Essen einladen.« Frau Luner wandte sich um, sie hatte ihre Brötchentüte auf der Theke liegen gelassen. Nun war Herr Merse dran. Sie wartete, bis er fertig war. Er fühlte ihre Gegenwart schräg hinter sich wie Metall den Magneten und stemmte sich vergeblich dagegen.

Sie verließen den Laden gemeinsam. Herr Merse war froh, den Sommerwind zu spüren. Der würde alles wegtragen, was aus seinem Mund kam. Er stotterte, er sei etwas spät dran heute. Sie lachte. »Sind doch Ferien!« »Sie waren plötzlich weg«, kam es platt und flach aus seinem Mund. »Ja«, sagte sie einfach. Und nach einer Pause: »Was halten Sie davon: Ich besuche Sie nachher im Strandkorb, dann erzähle ich Ihnen, was war. Ich bin Ihnen sehr dankbar«, fügte sie ernst hinzu. »Wofür?« »Dass Sie sich so nett um die Kinder gekümmert haben.« »Ach so. Ja.« Abrupt sagte er: »Dann bis nachher«, und lief mit der Brötchentüte in der Hand auf Barbaras Wohnung zu.

»Es ist alles zu viel«, sagte er laut im Zimmer. Gestern wäre er vor Glück aus dem Häuschen gewesen über die Begegnung beim Bäcker, hätte fiebernd alles vorbereitet für ihren Besuch in seiner Lok. Den sie selbst vorgeschlagen hatte! Nun mochte er gar nicht daran denken.

Er duschte nicht, frühstückte lustlos und nahm die Morgentablette ein. So, jetzt war er wieder auf seiner Normaldosis. Na wat denn. Er brauchte Hilfe. Er sprach Johannes an, erzählte ihm, ob es ihm gerade passte oder nicht, von Dagmar. Von dem Sohn, der nicht ins Leben hatte wachsen dürfen. Den Dagmar in Altona aus dem Leben befördert hatte. Wohin auch immer. Johannes antwortete nichts. »Warum sagst du nichts?«, fragte Ingo dringlich in seine hellen Augen hinein. Gott sei Dank trug Johannes keine Brille wie Schostakowitsch. Das halblange Haar hing ihm um das blasse Gesicht, genau wie auf der Zeichnung aus dem Buch: »Frag du mich doch was«, entgegnete Johannes. Herr Merse überlegte. »Soll ich Dagmar konfrontieren? Sie stellen und sie konfrontieren?«, fragte es aus ihm heraus. Johannes überraschte ihn mit einer für seine Verhältnisse langen Antwort: »Konfrontieren: nein. Sprechen: ja. Sprich erst mit dir selbst, hör dir zu und versteh dich. Ich mach das am Klavier. Geht auch mit dem Horn. Geht auch mit Worten. Geht nach innen wie nach außen. Ist alles das Gleiche.«

Herr Merse war gerührt. Er hörte innerlich die berühmte Stelle aus der ersten Symphonie, wo sich das Horn als ALPHORN machtvoll über das suchende Treiben der anderen Instrumente erhebt und dann von den Posaunen ins Himmlische erhöht wird. So empfand er es jedenfalls. Johannes hatte das Alphornmotiv schon als junger bartloser Mann komponiert und Clara per Postkarte zugeschickt, mit einem banalen Text unter den Noten, fast einem Dagmar-Spruch. In einem Alter, als er, Herr Merse, sich morgens noch »am Ufer« aufhielt und weiter nichts mit sich anzufangen wusste … Plötzlich fiel ihm ein, dass Brahms zwischen Alphornmotiv und dem Posaunenchoral eine Flötenpassage eingefügt hatte. Die Flöten griffen das erhaben Vorgetragene auf ihre helle Weise auf. Warum – warum war das zwischen ihm und Dagmar im Leben nicht möglich gewesen, was hier zwischen Horn und Flöte in der Musik ohne Weiteres gelang? Herrn Merse rollten die Tränen aus den Augen, als er die Tonfolge wieder und wieder vor sich hinsummte. War es nicht das, worauf es ankam? Das Hören aufeinander? Das Sprechen miteinander in einer Musik, die das sagte, was man selbst nicht ausdrücken konnte? Uns hat der Posaunenchoral gefehlt, Dagmar, dachte er, der unser Nebeneinander überbrückt und uns abgerundet hätte. Wie Johannes durch seine erste Symphonie abgerundet wurde. »Danach«, Herr Merse erinnerte es auf einmal wieder, »danach hast du dir doch den Bart stehen lassen, nicht, Johannes?« Johannes nickte.

Herr Merse nahm das Horn aus dem Kasten und begann mit dem ersten Satz des Horntrios, zu dem Dagmar so unzählige Sprüche geklopft hatte. Er wollte sich beim Spielen zuhören. »Nach innen wie nach außen«, hatte Johannes gesagt. Wenn er sich zuhörte, würde er auch anderen zuhören können.

Es klappte keine Minute lang. Es schob ihn wie von selbst zu Dagmar hin. Ihm fiel ein, dass er im Studium meist länger geübt hatte als sie. Weil er schon damals viel gedacht hatte zwischendurch. So war es zu längeren Pausen gekommen, wie jetzt auch wieder, wo er das Horn absetzte und aus dem Fenster schaute. Dagmar hatte dagegen in einer Tour geübt, und dann war sie fertig gewesen. Er war meist länger im Überaum geblieben. Sie kam dann dazu, setzte sich in die Ecke und las. Das hatte ihn gestört, nicht beim Spielen, aber beim Denken, er hatte es ihr schließlich ungeschickt beigebracht. »Dann warte ich eben draußen!«, kam es schnippisch aus ihr herausgeschnellt. Und sie wartete. Draußen im Park oder auch auf dem Gang, je nach Wetter. Ja, damals hatte sie mit den Sprüchen angefangen. Aus Rache? Er war selbst schuld! Er hatte sie rausgeschickt. Ja, er war schuld. Wie die dicke Schneiderin in der Klinik.

Ich hätte sagen müssen: Hör auf damit. Es nervt, dachte er. Ganz einfach eigentlich. »Es nervt«, sagte er laut und ruhig. Nerven ist, wenn der andere die weißlichen feinen Nervenbahnen, die Herr Merse wie Adern eines Ahornblattes vor Augen hatte, zum Zittern bringt, so dass man unwillkürlich »Hör auf!« brüllen muss. Wie es Eltern andauernd taten. Wie er es jeden Tag hundertmal am Strand erlebte. Wie er es in Altona hätte tun müssen ... hätte ... hätte ...

All das war aber jetzt nicht wichtig. Warum üben? Wofür? Zuhören? Wem? Nur der Sohn war wichtig. Er schlug das Tagebuch auf. 28. Dezember. Also war die Zeugung im Advent gewesen. Vor acht Jahren. In den Vorweihnachtswochen lief das Musikleben auf Hochtouren; Sex dagegen rutschte in die Baisse. Oder? Er erinnerte sich nicht. Vielleicht hatten sie nach dem weihnachtlichen Vorspiel seiner Hornschüler Sex gehabt. Krönender Abschluss. Aber hatte Dagmar nicht die Pille eingenommen? Das Vorspiel fand immer in der Musikschule statt, danach gab es selbst gebackenen Kuchen. Kaffee. Plausch. Dagmar kam dazu, weil er sie darum bat. Er fühlte sich dann weniger unbeholfen. Sie konnte locker parlieren. Hinterher zu Hause kauten sie alle und alles durch, die Schüler, ihre Fortschritte, ihre Eigenheiten. Eigenschaften? Wer nett war, wer nicht. Dagmar war eine gnadenlose Beobachterin und fand für jeden einen pointierten Spruch. Das Durchhecheln machte ihr Spaß. Er war bestimmt erleichtert gewesen, das Vorspiel mit der kleinen öffentlichen Ansprache hinter sich gebracht zu haben. Vielleicht hatten sie dann zusammen geschlafen. Beim Adventskranz. Im Kerzenlicht.

Herr Merse spürte eine Schwere auf der Brust und atmete stoßweise dagegen an. Merkte man denn als Mann die Zeugung nicht? Der Gedanke quälte ihn, dass er nicht gefühlt hatte, dass etwas anders war als sonst. Man merkte die Lust, in der man sich mal mehr, mal weniger vergaß. Bewusstlose, aber lustvolle Zeugung? Jeder mit sich allein. Dass er ein Zeuge war, der nichts bemerkt hatte, passte zu ihm. Vermutlich hatte er einen Zimtstern gegessen hinterher.

Ich brauch Verstärkung, dachte er. Ulrich fiel ihm ein, der von seinem Saugraum der Stille wie von einem hilfreichen Heiligenschein umgeben war. Herrn Merse wurde bewusst, dass er am gestrigen Tag das Orakel ausgelassen hatte. Kein Wunder, dass er die Balance verlor! Eines zog das andere nach sich. Selbstherrliche Pilleneinnahme, hinter einer fremden Frau herspionieren, deren Kinder als Vorwand benutzen, um sich von ihr Dank zu erschleichen. Kinder. Das Tagebuch. Welche innere Macht hatte ihn dazu getrieben, es überhaupt zu klauen, es dann ewig nicht zu lesen, es plötzlich lesen zu wollen, es sich sogar nachschicken zu lassen und dann gestern statt des klugen Romans zu öffnen. Diese Macht war der Fluss, in dem er jetzt hilflos mittrieb, statt ihn männlich in seinem eigenen Boot zu befahren. Wie er es Ulrich zutraute.

Er schlug »Der Mann ohne Eigenschaften« auf. Und wieder zu. Dagmars Satz: »Er hat alles von seiner Schwester«, schoss ihm durch den Kopf. Dagmar hatte ihm beim Auszug ein Buch gegeben, das von einem Bruder und seiner Zwillingsschwester handelte. Also war es eine Botschaft gewesen! So viel Feinsinn hätte er ihr gar nicht zugetraut. Er schlug das Buch wieder auf, blätterte, ohne hinzusehen, und entschied sich willenlos für eine Seite, die er zweimal lesen musste, bis er begriff, worum es ging.

In dem Augenblick kam es Agathe wirklich sonderbar vor, dass sie Frau Hagauer sei, und der Unterschied zwischen den damit gegebenen deutlichen und dichten Beziehungen und der einwärts davon sich zu ihr erstreckenden Unsicherheit war so stark, daß sie selbst ohne Körper dazustehen und ihr

Körper zu der Frau Hagauer im Spiegel zu gehören schien, die nun sehen mochte, wie sie mit ihm fertig werde ... Auch darin lag etwas von dem schwebenden Genuß des Lebens, der manchmal wie ein Schreck ist, und das erste, wozu sich Agathe, nachdem sie sich flüchtig wieder angekleidet hatte, entschloß, führte sie in ihr Schlafzimmer, eine Kapsel zu suchen ... Diese kleine luftdichte Kapsel, die sie beinahe ebenso lange besaß, wie sie mit Hagauer verheiratet war, und von der sie sich niemals trennte, enthielt eine winzige Menge einer mißfarbigen Substanz, von der man ihr versprochen hatte, daß sie ein schweres Gift sei ...

Herr Merse sah vor seinem inneren Auge eine dunkelhaarige Frau, groß, mit schweren Brüsten, wie sie nackt vor einem hohen ovalen Spiegel stand und die Fremdheit zwischen ihrem denkenden Ich und ihrem weiblichen Körper auslotete, einem Körper, der offenbar mehr ihrem Mann gehörte als ihr selbst. Dieser Hagauer, das musste der aus dem Kriegsministerium sein, der seiner Frau nichts von den männlichen Geheimnissen erzählte. Na, das war ja der passende Mann für die schöne Agathe. Herr Merse liebte den Namen mit den beiden dunklen a-Klängen. Er konnte sich den Sex, den dieser Kriegshengst an und in ihr austurnte, genau vorstellen. Dass der weichbrüstig dahinfließenden Agathe ihr von Herrn Hagauer benutzter Körper fremd wurde, war ja klar! Er verstand sie überhaupt ohne Weiteres. Dass zum Beispiel ein »schwebender Genuss« wie ein Schreck sein kann, kannte er aus Aufführungen, wenn er seine Horntöne hörte wie etwas Fremdes, das aber doch aus ihm selbst floss …

Aber nun die Kapsel. Hier hatte die Wünschelrute ausgeschlagen. Die Selbstmordpille, die Agathe ein Schutz war, eine Rückzugsmöglichkeit, wenn ihr alles andere abgeschnitten erschien, und zwar durch ihren Ehemann, denn sie hatte die Kapsel ja wohl bald nach der Eheschließung gekauft. Vermutlich sogar wegen der Eheschließung. Vielleicht für eben den Fall, dass dieser Kriegshagauer von ihr Besitz ergriff und sie dazu nicht »Hör auf« sagen konnte. Herr Merse kannte den Griff nach der Pille, den er heute Morgen wieder so blindlings ausgeführt hatte. Spielte das Orakel darauf an? Agathe schien damit bewusster umzugehen. Ihre Pille war allerdings auch gefährlicher. Herr Merse vermutete, dass Agathe die Pille dann einnehmen wollte, wenn die Trennung zwischen ihrem Körper-Ich (Frau Hagauer) und Denk-Ich (Agathe) unwiderruflich vollzogen war. Vielleicht ausgelöst durch eine scharfe Bemerkung. Oder durch Herrn Hagauers Ficklust, die er an der schlafduftenden Frau Hagauer austobte, ohne Agathe dazu einzuladen. Herr Merse sah Hagauer nach erfolgreichen Konferenzen im Kriegsministerium in Zigarren- und Weindunst eingehüllt nach Hause kommen und die Treppe zu Agathes Spiegelzimmer hochsteigen. Er ballte die Faust …

So ein Mann war er, Ingo Merse, zu Dagmar nicht gewesen. Überhaupt hatten Dagmar und Agathe über die beiden a im Namen hinaus nichts gemeinsam. Dagmar konnte Nein sagen und hatte Nein gesagt. Je länger, desto öfter. Mal hatte sie ihre Tage, mal musste sie üben, mal wollte sie fernsehen, mal wollte sie einfach nicht. Er hatte das hingenommen wie ein Schaf, nicht gefragt und sich in seine Uferwelt zurückgezogen. Schüchtern war er von da aus immer wieder auf sie zugekommen. Nicht besitzergreifend wie Herr Hagauer. Und schließlich hatte sie Nein zu dem Kind gesagt …

Herr Merse zuckte davor zurück. Zurück zu Agathe. Die war ihm vom Orakel als Schutzheilige zugedacht. Mit ihren beiden a im Namen, der mit lichtem Auftakt und dunklem weiblichen Ausklang einen melodischen Teppich bildete, in den man sich gern hineinlegte. Während »Dagmar« mehr nach »duck-mahr« klang. Albtraumente. Er stöhnte.

Ulrich und Johannes reichten einfach nicht. Er brauchte weiblichen Schutz. Agathe: Hatte so nicht auch eine Freundin von Johannes geheißen? Die erste nach Clara? Herr Merse ging zu den Brahms-Büchern und schlug nach. Da, er fand eine Fotografie von ihr. Agathe Seibold. Ein nettes, liebes, braves Gesicht. Ja, Johannes war verliebt, schrieb die Tante, immerzu waren sie zusammen, sie sang seine Lieder, sie machten Ausflüge, die beiden blieben hinter den anderen zurück, Clara wurde eifersüchtig … Dann drängte man ihn, sich zu »erklären«, wie es damals hieß. Was hatte das Liebesgefühl mit Erklärungen zu tun? Der Ausdruck ärgerte ihn. Johannes sollte sich erklären, seine Agathe nicht kompromittieren. Es sprang förmlich aus den Zeilen heraus, wie richtig die Tante das fand.

»Warum hast du dich nicht erklärt, Johannes?«, fragte er, den Ausdruck übernehmend, weil ihm kein anderer einfiel. »Hab ich ja«, brummte Johannes, »nur anders.« Ingo fiel das Stück ein, in dem Brahms in Noten die Buchstaben a-h-g-a-e untergebracht hatte. Die Antwort reichte ihm nicht. »Warum nicht offen? Direkt? Mochtest du sie nicht genug?« »Doch.« »Na also, was denn?« »Ach, viele Gründe. Fühlte mich unwohl mit all den Akademikern da. Ihr Vater Arzt. Wie hätte ich zum Beispiel um ihre Hand anhalten sollen? Mit was für Worten? Wusste gar nicht, wie man das macht. War auch noch nicht berühmt. War unsicher, was je mit mir werden, ob ich genug Geld verdienen würde. Und dann: Ob ich mit Familie noch Luft holen könnte. Komm nach Hause, Kopf voller Ideen, will ans Klavier, muss erst die Frau küssen, das Kind herzen, die Möbel gut finden, das Essen probieren, was erzählen, was anhören – dabei tropft es einem doch aus dem Kopf heraus, was man von draußen mitgebracht hat.« Herr Merse schwieg überrascht. Dass auch im inneren Gehäuse eines Komponisten wie Johannes Undichtigkeiten auftreten konnten! Er schüttelte den Kopf.

Missmutig betrachtete er das Buch. Er war unzufrieden mit sich, Johannes und dem Orakel. War es nun gut, war es nicht gut, immer eine Selbstmordpille dabeizuhaben? Er hatte keine. Außer wenn er alle Tabletten auf einmal nähme. Wollte ihm der Text das nahelegen? Sollte er aus einem Leben ohne Sohn und Frau heraustreten? Er grübelte. Die Kapsel ist Agathes Schutz. Die ihr die Ganzheit zurückbringt. Auch er kannte eine Trennung zwischen Denk-Ingo und Körper-Ingo. Ihm war sein Körper aber eher feind als fremd. Wenn er sich zum Beispiel auf einem Foto sah. So, wie er sich von innen her anfühlte, das fand er im Bild nicht wieder. Und von außen betrachtet fand er sich ungelenk. Steif. Dünn. Irgendwie unmännlich. Beim Joggen oder in Glücksmomenten mit Dagmar fühlte er sich männlich; und von innen wie außen gut fand er sich nur mit seinem vollen Hornklang. Aber sah er dann wirklich gut aus? »Ohne mein Horn bin ich ein tonloses Gestell«, murmelte er.

Aber doch besser Horn als Hauer. Lieber feind als fremd. Siehe Agathe. Sie war schön. Konnte, wer schön ist, sich feind sein? Nein. Aber offenbar fremd. Er regte sich auf. Warum verliebte sich Agathe nicht einfach in ihr Spiegelbild, verdammt noch mal? Warum wandte sie sich nicht einfach ab von diesem Hagauer? Er, Ingo Merse, würde sie mögen. Er starrte in den Spiegel. Immer mehr verwandelte sich Agathe in Frau Luner. Sie stand vor dem Spiegel, betrachtete sich und ihre Narbe, und er stand daneben, aber so weit vom Spiegel entfernt, dass man nur sie sah. Er sah im Spiegel auf ihr Gesicht und den zarten, ein bisschen nervösen Hals. Sie war schlanker als Agathe, feingliedriger.

Wie eine Anemone war sie. Agathe mehr wie eine Dahlie. Anemone. Dahlie. Er sagte die Worte laut vor sich hin. Es war tröstlich. Ein schöner Name. Anemone Luner. Er würde sie gern so anreden. Würde. Hätte. Ha.

Herr Merse schaute durch das innere Spiegelbild aus dem Fenster auf den Sportplatz. Ein Junge kickte einem Torwart Fußbälle zu. Auf den Steinwällen blühten die Heckenrosen. Er runzelte die Stirn. Dagmar mit ihrem nordischen Nibelungennamen hatte eine Mordpille benutzt. Hatte über das kleine Leben verfügt wie Herr Hagauer über Frau Hagauer. Anders. Schlimmer. Mit Skalpell und Spekulum. Die Standesbeamten sollten bei jeder Heirat an beide Partner eine Giftkapsel austeilen, dachte er bitter. Und dann für jedes geborene Kind eine weitere. In Agathes Fall wäre Mord viel besser als Selbstmord. Er sah Agathes Hände vor sich, die den Inhalt der Giftkapsel über Hagauers Morgenmüsli streuten und das Pulver mit einem silbernen Teelöffel einrührten. Musste es so sein? Dass die Ehe Mörder, Selbstmörder und Kindsmörder produzierte?

»Agathe hätte dich in Ruhe gelassen, dir vertraut, wäre auf dich stolz gewesen und hätte dich geliebt«, sagte er plötzlich laut und voller Wut zu Johannes hinüber. »Misserfolge hätte sie ertragen, in Zeiten der Mutlosigkeit dich aufgebaut.« Zu seiner Überraschung stimmte Johannes ohne Einwände zu. Nickte müde mit stumpfblauen Augen vom Klavier zu ihm herüber.

In dieser Müdigkeit erkannte Herr Merse mit leisem

Schock das Gefühl, gegen das er die Tabletten einnahm. Er sah auf die Uhr. Es war schon früher Nachmittag. Jetzt zum Strand. Ins Leben. Ohne Abdriften. Er rasierte sich. Duschte. Sammelte alles zusammen. Handtücher. Bademantel. Sonnencreme. Zwei Tassen, die Thermoskanne Kaffee. Eine Wasserflasche. Obst. Er schmierte Brötchen. Packte Mars und Bounty ein. Snickers. Er hätte einen Kuchen backen sollen. Oder seine Haferflockenkekse. Barbara liebte sie über alles. Bücher? Nein. Herr Merse verließ die Wohnung. Er wollte nicht zurückdenken, er wollte schwimmen und dann weitersehen. Lieber vorausdenken. Ob sie kam. Anemone. Oder zu ihr hinübergehen. Sie hatte recht. Er war einfach nett gewesen zu den Kindern.

* * *

Draußen empfing ihn ein frischer Wind. Vor dem Kiosk wackelten große aufgeblasene Gummitiere und Nivea-Bälle. Ein Ständer mit Sonnenbrillen stand etwas schief. Herr Merse wollte ihn im Vorbeigehen aufrichten; dabei fiel das Gestell um. Er erschrak, aber nichts war zerbrochen. Er stellte ihn sicherer hin und steckte die herausgefallenen Brillen wieder auf. Der Besitzer verfolgte die Szene, sagte aber nichts. Herr Merse atmete tief durch. Was hätte Dagmar aus diesem Missgeschick gemacht. (»Ein Mann, ein Fall, ein Ständer.«) Er atmete tief ein und lachte zum Meer hin. Er war am Leben! Man stieß mal was um. So what?

»Ich besuche Sie nachher am Strandkorb«, hatte sie gesagt. Das hieß, sie wollte auf ihn zukommen, nicht umgekehrt. Gut. Er empfand das Blau-Weiß seiner Lok als optimistisch. Sie kommt bald, sagte es. Er wischte alles frei, richtete sich ein. Um das Warten nicht zu empfinden, schaute er sich eine Übung der Rettungsschwimmer an. Sie zeigten den Kurgästen, wie schwierig es ist, einen schlaffen Körper zu bergen. Einer von ihnen lag als »toter Mann« außerhalb des Brandungsbereichs. Sie schoben ihm eine Art Luftmatratze unter und zerrten ihn mühselig ins Boot. Nach der Vorführung zerstreute sich alles.

Herr Merse ging langsam ins Wasser. Früher war er mit Barbara um die Wette in die Brandung gerannt. Obwohl er dünner und sie kräftiger war, war er meist schneller drin gewesen als sie. Nun schwamm er weit hinaus, wo die Wellen länger und ruhiger wurden, drehte sich auf den Rücken und versuchte das Getragenwerden, die fernen Strandgeräusche, sogar seinen Körper zu genießen. Muss einer denken? Wird er nicht vermisst? Er drehte sich wütend um und begann ein anstrengendes Kraulen. Mit beiden Armen gleichzeitig schnellte er sich aus dem Wasser. Delfinschwimmen. Ad usum delphini. Er kam nicht weg davon.

Auf dem Gang zur Süßwasserdusche warf er einen schnellen Blick auf 1051. Taschen und Handtücher lagen in quirligem Durcheinander, aber er sah niemanden. Nach Duschen, Kaffee, Dösen schwoll die Unruhe in ihm mächtig an. Hätte er doch ein Buch mitgenommen! Schon wieder

Warten. Er hatte Lust, Muscheln für Joel zu sammeln, aber war das nicht zu durchsichtig? Weiter hinten machten Animateure Strandgymnastik mit den Kurgästen. Etwas für Ältere. Er sah die alten sehnigen Körper, an denen so manches herunterhing. Konnte er sich daruntermischen? Die Rettungsschwimmer hatten das Boot zurückgezogen. Er entdeckte Natascha bei ihnen. Sie unterhielt sich, lachte. Nach allem, was er erkannte, aßen sie Kebabs. Oder Fischbrötchen? Herr Merse wurde hungrig, hatte aber keinen Appetit auf seine Strandstullen. Jetzt einen Kebab! Sollte er Natascha fragen, wo sie sie herhatten? Er verwarf den Gedanken. Bloß nicht stören. Außerdem bestanden Kebabs weitgehend aus Zwiebeln und Knoblauch. Wenn sich Frau Luner, Anemone, nachher neben ihn setzen und er unangenehm riechen würde? Andererseits: Sollte er solch übertriebene Rücksicht nicht langsam abschütteln? Ja. Und er hatte doch Ricola-Bonbons.

Er stand auf und streunte nach vorne links, wie von selbst trug es ihn auf das 50er Feld zu. Da saßen sie ja nebeneinander im Strandkorb: Joel und seine Mutter! Frau Luner las, Joel blickte in Herrn Merses Richtung. Ob er ihn auf die Entfernung sah? Herr Merse hob den Arm und winkte. Joel winkte zurück, und Herr Merse sah, dass er seine Mutter anstieß, die ihr Buch sinken ließ und auch winkte und lachte. Ihm fiel eine Szene aus dem Film »Der kleine Lord« ein, wo der liebenswürdige Junge peu à peu seinen kauzigen, verbitterten Alec-Guinness-Opa aus dessen harter Schale heraus liebte und ihn dazu bewegte, einem Armen die Schulden zu erlassen, und wie der Junge dann zu dem Opa sagte: »Den hast du aber im Handumdrehen glücklich gemacht!« So fühlte er sich jetzt. Im Handumdrehen glücklich.

Frau Luner stand auf und kam auf ihn zu. Er ging ihr entgegen, strahlend. (»Wie ein Honigbär!«) Oh, er musste jetzt zusehen, dass er seine Freude auf ein passendes Maß heruntergedimmt bekam. »Da sind Sie ja!«, sagte sie. »Ja«, sagte er. Um nicht zu platzen, fügte er abrupt hinzu: »Ich hab einen Mordsappetit auf einen Kebab. Sie auch? Wollen wir einen holen?« Er erschrak etwas, so mit der Tür ins Haus zu fallen. Mit einer Esszimmertür, mein Gott. Aber sie schien nichts dabei zu finden. Sie waren beim Strandkorb angelangt. Frau Luner fragte Joel, ob er auch einen Kebab wolle. Der Junge schüttelte den Kopf. Oder etwas anderes? Wieder schüttelte Joel den Kopf. »Dann gehen wir beide eben«, entschied Frau Luner, zog ein T-Shirt über ihr flatterndes, ärmelloses Strandkleid, nahm ihr Portemonnaie aus einer geflochtenen Tragetasche und sah Herrn Merse auffordernd an. In ihm schwang das »wir beide« wie ein Glockenton nach und erfüllte ihn mit reinem Glück. »Ja, äh, ich sollte mir vielleicht schnell etwas überziehen«, stieß er hervor. Er trug noch seinen weiß-beige gestreiften Bademantel und kam sich neben dem anemonigen Seidengewand wie ein Klinikpatient vor. Zu seiner Überraschung begleitete sie ihn zu seinem Strandkorb und setzte sich wie selbstverständlich hinein, während er sich neben dem Korb umzog, was Gott sei Dank einfach ging, da er die nasse Badehose (»Gleich die nassen Sachen ausziehen«) ja schon gewechselt hatte gegen seine Boxershorts. Dagmar hatte ihm neben den grünen Stockentenshorts eine beige mit Teddybären geschenkt, die er sich nicht wegzuwerfen traute. Im Wissen um die Strandkorbverabredung hatte er aber heute eine neutrale, blau-weiß gestreifte ausgewählt, zog sich schnell seine weiße Jeans darüber, ein blaues T-Shirt und stand in den Farben seiner Lok vor ihr.

»Da haben Sie sich aber arg geschrammt«, sagte Frau Luner, die trotz seiner eiligen Bewegungen sein Bein gesehen hatte. »Ja«, sagte er. Es lag Lichtjahre zurück. »Bin an eine Buhne gedrückt worden. Man muss höllisch aufpassen, die Wellen sind manchmal sehr stark, dabei kommen sie harmlos herangerollt. Unverdächtig.« »Unverdächtig!« Frau Luner lachte. »Ja«, fuhr er ermutigt fort, »wie so manches im Leben unverdächtig heranrollt, das einen dann gegen die Wand drückt.« Er hatte so einen dunklen Satz gar nicht aussprechen wollen, doch da war er schon heraus. Frau Luner blickte von der Seite an ihm hoch und sah ihm einen Moment lang frei ins Gesicht. Sie war größer als Dagmar, aber kleiner als Agathe. Herr Merse linste mehr aus dem Augenwinkel zu ihr hinüber, als dass er sie direkt anschaute, weil er befürchtete, sich in ihren Anblick zu verlieren. (»Stier doch nicht so!«) Sie wirkte nachdenklich. »Stimmt«, sagte sie kurz und nickte.

Hinter dem Kliff ging es eine Weile geradeaus, dann deutete sie auf die Kebabbude neben einem Kiosk. »Konkurrenz für Gosch!«, lachte sie. Herr Merse schlenkerte mit den Armen. Er ging glücklich auf in der Sonne neben ihr. An der Bude ließ er ihr den Vortritt und stellte sich den Kebab genauso zusammen wie sie. Das Gespräch floss leicht dahin, berührte Wenningstedt als Urlaubsort im Vergleich zu anderen Syltorten, ihre Unterkünfte, das Schlafen auf fremden Matratzen. Herr Merse erzählte von Barbara und ihren Fernreisen. »Wie praktisch für Sie, dann können Sie immer die Wohnung nutzen!«, sagte Frau Luner. »Ja. Stimmt. Tut mir wirklich gut. Was tut Ihnen denn gut?« Wie eine unerwartete Fanfare war ihm die Frage aus dem Mund geplatzt. »Oh«, sagte sie erstaunt. »Da muss ich erst mal ein bisschen drüber nachdenken!«

Aber zunächst aßen sie. Sie biss unbefangen in den großen, zusammengeklappten Kebab. Es fiel immer mal etwas hinunter auf den Sand, hier ein Weißkohlschnitzel, da ein Tomaten- oder eine Zwiebelstückchen. Sie verscharrte es einfach mit ihren bordeauxrot lackierten Zehen. Herr Merse sah, dass der Lack an manchen Stellen schon etwas abgeblättert war. Sie hatte schöne schlanke Zehen, der mittlere überragte alle und hatte am wenigsten Lack. Herr Merse gab sich seinerseits Mühe, nichts aus dem Mund zu verlieren, aber wenn es passierte, verscharrte er es nicht, um keine Aufmerksamkeit auf seine hornigen Zehen zu ziehen. Er beschloss, sich einen Bimsstein zu kaufen. Ihm fiel seine Verhornung neben ihren glatten Füßen erstmals auf. Das wäre jetzt ein gefundenes Fressen für Dagmar. (»Der Hornist mit der Hornhaut.«) Er verbuddelte seine Zehen im Sand.

Nach dem Essen kamen seine Süßigkeiten zu der Tasse Kaffee bei Frau Luner gut an. »Wie nett, Sie haben ja zwei Tassen mitgebracht!«, bemerkte sie. Herr Merse wurde rot, sagte aber tapfer: »Wir waren doch verabredet.« Und: »Bei den Süßigkeiten hatte ich eigentlich auch an die Kinder gedacht.« Er hatte es nicht so gemeint, aber es klang wie ein Stichwort: die Kinder. Frau Luner bedankte sich nun ausgiebig bei ihm und begann zu erklären, warum sie weggefahren war. Es klang fast wie eine Rechtfertigung, dachte Herr Merse. Vor wem rechtfertigt sie sich? Doch nicht vor mir? Dann wäre ich ja wichtig für sie! Wieder durchströmte ihn ein Glücksgefühl. Er lehnte sich wohlig zurück, aber setzte sich gleich wieder aufrecht hin. Er musste aufmerksam sein! Durfte von dem, was sie erzählte, auf keinen Fall etwas verpassen. Jedes Wort musste sich in seine Seele wie in Wachs einprägen!

Er vertiefte sich in ihre Erzählung: »… dass er die Insolvenz nicht abwenden kann. Der Laden ist sein Lebenswerk, wissen Sie? Eine Institution. Jeder kennt ihn. Noten, Musikalien, Musikbücher. Er besorgt alle noch so ausgefallenen Noten!« »Ach, Gottschalk und Reese?«, warf Herr Merse ein und korrigierte blitzschnell sein Bild vom kleinen Buchladen in einer Seitenstraße zu dem großen bekannten Musikalienhandel. Frau Luner schaute ihn verblüfft an. »Ja. Kennen Sie den Laden?« »Ja«, sagte Herr Merse. »Ich bin doch Hornist! Habe gelegentlich in Berlin gespielt. Man kennt den Laden einfach.« (»Man. Der große Musiker von Welt kennt den Laden.«) Frau Luner freute sich. »Dann haben wir uns da vielleicht schon mal gesehen? Ich verkaufe da schon lange, bestimmt zehn Jahre lang. Seit ich …« Sie stockte und schien mit einer Entscheidung zu ringen, »seit ich … Wollen Sie wirklich so viel hören?« »Ja«, sagte Herr Merse mit Nachdruck. Sie schwieg. »Also … seit meiner Scheidung. Ich hab auch mal …« Sie stockte wieder. Herr Merse fragte beharrlich nach (seine beste Eigenschaft!) und brachte sie schließlich durch ermunternde Resonanz in einen Erzählfluss hinein.

»Ich hab auch mal kurz Musik studiert«, begann Frau Luner. »Kirchenmusik. Aber musste das bald abbrechen. Ich hatte einfach immer zu viel Lampenfieber. Und außerdem war das alles nur eine Notlösung. Ach, alles begann mit dem Unfall …« »Ja?«, fragte Herr Merse. »Ein Unfall?« Sie schwieg eine Weile und sprach dann mit leiser Stimme zum Meer hin. Die Kaffeetasse stand vor ihr auf dem ausgeklappten Strandkorbtischchen. Herr Merse fand ihre Sprechweise verweht. Manchmal fragend ausgerichtet, dann kräftig wie ein kleiner Windstoß. Er verglich sie innerlich mit allen Stimmen, die er kannte. Sie ist ganz anders, dachte er. Er lehnte den Kopf an die Strandkorbwand und ließ sich von ihrer Stimme wie von einer leichten Brise streicheln … »… Querschnittslähmung.« Er fuhr hoch und realisierte, dass das die Folge des Autounfalls gewesen sein musste, den Frau Luner beschrieben hatte. Durch die Querschnittslähmung sei ihr damaliger Freund aus der Lebensbahn geworfen worden. In ein kirchliches Stift für Behinderte hinein. Das Wort »Stift« tauchte nun öfter auf, obwohl Herr Merse fand, dass es in seiner spitzen Kürze gar nicht zu Frau Luner passte. Sie sei ihm ins Stift gefolgt, aus Schuldgefühlen. Auch dies schien für Herrn Merse nicht zu passen. Sie hatte doch gar keine Schuld gehabt!, dachte er. Die dicke Frau aus der Klinik fiel ihm ein, er verscheuchte das Bild und schüttelte unwillkürlich den Kopf. »Doch, doch!«, sagte Frau Luner. Herr Merse wusste nicht genau, worauf es sich bezog. Er erschloss, dass sie von einer Kirchenmusikschule im Stift erzählt hatte. Da habe sie im Chor mitgesungen, weil ihr Freund sich verbittert »in den PC verkroch«. Der Chorleiter habe sie zum Studium ermutigt. »Er fand, ich hätte eine gute Stimme.«

Eine Möwe schrie. Frau Luner blickte hoch, während in Herrn Merse die Alarmglocken angingen: Chorleiter. Dirigent. Ermutigt. Ha. Frau Luner sprach inzwischen von ihren Ängsten, Orgel vorspielen oder einen Chor leiten zu müssen. Herr Merse schaute in den blauen Himmel und sah sie den Bässen zu zaghafte Einsätze geben. Ja, diese dirigentenhafte Bestimmtheit – das war nichts für sie. Mit ihrer Verwehtheit. Der Name Karl fiel. »Wer war Karl?«, fragte er etwas plump. Gott, er musste besser zuhören! Frau Luner erklärte noch einmal geduldig, Karl sei ein Diakon, den sie nach einem Chorkonzert kennengelernt hatte, und Karl wurde bald ihr Mann. Aha. Also kein Banker. Kein moderner Geldmann. Karl habe im Stift einen kleinen Buchladen geführt, und sie habe dann nach dem Studienabbruch auch dort gearbeitet. Herr Merse verlor sich in ein Bild von frommen Postkarten und selbst gerollten Bienenwachskerzen, die ihr von alten Leuten im Rollstuhl zum Bezahlen hingehalten wurden. Rollstuhl? Dann hatte sie ja für Karl den Behinderten verlassen! Er warf ein: »Und Ihr Freund? Der … der mit dem Unfall?« »War doch von den Eltern in die Schweiz gebracht worden!« Herr Merse entschuldigte sich und fragte schnell nach Karl.

Karl, Stift, was für Wörter, dachte er. Kurz. Hart. Peng. Das passte doch nicht zu ihr. »Ich hab ihm vorgeschlagen, ob er nicht auch CDs und Noten in sein Sortiment aufnehmen wolle«, hörte er Frau Luner. »Das war der Beginn unserer Beziehung.« Sie trank einen Schluck Kaffee.

Herr Merse schaute aufs Meer. Wieder schrie eine Möwe. Eine andere antwortete. Wie beginnt eine Beziehung? Er musste unbedingt mit Johannes darüber sprechen … »Er war zu mir fürsorglich wie ein guter Elefant«, hörte er sie sagen. Sie lächelte in der Erinnerung. Herr Merse nickte. Er sah sie innerlich auf einem Elefantenrüssel wie auf einer Kinderschaukel sitzen; der Elefant trug sie vorsichtig durchs Grüne, an Büschen und Bäumen vorbei. Wenn sie anhalten wollte, spürte der Elefant den leichten Druck ihrer Hand durch seine dicke Haut und blieb stehen.

Wie von fern hörte er Frau Luner von ihrer Heirat mit Karl erzählen, von der Wohnung im Stift – immer noch »Stift«, dachte er missmutig –, von Natascha, und wie Karl vor Stolz geplatzt sei, die Kleine ausgefahren, ihr vorgelesen, mit ihr gespielt habe. Herr Merse schluckte und fixierte angestrengt eine grüne Glasscherbe im Sand. Die muss ich wegnehmen, damit sie sich nicht schneidet, dachte er. »Ich war bei ihm wie abgeschrieben«, sagte Frau Luner mit Joels flacher Stimme. Herr Merse nickte wieder. Seine Kehle war wie zugeschnürt. So ging es: Karl schrieb Frau Luner ab, Dagmar ihn. Er stand schnell auf und steckte die Scherbe in die Tasche.

Frau Luner schien es gar nicht zu bemerken. Sie erzählte, wie sie mit achtundzwanzig, Natascha sei schon im Stiftskindergarten gewesen, einen jüngeren Musikstudenten kennengelernt habe, der als ungewöhnlich guter Orgelspieler in der Kirche an der großen Orgel habe üben dürfen. Oft habe sie im dämmerigen Kirchenschiff gesessen und ihm zugehört. »Das beruhigte mich.« Herr Merse nickte wieder. Ja, Musik beruhigte. Wie gern würde er ihr einmal in einem großen, leeren, halbdunklen Raum vorspielen! Er seufzte.

»… geheimes Liebespaar geworden. Karl merkte nichts. Er wollte nichts merken«, sagte sie. Was? Geheimes Liebespaar. Herr Merse schluckte wieder. Wollte nichts merken.

Aha. Wollte. So sah sie es. Dann sei sie schwanger geworden mit Joel. Der Student habe sich an eine holländische Hochschule abgesetzt. »Er schrieb noch ein paarmal und blieb dann verschwunden.«

Sie schwiegen beide einen Moment und schauten aufs Meer. »Und dann?«, setzte Herr Merse nach. Wieder staunte er glücklich, dass sie auf seine Frage reagierte, erzählte und erzählte.

Karl habe sich auf das zweite Kind gefreut. »Aber als Joel da war, konnte er mit ihm nichts anfangen«, sagte Frau Luner. »Von Anfang an nicht. Ihm war nur wichtig, dass Natascha nicht unter der Entthronung, wie er es nannte, litt. Er war wohl selbst entthront worden als Kind.« Herr Merse hing überrascht diesem Ausdruck nach. Ob sich Barbara durch ihn entthront gefühlt hatte? War das möglich? Ach, Barbara, die hatte hier jetzt nichts zu suchen. Er riss sich zurück. »Meine Tochter nahm er mir, mit dem Sohn ließ er mich allein, und als Partner verschwand er. Und ich ließ es zu, weil ich nicht wusste, wie ich ihn erreichen konnte.« Genau, dachte Herr Merse. Nicht erreichen. Da konnte man fragen, was und wie oft und wie viel man wollte. Er runzelte die Stirn. »In dieser Situation hat mir eine ältere Chorsängerin geholfen. Ich hab ihr einfach mein Herz ausgeschüttet. Wie jetzt Ihnen.«

Frau Luner klang etwas erschrocken und machte eine kurze Pause. Zwei Kinder stritten sich vor dem Strandkorb um einen Gummidelfin. Herr Merse war in Sorge, dass das

Frau Luner aus der Erzählstimmung herausbringen würde, aber sie war nun schon so im Fluss, dass er nicht einmal mehr nachfragen musste. »Ich bin dann in einer Nacht-und-Nebel-Aktion mit Natascha und Joel zu der Chorsängerin umgezogen. Ich hatte Angst, dass Karl Natascha entführt.« Herr Merse stellte sich einen Elefanten vor leerem Nest vor. (»Nest!«) Nach quälenden gerichtlichen Auseinandersetzungen habe Frau Luner das Sorgerecht zugesprochen bekommen; Natascha habe ihren Vater alle zwei Wochen besucht. »Aber wenn Joel mitsollte, sperrte er sich. Schrie und schlug sogar mit dem Kopf an die Wand.« Frau Luners Stimme klang gepresst. Herr Merse erschrak. Dass der Junge so heftig sein konnte! »… bis Karl eine Freundin hatte. Dann wollte Natascha nicht mehr zu ihm hin; da war sie vierzehn. Karl zahlte, aber er ließ sie fallen. Erst mich, dann sie. Ich glaube, er war ein Duettist.« »Duettist?« »Ich meine einer, der immer nur zu zweit leben kann«, sagte Frau Luner mit vorsichtiger Stimme.

Nach einem Moment fuhr sie fort: Bei ihrem Auszug sei sie einunddreißig gewesen und habe Arbeit bei Gottschalk und Reese gefunden. »Da habe ich mich dann eingewurzelt«, sagte sie, drehte sich zu ihm und lächelte ihn zum ersten Mal an. Herr Merse lächelte zurück. Herr Gottschalk, der Chef, ein älterer, stiller Mann, mit Noten und Verlagen »wie verheiratet«, schätzte ihre Mitarbeit und bald auch sie als Person. »Das merkt man ja. Er mochte mich.« Herr Merse schluckte. Aber es sei nur ein »Schwebezustand«

gewesen. Seine Frau arbeitete ja auch in dem Laden. An der Kasse. »Er würdigte mich«, sagte sie einfach. Herrn Merse kam es selbstverständlich vor, dass Frau Luner gewürdigt wurde, aber offenbar war es etwas Besonderes für sie. Er wollte nachfragen, aber sie auch nicht unterbrechen: »Er arrangierte es, dass ich mitkam auf Messen. Die Kinder blieben viel allein«, sagte sie mit leiser Stimme. »Es war nicht, wie Sie vielleicht denken«, sagte sie, und Herr Merse erschrak. Was dachte er denn? Was meinte sie, dass er dachte? »Wir errieten uns gegenseitig. Ganz langsam. Es war schön. Aber natürlich war er mein Chef. Fast wie ein Vater.« Verwirrt verschob es Herr Merse auf später zu ergründen, was in dem »fast« steckte. »Es war ein besonderes Verhältnis«, sagte Frau Luner wie abschließend. »Seit zehn Jahren bin ich da.«

Herr Merse errechnete fieberhaft, dass sie dann, wie er, einundvierzig Jahre alt sein musste. »Und nun die drohende Insolvenz.« Sie habe dem Chef angeboten zu kündigen, aber er wolle sie halten. Es sei über die Geschäftsführung zum Streit mit seiner Frau gekommen. »Er hat mir davon aber nur in Andeutungen erzählt. Ich glaube, er wollte mich nicht belasten.« Und nun die SMS. »Ich dachte, er stirbt«, sagte Frau Luner leise. »Deswegen musste ich fahren, verstehen Sie?« »Ja«, antwortete er, »ich glaube, ja.«

Sie schwiegen.

»Was ist nun?«, fragte Herr Merse unbeholfen. Frau Luner zuckte die Achseln. »Er wird uns kündigen müssen, sagt der Insolvenzverwalter. Ein Italiener kauft alles auf und integriert den Laden in einen größeren Konzern.« Ihr Chef habe ihr bei ihrem Besuch am Krankenbett von dem Angebot des Italieners erzählt, sie als Einzige zu übernehmen. Er habe sie gedrängt, das Angebot anzunehmen. Aber er selbst werde nicht mehr da sein, sondern sich mit seiner Frau in sein Häuschen auf dem Lande zurückziehen. »Er ist gebrochen«, sagte Frau Luner. »Alles ist zerbrochen.«

Herr Merse spürte, dass jetzt Schluss war. Auch wenn für ihn vieles, viel zu vieles offenblieb. Sie entschuldigte sich nachdrücklich und abschließend bei ihm, dass sie seine Aufmerksamkeit so lange beansprucht habe. Sie sei einfach »so voll« von allem gewesen. Und habe ein schlechtes Gewissen den Kindern gegenüber. Natascha, weil sie wieder mal auf ihren kleinen Bruder aufpassen musste, und Joel gegenüber »sowieso«. »Wissen Sie, Joel ist sehr schwierig. Er redet eigentlich kaum. Dass er sich Ihnen so angeschlossen hat, ist ganz ungewöhnlich. Sie sind ein ungewöhnlicher Mensch, das merke ich, daher habe ich hier im Strandkorb meine Schleusen geöffnet!«, sagte sie halb lachend. Aber sie zitterte.

Herr Merse hätte ihr gern seine Hand auf den Arm gelegt. Nur ganz kurz. Aber er traute sich nicht. In ihm begann auch etwas zu zittern. Er stand auf. »Wollen wir zu Joel gehen?«, fragte er.

In dem Moment kam der Junge auf den Strandkorb

zu. Sein sandiges T-Shirt flatterte im Wind um seinen schmächtigen Körper. »Wollt ihr mal gucken?«, fragte er. Herr Merse bemühte sich, nicht zu strahlend zu lächeln.

Joel ging voraus. Alle drei hockten sich an den Rand des fertigen Heckenlabyrinths. Badegäste schlenderten vorüber, einige schauten halb gelangweilt auf das Kunstwerk. In der Mitte des Labyrinths stand auf einem kleinen Sandpodest ein Ungeheuer aus Treibholz. Joel hatte einzelne lange Tanglianen unter seinem Hals verknotet, die Enden flatterten als Mähne im Wind. »Der Minotaurus«, sagte er und guckte Herrn Merse an. »Wow«, sagte Herr Merse anerkennend. »Und was ist das?« Er zeigte auf unterschiedlich große, längliche Steine, die um das Podest herumlagen. »Tote Jungfrauen«, sagte Joel. Frau Luner schaute verwirrt vom einen zum anderen. »Dann können wir ja loslegen mit dem Spielen«, sagte Herr Merse entschlossen. »Hast du auch Theseus, Ariadne und den Faden?« Joel nickte und deutete auf einen langen schwarzen und einen geschwungenen rötlichen Stein. Aus seiner Shorttasche zog er einen Turnschuhschnürsenkel hervor und reichte ihn Herrn Merse. Offenbar sollte er die Sache in die Hand nehmen. Er gab sich einen kleinen Ruck. »Wen spielst du?«, fragte er Joel. Der zögerte. Dann zeigte er auf den Minotaurus. »Ok«, sagte Herr Merse. »Dann spiele ich die anderen.«

Er sah, dass Frau Luner ihn unsicher ansah. Er lächelte sie an. Sie lächelte zurück und wandte sich dann Richtung Strandkorb. Joel hielt sie nicht auf. Besser so, dachte

Herr Merse. Ist was für Männer. Sie besprachen Theseus' Angriff auf den Minotaurus. Joel schlug vor, dass Dädalus ihm hierfür ein besonderes Schwert anfertigte. Daraufhin musste erst einmal eine Bleibe für Dädalus mit angrenzender Schmiede aufgebaut werden. Als Herr Merse merkte, dass Joel sich in diese architektonische Aufgabe vertiefte, atmete er tief aus und schaute sich um. Frau Luner saß neben Natascha im Strandkorb. Natascha las, Frau Luner lag etwas zurückgelehnt mit geschlossenen Augen in der Sonne. Joel war seinem Blick gefolgt. »Sie muss aufpassen und sich eincremen«, sagte er. Herr Merse stimmte zu.

Sie bauten und spielten. Herr Merse vergaß die Zeit. Etwas Altes lebte in ihm auf. Er dachte an Dagmars Traum mit den Klopfzeichen. »Ich höre Klopfzeichen«, sagte er zu Joel. »Ich auch«, sagte Joel mit verstellter Stimme als Minotaurus. Sie änderten alles ab. Theseus und der Minotaurus freundeten sich an. Sie ritten mit Dädalus' Schwert, das Herr Merse einfach nach Siegfrieds Nothung nannte, in die Gegend, aus der die Klopfzeichen kamen. Sie wurden von Tieren erzeugt, die in eine unterirdische, tiefe Sandkammer eingeschlossen waren und mit Kopf und Füßen rhythmisch gegen Wände und Decke klopften. Alle drei Tiere waren ebensolche Zwitterwesen wie der Minotaurus: halb Pferd, halb Mensch; halb Katze, halb Mensch; halb Maus, halb Mensch. Joel benutzte seine Jungfrauensteine nun hierfür. Die Steintiere erzählten dem Minotaurus per Klopfmorse, dass sie verzaubert seien, und Theseus auf dem Minotaurus befreite sie, indem er mit Nothung die Türen aufhaute. Alle beschlossen, für die Zauberer ein so ausgeklügeltes Labyrinth zu bauen, dass sie nie wieder daraus entkämen. »Das mache ich morgen«, sagte Joel plötzlich mit seiner normalen Stimme, stand auf und ging zum Strandkorb.

Herr Merse schaute auf das Durcheinander im Sand und spürte seine eigene Erschöpfung.

Er ging zur 1423 und machte sich zum Baden bereit. Er hatte alles Zeitgefühl verloren, trieb dahin. In ihm war etwas geschehen. Etwas war gerissen, etwas war gewachsen. Er hörte immer noch Klopfzeichen. Unter dem Strand klopfte es wie von Pferdehufen, in seinem Inneren schlug etwas gegen eine schwere Tür. Im Wasser auf dem Rücken liegend, sah er sich auf einem Pferd zu Dagmar galoppieren, sie hochreißen vom Boden, vor sich auf das Pferd schwingen. Er schüttelte sie wie eine Puppe, sie schlackerte und wehrte sich nicht, sie war eine Vogelscheuche, aus ihr fiel etwas heraus, blutig, zerfetzt, klein. Er veränderte das Bild und hielt die leichte Frau Luner vor sich auf dem Pferd. Sie schmiegte sich an ihn, er ritt und spürte sie zwischen seinen Armen. Er schwamm, bis er nicht mehr konnte. Ohne das Salzwasser abzuduschen, ging er mit nasser Badehose im Bademantel nach Hause.

* * *

Nach dem Essen legte er sich aufs Bett. Sie hatte sich ihm anvertraut und ihm ihre Geschichte erzählt. Er hatte nicht alles mitbekommen, aber einiges. Das Wichtigste: Es war aus mit ihrem Chef. Sie war frei. Sie war allein. Wie er. Sie war so alt wie er. Sie war unglücklich. Wie er. Sie war »so voll« mit dem verlorenen Ladenparadies. Er war »so voll« mit dem abgetriebenen Sohn. Zwei mit Unglück angefüllte Menschen im Strandkorb. Hatte er ihr Unglück etwa aktiv in seinen Saugraum hineingezogen? Er bekam es mit der Angst und ließ den Gesprächsbeginn Revue passieren. Nein. Sie hatte definitiv von sich aus erzählt, hatte ihre Schleusen geöffnet, es war aus den Schleusentoren direkt in ihn eingeströmt. Es hatte ihr gutgetan. »Sie sind ein ungewöhnlicher Mensch.« Ihr Satz hallte wieder und wieder in seinen Ohren, er sang ihn selig vor sich hin.

»Johannes!«, rief er. »Sie findet mich ungewöhnlich! Sie hat mir ihre Geschichte erzählt! Ich spiele mit ihrem Sohn! Wir haben uns über dem Heckenlabyrinth angeschaut wie Eltern! Alles begann bei ihr mit dem Unfall …« Er wollte die ganze Geschichte haarklein noch einmal in Johannes' hellblaue Augen hinein erzählen. Aber Johannes unterbrach ihn: »Unfall? Wie kam es dazu?« Die nüchterne Frage erstickte augenblicklich Herrn Merses Erzähldrang. Was wusste er über den Unfall? So gut wie nichts. Weil er nicht nachgefragt hatte. Er hatte überhaupt an vielen bedeutsamen Stellen versäumt nachzufragen. Wer war schuld an dem Unfall gewesen? Frau Luner hatte nichts dazu gesagt. Oder er hatte es überhört, weil er vor Glück die Hälfte nicht mitbekommen hatte. Sicher war der Freund als Fahrer schuld gewesen. Er sah Frau Luner auf dem Beifahrersitz zu dem Unglücksfreund am Steuer schauen. Was war passiert? Hatte sie so die Narbe bekommen? Wieso hatte er sie nicht danach gefragt? Wenn er mehr gefragt hätte, säßen sie jetzt noch da. Dieses Schafhafte an ihm!

Sicher war es anders herum gewesen: Nicht sie hatte zum Freund, sondern er hatte beim Fahren zu ihr hinübergesehen. War abgelenkt gewesen. Das war doch nur natürlich!, dachte Herr Merse. Er hätte gar nicht mit ihr Auto fahren dürfen! Oder er hatte seine Hand auf ihren Oberschenkel gelegt. Auch das war ja nur natürlich. Herr Merse sah eine Männerhand von der Gangschaltung über die Mittelkonsole gleiten und Frau Luners Knie erreichen …

Er fuhr hoch. Halt. Kein Abdriften! »Ich frage sie«, versprach er Johannes. »Ich weiß nicht, wie es war.« »Denn alles Fleisch, es ist wie Gras, und alle Menschen wie des Grases Blume«, tönte es innerlich in ihm, er hörte den Chor, sah Frau Luner andächtig auf den Chorleiter schauen, es sang aus ihrem Mund. In der Kirche saß in vorderster Reihe ein junger Mann im Rollstuhl, dunkelhaarig, schmächtig, nein dick, sehr dick geworden, er aß aß aß, sogar in der Kirche kaute er langsam vor sich hin, Herr Merse sah seine Wangenknochen auf und nieder gehen. Das war er also. Gelähmt vom Rücken abwärts wegen eines Blicks. Er tat ihm leid. Obwohl er zunächst eifersüchtig auf ihn gewesen war. Der hatte es ja schlimmer als er selbst. Dann doch lieber ab mit der schwarzen Kutsche? Ob der

Schwanz durch Querschnittslähmung auch außer Gefecht gesetzt wurde? (»Blödmann. Vom Rücken ab nach unten durch ist nix mehr.«) Er hörte Dagmars Stimme, und ihm schwoll der Kamm. Was hatte sie fremdes Leid zu kommentieren! »Hör auf«, fuhr er die Stimme an. »Was weißt du über Querschnittsgelähmte?« Johannes nickte beifällig vom Klavier herüber. »Was weiß man schon voneinander«, war die schnippische, aber spürbar besiegte Antwort von Dagmars Stimme. »Ich weiß jetzt viel über Anemone«, wollte Herr Merse entgegnen, zögerte dann, verschluckte den Satz. Blödsinn. Zu vieles wusste er eben nicht. Zum Beispiel, warum ihr Studentenfreund, der Orgelspieler, plötzlich abgehauen war.

Plötzlich abgehauen. Herr Merse sprang auf mit einem erschreckenden Gedanken. »Von wem ist Joel? Johannes, von wem ist der Junge?« Vielleicht hatte der Student gedacht, das Kind sei von ihm, und flüchtete, weil er kein Kind wollte, nur an seine Karriere dachte … »Was geht mich dieser Student an?«, entfuhr es ihm wieder laut. »Aber sie! Sie geht mich an!« Er brauchte die Wahrheit. Die Wahrheit darüber, was Frauen mit Männersamen veranstalteten. Wie war diese Zeugung ganz genau verlaufen? Hatte sie eine Schwangerschaft, als sie mit dem Studenten schlief, einfach in Kauf genommen? Karl eins auswischen, sich mit einem Kind von einem anderen Mann trösten wollen? Oder sich mit einem Kind bestrafen? Oder war Joel doch von Karl?

Herr Merse wanderte auf und ab, ergriff die Flasche Rotwein und eine Decke. Was weiß man schon voneinander. Vielleicht ist gar nicht Schluss mit dem Chef. Herrn Merse wurde schwindelig. Er zwang sich, ruhig und gleichmäßig zu atmen. Klar zu denken. Er würde den Abend in der 1423 verbringen. Sollte er zwei Gläser einstecken? Er holte den Käse aus dem Kühlschrank. Zum Rotwein. Falls sie kam. Sie hatte sich auch über die beiden Kaffeetassen gefreut. Und dann würde er gezielt und nachdrücklich fragen: nach dem Unfall, nach der Zeugung, nach dem Chef. Aus dem klaren Wachsabdruck ihrer Lebenslinien in ihm war eine verschmierte Masse geworden. Man sah in dieser Masse nicht mehr, wo ihre Linien aufhörten und seine begannen.

»Ich mache mir jetzt einen Zettel«, sagte er. Er schaute zu Johannes hinüber, der in der Ecke neben dem Klavier stand. Nein, neben einem Flügel. Johannes schrieb auch. Er schrieb im Stehen mit einer Feder auf Notenpapier, das er auf den geschlossenen Flügel gelegt hatte. Er nickte. »Ja, ja, schreib man auf …«

Herr Merse ging auf Papiersuche in Barbaras winziger Abstellkammer. Auf einem schmalen Regal lagen Haushaltsutensilien, auch ein kleines Vorhängeschloss. Er nahm es an sich; vielleicht konnte er damit die Schublade des Strandkorbs sichern, der ihm ans Herz gewachsen war, seit er mit Frau Luner darin gesessen hatte. Er fand einen Stapel vergilbter kleiner Abreißblocks von früher. Herr Merse erkannte sie wieder und sah sogleich seine Mutter vor sich, wie sie von den Blocks ihre Einkaufszettel abriss und mit einem Bleistift beschrieb. Er wählte einen grün umrandeten Block mit Werbung für Vivil-Pfefferminzdrops, setzte sich und notierte Fragen:

Woher stammt die Narbe?

Wie ist es zu dem Unfall gekommen?

Wer ist der Vater von Joel?

Wie geschah die Zeugung von Joel?

Warum war sie immer so aufgeregt beim Dirigieren? Und Vorspielen?

War sie auch aufgeregt beim Singen? Nur wenn sie allein sang oder im Chor auch?

Warum floh der Student?

Wieso war sie bei Karl abgeschrieben, als Natascha kam?

Wie weit ging die Beziehung zu ihrem Chef?

Wie stand sie jetzt zu ihrem Chef?

Wie wünschte sie sich die Beziehung zu ihrem Chef?

Was wollte sie jetzt beruflich tun?

Welche Schwierigkeiten hatte Joel noch?

Warum gab sie sich mit der Beziehung zu einem verheirateten älteren Chef zufrieden, wo sie so eine wunderbare Frau war und jeden Mann haben könnte?

Er kritzelte Zettel um Zettel voll. Die Fragen spannen sich aus ihm heraus wie ein endloses Wollgespinst aus seiner Kinderstrickliesel, vor allem solche, die um den Chef kreisten. So ging es nicht! Er musste Fragen streichen. Aber welche? Er ging mit dem Zettel zu Johannes, und zusammen kamen sie zu dem Schluss, dass er nur drei Fragen stellen sollte:

Woher stammt die Narbe?

Wie ist es zu dem Unfall gekommen?

Warum war sie so aufgeregt, dass sie ihr Studium schmeißen musste?

Diese Fragen schienen ihnen unverfänglich, sie bildeten einen guten Gesprächsanfang. Wenn Frau Luner bereit wäre, sie zu beantworten, könnte er weitere stellen. Später. Herr Merse schrieb die drei Fragen auf einen neuen Einkaufszettel. Vergilbter Zettel, vergangene Zeit, dachte er. Die vollgeschriebenen Zettel steckte er dann aber trotzdem noch ein. Zur Sicherheit.

* * *

In der 1423 lag ein Zettel. »Um acht in der Pizzeria Ecke Glockenblumenstraße? Wär schön. Würden uns freuen. A. Luner.«

A. Luner. Das war ja nicht möglich. Anemone Luner! Er lachte auf. Nein, sicher Anna oder Annegret oder Astrid. »Ach, Anemone!« Herr Merse schaute auf die Uhr. Schon halb neun. Er stopfte die Strandtasche in die Schublade, beglückwünschte sich, dass er ein Vorhängeschloss mitgebracht hatte, schloss ab und lief Richtung Ort. Die Fragen vielleicht hinterher, dachte er. Wenn die Kinder im Bett sind. Wenn Joel im Bett ist. Mit fliegendem Atem betrat er die Pizzeria, die er von der Skatrunde schon kannte.

Luners hatten gerade ihre Pizzen bekommen. Herr Merse entschuldigte sich haspelnd mehrmals, dass er erst jetzt komme, und Frau Luner freute sich ebenso wortreich, dass er doch noch gekommen sei: »Ich dachte schon, der Wind hätte den Zettel verweht!« Sie äußerte Sorge, dass er nun auf sein Gericht noch warten müsse, und Unsicherheit, ob sie ihrerseits schon mit dem Essen beginnen sollten, aber man könne die Pizzen andererseits schlecht zurückgehen lassen … Natascha beendete ungeduldig diesen Austausch umständlicher Höflichkeiten. Kalte Pizza schmecke nicht, und Zettel seien vorsintflutlich, alles wäre einfacher gewesen, wenn man seine Handynummer gehabt hätte.

Herr Merse fühlte sich überfordert: Glücklich, dass so viel Aufhebens um ihn gemacht wurde, verwirrt, da er nie seine Handynummer auswendig wusste, dazu so aufgeregt, dass er ohne nachzudenken Spaghetti bestellte, dann aber hinter dem Kellner herlief und die Bestellung abänderte, weil er realisierte, dass er dann als Einziger Spaghetti essen und dabei von sechs Augen betrachtet werden würde. (»Ach, wie spritzen die Spaghetti, Ingo unser Tragoletti.«) Er bestellte Risotto, verspürte aber keinerlei Appetit und aß, ohne etwas zu schmecken.

Es erleichterte ihn, als Joel, der die ganze Zeit geschwiegen hatte, ein Skatspiel vorschlug. Herr Merse sollte nur die Oberaufsicht haben, während Natascha und Joel Frau Luner dieses Spiel in seinen Grundzügen beibrachten. Frau

Luner tat sich schwer, Herr Merse spürte, dass sie nur Joel zuliebe eingewilligt hatte. Er entschuldigte ihre Fehler bei Natascha, es sei ein schweres Spiel. Als er mit dem Reis fertig war, spielte er eine Runde mit den beiden Kindern, und Frau Luner schaute zu und trank einen Espresso. Entspannung trat ein. Herr Merse sah den Espresso als gutes Zeichen, dass der Abend noch nicht bald beendet sein würde, und bestellte voller Hoffnung auch einen.

Natascha stand auf und sagte, sie sei noch mit Andy verabredet. Bestimmt einer der Rettungsschwimmer, dachte Herr Merse. Frau Luner lächelte und wünschte ihr viel Spaß. Sie wirkte wie eine Freundin ihrer großen Tochter. Joel sackte in sich zusammen. »Den ganzen Tag Sonne und Wind – er muss ins Bett«, sagte Frau Luner. Sie bezahlte für Herrn Merse mit, da half sein Protestieren nicht, »als Dankeschön!«, und sie wandten sich zum Gehen. Herr Merse wusste, er musste jetzt etwas sagen. Jetzt. Innerlich rief er sich Johannes auf, aber der war ja noch schüchterner als er. Ulrich. Wie würde der es machen? Ulrich, der mit hohen Leuten aus dem Kriegsministerium locker parlierte. Herr Merse fiel draußen etwas hinter Frau Luner zurück, die ihren Arm um Joel legte (»dackelst wieder hinterher«). Ja. Er streckte innerlich der Stimme die Zunge heraus. Mit Hinterherdackeln schaffe ich nämlich Abstand, Dagmar. Der mir Raum zum Denken gewinnt, und den brauche ich. So. Frau Luner drehte sich zu ihm um. »Ein schöner Abend, nicht?«, sagte sie und schien mit ihrem froh-vagen Blick durch ihn hindurch auf das Leben selbst zu schauen. »Ja«, stimmte er innig zu. Zu innig? Ach, Ingo Merse! Es war doch so einfach!

Er sagte: »Wollen wir nicht noch ein bisschen in meinem Strandkorb sitzen? Ich habe Decken und Rotwein und Käse da.« Frau Luner nickte. Als ob sie auf so einen Vorschlag gewartet hätte. »Ich komme, wenn Joel schläft.« Joel schlief fast im Stehen, aber fragte schnell mit kleiner Stimme: »Kann ich nicht in einem Schlafsack bei euch so neben der Lok liegen?« Frau Luner zögerte, Herr Merse auch. Der Wunsch rührte ihn, ihm schossen Tränen in die Augen. Er erschrak, als er sah, dass Frau Luner seine Bewegtheit wahrgenommen hatte. Sie sagte liebevoll zu Joel: »Morgen. Wir müssen erst einen Schlafsack besorgen. Und dies und das. Du weißt schon. Es ist kalt nachts auf dem Sand.« Sie nickte Herrn Merse zu und nahm Joel bei der Hand. Er ließ sich ohne Widerstreben in die Pension bringen, zu müde zum Protestieren. »Ich warte hier unten«, sagte Herr Merse.

* * *

Er wartete nicht lange. Wanderte auf und ab und saugte den Duft der Je-länger-je-lieber ein. In ihm schwirrten die Eindrücke des Abends. Es waren zu viele zum Sortieren, er ließ alles durcheinanderpurzeln, wie es kam, und gab sich dem Gefühl hin, das in ihm aufgestiegen war, als Frau Luner sich zu ihm umgedreht und ihn angelächelt hatte.

»Sie ist eine Glücksmantelmadonna!«, sagte er mit unterdrückter Stimme zu Johannes. Der nickte. Er komponierte gerade das Lied: »Es kehrt die dunkle Schwalbe aus fernem Land zurück …«, und wollte nicht gestört werden. Herr Merse nahm sich vor, Frau Luner vorzuschlagen, ob sie es nicht mal mit ihm singen wolle. Er würde sich die Klavierstimme einbimsen, o ja, das würde er. »Die ist aber schwer«, meinte Johannes. »Da musst du dich ranhalten.«

Er hörte die Tür gehen und drehte sich schnell zur Pension um. Frau Luner trat auf ihn zu. Sie trug jetzt eine Jeans und einen hellen Pullover. »Sie haben schon ganz schön Farbe!«, sagte Herr Merse, obwohl er die Wendung »Farbe haben« blöd fand. Außerdem drückte sie nicht aus, was er viel lieber gesagt hätte. Dass er sie stundenlang anschauen könnte. Dass ihre Augen so glänzten – wovon? Wovon hing es denn ab, dass Augen glänzen? Dagmars Augen hatten auch manchmal geglänzt. Nach Vorspielen zum Beispiel. Wenn sie halbwegs zufrieden gewesen war, wenn andere auf sie zukamen und sie lobten. Oder auf Festen, beim Lachen. Aber wenn nur sie beide zusammen waren, blieben sie meist glanzlos. Nicht ganz matt, aber ohne inneres Leuchten.

»Sie sind in Gedanken«, schmunzelte Frau Luner. O Gott, jetzt hatte er sie bestimmt selbstvergessen angestarrt. »Ich hab über Ihren Vornamen nachgedacht«, sagte er tapfer. »A. Was ist es? Astrid? Anna? Oder … Anemone?« Er erschrak. Diese Frage stand nicht auf dem Zettel. »Anemone! Das wäre schön!«, lachte sie. »Aber leider ist es nur Annemarie. Manche sagen Anne, manche sagen Marie.« »Was sagt Ihr Chef?« (O Gott.) Frau Luner schwieg. »Wie möchten Sie denn angeredet werden?«, schob Herr Merse schnell nach. Was ging ihn ihr Chef an? Keine Frage mehr zum Chef. Keine.

Sie kamen beim Strandkorb an, und die Peinlichkeit verlor sich im Aufschließen und Einrichten des Korbs. Als sie ihn so herumgewuchtet hatten, dass die Öffnung zur untergehenden Sonne schaute, schlug Frau Luner vor: »Ach, gehen wir doch noch mal zum Wasser.« Eine lang gezogene Wolke hatte sich vor den roten Sonnenball gelegt; sie war innen hell, nach außen hin rosa umrandet. »Als ob dahinter ein leuchtender Festsaal wäre, oder?«, sagte Frau Luner, und Herr Merse nickte. »Der Himmel feiert.« Fast ohne Wellen lag das Wasser als glitzernde Weite vor ihnen. Es war Ebbe und windstill. Herr Merse hob einen flachen weißen Stein auf, ideal zum Ditschen, bückte sich und schleuderte ihn über die grausilberne Oberfläche. Der Stein rutschte ihm zu früh aus der Hand und versank, ohne zu hüpfen. Ruhig bückte sich Herr Merse erneut. Beim zweiten Mal klappte es gut. Sie zählten zusammen laut mit: eins-zwei-drei-vier-fünf-sechs. »Gestern hatte ich sieben Hüpfer«, sagte er. »Wie sieben Leben. Heute ist eines vorbei.« Er hätte gern gesagt: »Seit ich Sie kenne, ist mein altes Leben vorbei«, aber fand es zu pathetisch. Frau Luner versuchte es auch mit dem Ditschen. Sie lachte dabei wie Natascha. Sie kam auf vier Hüpfer. »Vier wie – wie was?« Ihr fiel nichts ein. Er sagte: »Wie eine Familie.«

Bevor Herr Merse im Strandkorb mit seinen Fragen loslegen konnte, griff Frau Luner das Familienthema auf. »Sind Sie vier? Haben Sie Familie? Jetzt sind Sie aber dran mit Erzählen!«, sagte sie mit spielerisch erhobenem Zeigefinger. Herr Merse ergriff sein Glas. »Wollen wir erst einmal anstoßen? Auf die Feier im Himmel?« »Ja, aber nicht auf den Himmel, sondern auf Sie und Ihre Freundlichkeit«, sagte Frau Luner. Herr Merse bestand aber auf der Himmelsfeier. »Also gut. Der Himmel feiert die Guten«, lenkte sie ein. Spaßend und doch feierlich stießen sie an. Barbaras Ikea-Weingläser klangen überraschend zart. Celesta, dachte er. Das wäre ein Handyton für mich. Sie tranken ihre ersten Schlucke Wein, Frau Luner lehnte sich zurück, und beide schauten aus ihren Ecken auf das Meer.

»Also?«, sagte sie. Sie war offenbar trotz ihrer Unbestimmbarkeit hartnäckig. Herr Merse räusperte sich: »Vier waren wir in der Familie, aus der ich komme. Meine Schwester, meine Eltern und ich. Aber jetzt bin ich nur noch einer.« Mit diesem Satz, so kam es ihm vor, stand sein ergänzungsbedürftiges Alleinsein wie eine fette Schlagzeile vor ihnen. Scham schnürte ihm die Kehle zu. Er verstummte. Frau Luner sah ihn an und fragte nach einer Weile vorsichtig und teilnahmsvoll: »Sind alle gestorben? Ich dachte, Ihre Schwester lebt und macht Fernreisen?« Herr Merse sah sich außerstande zu sprechen und das Missverständnis aufzuklären. »Nein«, brachte er schließlich hervor und konnte nicht verhindern, wie ihn eine Welle von Wut, Hass und Selbstverachtung durchwogte. »Ich bin nur einer, weil mich meine Frau verlassen hat. Und vorher hat sie unseren Sohn heimlich umgebracht.« Der letzte Satz kam gepresst heraus. Er keuchte und rang nach Luft.

Frau Luner starrte ihn entsetzt an. »Umgebracht?«, wiederholte sie fassungslos.

Was tat er! Was sagte er!

Abgestürzter Rattervogel, hörte er mit seltsamer Klarheit. Wer sagte das? Er riss sich zusammen. »Ich meinte abgetrieben …«, korrigierte er leise mit zusammengebissenen Zähnen. Dann fiel er in einen Abgrund, der sich als fremde Schlucht in ihm auftat. Aus dem Schmerz quoll und ihn mit sich riss. Erst als er Frau Luners Hand auf seinem Arm spürte, kam er zu sich. Begann zu schluchzen und gleichzeitig das Schluchzen zu unterdrücken. Er würgte. Sie streichelte seinen Arm wie ein Kind und brachte tröstende Laute hervor. Langsam löste sich die gewaltsame Beherrschung. Er weinte und weinte. Am liebsten hätte er seinen Kopf in ihren Schoß gelegt, tat das aber nicht, sondern nahm dankbar das Tempotaschentuch, das sie ihm hinhielt. Nach einer Weile sagte sie: »Wie weh muss es Ihnen tun. Wo Sie so kinderlieb sind.« Er weinte haltlos. Er trieb nicht mehr irgendwo mit, er war der Fluss. »Ich löse mich auf«, sagte er mit ruhiger, ihm ungewohnter Stimme. »Ich kenne mich gar nicht.«

»Ich kenne das Auflösen gut«, sagte Frau Luner. »Und Joel kennt es auch. Auf seine Art. Er weint jede Nacht. Allerdings mit der Blase. Er ist Bettnässer. Er weint, weil sein Vater ihn ablehnt und ich zu wenig Zeit für ihn habe.« »Ach, deswegen wollten Sie ihn nicht hier schlafen lassen?«, sagte Herr Merse etwas tumb. Er war durcheinander. Quatschfrage. Nebenschauplatz. Aber Frau Luner lachte. »Nein! Er ist jetzt einfach zu schwer! Ich kann ihn nicht über den Strand bis zur Lerchenstraße tragen. Und das müsste ich. Oder Sie müssten es! Denn aufwachen tut er einfach nicht, wenn er mal eingeschlafen ist!« Herr Merse hätte Joel gern getragen, aber, ja, er hätte wohl bald schlappgemacht. Das Joel-Thema brachte ihn immerhin auf etwas festeres Terrain. Weg von sich. »Hat er das schon lange?«, fragte er.

Er hatte nicht mit Frau Luners Hartnäckigkeit gerechnet. »Wir können ja später über Joel sprechen. Wollte ich ohnehin. Er hat mich nämlich vorhin gefragt, was ein Hornist ist und ob er das Horn mal ansehen könne. Ich weiß aber nicht, ob Sie es überhaupt mit in den Urlaub genommen haben.« »Doch, doch, natürlich, das lässt sich machen, ja, das tu ich gern, ja, ja, ich hab es immer dabei«, stotterte Herr Merse. Das war ja nicht zu glauben!

Aber Frau Luner kam ohne Umschweife auf das furchtbare Thema, kam auf ihn zurück. »Wie lange ist das denn her mit Ihrer Frau? Äh, Exfrau, also mit dem Kind, meine ich …« Sie nimmt das Wort »Abtreibung« nicht in den

Mund, dachte er. Es passt auch nicht zu ihr. »Natürlich nur, wenn Sie darüber sprechen möchten«, fügte sie hinzu und trank einen Schluck aus ihrem Weinglas. Wie sie ihn aus ihrer Strandkorbecke so anschaute, inzwischen in eine Decke gehüllt (seine, die er vorsorglich mitgebracht hatte!), so unbefangen und direkt hatte ihn lange kein Mensch, geschweige denn eine Frau, angesehen. Ihre Augen glänzten immer noch. Er schwieg.

Frau Luners Blick wandte sich wieder Meer und Himmel zu. Wo kam das her, was aus ihr herausglänzte? Er versank in einer Erinnerung. »Glotz mich nicht so an!«, hörte er ganz laut Dagmars Stimme. Er hatte ihr nach einer Wanderung abends ungewöhnlich lange in das rundliche Gesicht geschaut. In dem Moment hatten ihre Augen geglänzt. Er wusste es noch ganz genau. Durch die schrägen Sonnenstrahlen? Durch die Anstrengung? Oder vielleicht für ihn? Der Glanz war flüchtig gewesen, denn kaum hatte er Dagmar angesehen, war er geschwunden. Ihre Augen verdüsterten sich über dem »Glotz mich nicht so an!«, das ihm aus ihrem Mund entgegengeschleudert kam. Er war seither ein Glotzer für sie gewesen. Warum hatte er nie nach dem Grund gefragt? Er betrachtete Frau Luner von der Seite. Sie war schön. Dagmar unscheinbar. Wahrscheinlich hatte sie in ihm damals das Jurymitglied eines Schönheitswettbewerbs gesehen, das gerade auf einem Schildchen die schlechteste Note für sie hochhielt. Und dafür hatte sie ihn zum Glotzer abgestempelt. Mit ihrem Schleudersatz. Einmal Glotzer, immer Glotzer. Hätte er ihr damals gesagt, dass er sich an ihrem Augenglanz erfreute, dann wären sie vielleicht sogar noch zusammen. Wenn sie denn wirklich ihn angeglänzt hatte. Hätte. Wenn. Wäre.

»Ihre Augen glänzen«, sagte er abrupt. »Das sieht sehr schön aus.« (Er traute sich nicht zu sagen: »Sie sehen schön aus!«, aber war zufrieden mit seinem Mut.) »Danke«, sagte Frau Luner. »Das macht das Meer. Oder vielmehr der Wein!«, lachte sie und trank noch einen Schluck. »Nur das?«, fragte er leise. Sie schwieg.

»Sie möchten nicht darüber sprechen?«, griff sie nach einer Weile den Gesprächsfaden wieder auf. »Nach meiner Ansicht ist ein Gespräch das Einzige, was einem in schwierigen Situationen hilft. Sie fragten doch heute Nachmittag, was mir guttut. Mir fiel eine Zeile von Hölderlin ein, weiß nicht, wo es bei ihm steht: »›...dass ein Gespräch wir sind ...‹« Herr Merse starrte sie fassungslos an. Hölderlin! Sie auch! Die Linien des Lebens! Am liebsten wäre er aufgesprungen und hätte es Johannes erzählt. »Mir tat es vorhin gut«, fuhr sie ruhig fort, »dass wir hier saßen und ein Gespräch waren.«

Während die Zeilen »... ein Gespräch wir sind ...« wie eine Melodie in ihm um- und umgingen, sagte Herr Merse kleinlaut: »Ich kenne so einen Austausch nicht.« Er zögerte und spürte sein Erröten: »Nur innerlich. Ich rede manchmal mit ... mit ... anderen so im Geiste.« Er stockte. Setzte neu an: »Jedenfalls ist es schön, jetzt hier mit Ihnen zu sitzen und Sie anzusehen.« Frau Luner schwieg. (Hör auf damit. Glotzer.)

»Also, meine Scheidung war vor drei Jahren. Meine Exfrau, Dagmar, hatte sich in einen Dirigenten verliebt. Sie lebt jetzt noch mit ihm. Wahrscheinlich«, fügte er langsamer hinzu und verstummte, denn ihm wurde gerade klar, dass er nichts über Dagmar und ihr jetziges Leben wusste. »Und wann war das mit … mit dem Kind?«, fragte Frau Luner sanft. Sie ließ nicht locker. Herr Merse wollte sagen: »Anfang Januar 2001, ein paar Jahre vor unserer Trennung«, aber unterdrückte es schnell, denn wie sollte er erklären, dass er es jetzt wusste, damals aber nichts mitbekommen hatte? Was würde das für ein Licht auf ihn werfen! Er überlegte fieberhaft. »Ich habe es erst kürzlich erfahren«, sagte er. »Von einer gemeinsamen Freundin, die ich zufällig traf. Renate. Dagmar hatte sie damals um Hilfe gebeten, sie hatte ihr die Adresse des Abtreibungsarztes besorgt …« Herr Merse wunderte sich, wie diese Sätze aus ihm herauspurzelten. »… Renate hatte aber immer ein schlechtes Gewissen gehabt, und so erzählte sie es mir nun, sie dachte, ich sei inzwischen über die Trennung hinweg.« Uff. Jetzt war er aber in Schwung. »Und nun weiß ich nicht weiter. Soll ich Dagmar damit konfrontieren? Wir haben seit der Scheidung keinen Kontakt. Vielleicht lebt sie gar nicht mehr in Hamburg. Ich habe mich in einen anderen Stadtteil und in meine Arbeit zurückgezogen.« Die Klinik verschwieg er. Ebenso wie das Tagebuch. Warum eigentlich? Sie hatte ihm doch auch so viel erzählt. Trotzdem. Er fühlte sich nach seiner Lüge besser. Männlicher. Er war ein geschiedener, damit lebens- und leiderprobter Mann, er hatte ein Problem, dieses Problem erlebte er so und nicht anders, er hatte es kurz zusammengefasst geschildert, und noch besser: Er saß mit einer wunderbaren Frau im Strandkorb, mit der er das Problem besprach, und wieder noch besser: Sie hatte auch Probleme. Und so konnten, nein, müssten sie ganz einfach zusammenkommen. Er sah sich und Annemarie Luner umschlungen einen Weg entlanggehen, rechts Holunder, verwachsen mit Hartriegel und wilder Schlehe, links das Meer, rechts sie, links er, er fühlte ihre Wärme und musste sich auf die Zunge beißen, um nicht zu jauchzen …

Er griff zu der schräg im Sand steckenden Flasche und goss erneut die beiden Gläser voll. Mit ruhiger Hand. Er hatte geweint, ja, aber nun war er ruhig. Beide nippten an ihrem Wein. Herr Merse vergaß, den Käse anzubieten. Er genoss die Dämmerung, den Meeresgeruch, den stillen Abend und sein Glück. »Annemarie«, sagte er plötzlich und erschrak vor dem Klang seiner eigenen Stimme. Schnell fügte er hinzu: »Klingt doch fast wie ›Anemone‹. Nur o statt a und ri weg. Ich hieß früher Schwan.« »Mit Vornamen?«, fragte Frau Luner. Als er lachte, lachte auch sie. »Ist fast wie Joels Frage: ›Oben oder unten Stier?‹«, sagte er. »Entschuldigung«, lächelte sie. »Ist wohl der Wein. Dabei haben Sie ja was gefragt. Ob Sie Dagmar mit der heimlichen Abtreibung konfrontieren sollen. Ja, so verzweifelt wie Sie eben waren, da wäre es unbedingt gut, mit Dagmar einmal zu reden. Damit Sie verstehen, warum es so kommen musste.«

»Musste?«, entfuhr es Herrn Merse. Er war wie auf Knopfdruck aufgebracht. Tölpelhaft wiederholte er: »Wieso musste?«, diesmal in gedeckeltem Ton. Dann brach es erneut und lauter durch: »Von mir aus hätte das doch nicht sein müssen! Ich hätte das Kind doch gewollt!« Frau Luner zögerte mit einer Antwort. Sie schien sie genau zu überlegen. »Damit Sie verstehen, wieso alles so gekommen ist«, sagte sie nach einer Weile. Herr Merse erinnerte sich, dass auch Johannes von verstehen gesprochen hatte. Verstehen, nicht konfrontieren. Aber so ging es denn doch nicht! »Sie hat es heimlich getan! Ohne mich überhaupt zu fragen! Einfach meinen … meinen …« Er wollte »Samen« sagen, aber stoppte in letzter Sekunde, da er mit einer trotz allem doch noch fremden Frau so ein Wort einfach nicht über die Lippen brachte. »… meinen Anteil einverleibt und damit gemacht, was sie wollte …« Er begann wieder zu zittern. »Sie kennen sich mit so etwas nicht aus. Zu so einer Hinterhältigkeit ist eine Frau wie Sie gar nicht imstande. Sie haben zwei Kinder. Sie haben keines abgetrieben. Auch wenn Sie damals in einer Krise mit Karl waren. Wegen des Studenten. Der plötzlich weg war. Und Sie saßen da und waren schwanger.«

Herrn Merse brach der Schweiß aus. Was sagte er! Bevor er sich weiter hineinritt, hörte er Frau Luner leise sagen: »Ich habe damals auch an eine Abtreibung gedacht.« »Gedacht! Gedacht!«, polterte er und beugte sich aus seiner Ecke vor. »Aber Sie haben es nicht getan!« Fast hätte er ihr beschwörend seine Hand auf das Knie gelegt. Er hielt sich zurück. »Das stimmt. Aber manchmal hab ich gedacht, ob es nicht besser gewesen wäre.« Der Satz kam unvermutet. Wohl auch für sie. Frau Luner beeilte sich, redete stockend: »Nein … äh, nein! So meine ich es nicht. Ich liebe Joel über alles. Aber in was für eine Lebenssituation hab ich ihn gebracht! Ich bin ja mit schuld, dass Karl ihn nicht annahm. An der Entfremdung zwischen Karl und mir bin ich mit schuld«, sagte sie nachdrücklich gegen Herrn Merses verneinende Gesten, sein empörtes Kopfschütteln. »Wie denn schuld?«, warf er heraus. »Wieso denn Sie?« »Na, ich habe Karl Natascha einfach überlassen. Nicht um sie gekämpft …«

»Wer ist Joels Vater?« Die Frage kam pfeilschnell.

Es war ganz still im Strandkorb. Frau Luner schob das Tischbrettchen zurück und stellte das Glas auf die leere Stelle zwischen ihnen.

Er war zu weit gegangen. Herrn Merse brach der Angstschweiß aus. In hektischem Stakkato entschuldigte er sich. »Das geht … das geht mich gar nichts an. Bitte. Bitte. Es rutschte nur so heraus. Blöd von mir. Ich weiß selbst nicht, wieso.« (Lüge!) Zu seiner Überraschung stand sie aber nicht auf, wie er befürchtet hatte, sondern bat ihn um einen weiteren Schluck Wein. Er goss vor Aufregung das Glas übervoll, und wischte alles mit einem Handtuch ab. (Weißes Handtuch, Rotweinflecken. Mann.) »Joels Vater ist Karl«, sagte Frau Luner ohne Umstände. »Ich hatte ein so schlechtes Gewissen wegen meines Seitensprungs. Und so kam es dazu. Sind Sie denn unsicher, ob Ihr Kind von einem anderen Mann war? Weil Sie so fragen? Dass Ihre Frau den Dirigenten vielleicht damals schon kannte?«

Frau Luners Handy machte ein Geräusch in diese ungeheuerlichen Themen hinein. Sie zog es aus der Hosentasche und schaute auf das Display. »Ich A. Bitte komm«, las sie vor. Herrn Merse lief ein warmer Schauer durch den Körper über diese Vertraulichkeit. »Ich muss nach Hause. Joel hat Angst, und Natascha ist wohl noch nicht da. Bleiben Sie ruhig sitzen, Sie müssen mich nicht begleiten«, sagte Frau Luner. Herr Merse aber raffte alles schnell zusammen. Schweigend gingen sie über den Sand, das Kliff hoch, durch den Ort zur Lerchenstraße. Herr Merse nutzte die Zeit für Fragen. »Hat er oft Angst?« »Ja.« »Wovor denn?« »Meist träumt er schlecht. Oder er sieht etwas im Dunkeln. Fremde Gesichter. Er glaubt auch, aus dem Fernseher kommen nachts Ungeheuer. Ich hänge eine Decke drüber, aber das hilft nur manchmal.« Herr Merse dachte mit Schrecken an den Minotaurus. »Hätte ich das lieber nicht mit ihm spielen sollen? Diese Minotaurusgeschichte?« »Nein, es passiert immer. Es ist ganz unabhängig davon.« Frau Luner hatte jetzt eine ebenso tonlose, müde Stimme, wie Herr

Merse sie von Joel kannte. Sie verabschiedete sich schnell von ihm, mit einem huschenden Lächeln. »Vielen Dank für das Strandkorbgespräch. Und gute Nacht! Reden Sie doch mit Dagmar. Wenn Sie alles wissen, wird es leichter.«

Herr Merse stöhnte innerlich. Verabschiedete sie sich jetzt für immer und gab ihm noch einen guten Rat mit auf den Lebensweg? Den er allein weiterwandern sollte?! Gepresst fragte er: »Wann machen wir denn das mit dem Horn?« Frau Luner war schon die Stufen zur Haustür hochgegangen, aber drehte sich noch einmal um. »Ach ja. So bald wie möglich! Morgen?« Herrn Merse fiel ein Stein vom Herzen. »Ja, gern, also morgen! Wann?« »Ach, wir sehen uns ja bestimmt am Strand.« Sie winkte und ging hinein.

Die Tür fiel zu.

Wir sehen uns ja. Morgen. Morgen morgen morgen. Herr Merse machte ein paar Sprünge. Er hüpfte auf einem Bein, auf dem anderen, auf beiden Beinen. Er drehte sich. Noch nicht nach Haus jetzt. Morgen morgen morgen morgen morgen statt fünfmal never never never never never. Sollte Shakespeares alter Lear mit seinem »Never« doch über die Heide rasen! Er aber tanzte jetzt mit den fünf »Morgen«! In den Morgen! Halt, jetzt erst mal schnell weg, dass man ihn nicht sah, wohin, nicht nach Hause natürlich, also wieder an den Strand. »Du alte Lok. Heute viel erlebt, was?« Er tätschelte die Rundung des Strandkorbs. Setzte sich da hin, wo Frau Luner gesessen hatte. Strich vorher zärtlich mit der Hand über ihre Sitzecke. Dann riss es ihn wieder auf die Beine, er lief ans Meer. Dunkel lag es vor ihm. Rollte gemächlich heran, brandete, rauschte aus. Es war fast Nacht und so dunkel, wie es auf Sylt im Juli werden kann.

»Du bist schwarz wie Tinte«, rief er ins Meer hinein, »mit deinen Fischen und Seesternen und Feuerquallen und Blauquallen und deinem Tang und deinem Mist und allem Dreck der Schiffe, aber in mir ist es hell, jawohl, hell! Himmelsfeier! Fast hätte ich alles verkackt!«, schrie er aus Leibeskräften und erschrak unmittelbar. Hörte er ein Echo? Nein, es war eine andere Stimme, sie kam von fern. Das Meer hatte das »verkackt« gleichmütig geschluckt. Herr Merse vergewisserte sich, dass er allein war. Ganz schwach blakte weit hinten ein Lichtlein. Jemand hatte wohl eine Petroleumlampe an seinen Strandkorb gehängt; man hörte je nach Wind Stimmen. In der Nähe sah er keinen. Er ging alle Strandkörbe der Umgebung ab. Alle leer und vergittert. Einige mit Vorhängeschlössern. Ja, er war allein.

Er wandte sich wieder ans Meer. »Fast hätte ich alles verkackt«, sagte er ruhiger. »Aber Joel, der Goldjunge, hat mich gerettet. Will das Horn sehen. Natürlich. Das ist was für Jungen …« Herr Merse erinnerte sich an seine erste Begegnung mit dem Horn. In einer Aufführung der Oper »Siegfried« als Kurzversion für Kinder hatte er es erstmals bewusst wahrgenommen. Er war damals nicht viel älter gewesen als Joel. Das Aufregendste an der Oper war natürlich der Lindwurm gewesen. Aus seinem geräumigen grünen Papierinneren hatte blutrot ein riesiges Herz geschimmert. Man sah es die ganze Zeit pulsieren. Dann kam Siegfried dahergeschritten, ein junger, schöner Tenor mit dem Waldhorn unterm Arm, während gut sichtbar neben der Bühne ein bärtiger großer Instrumentalist das berühmte Hornmotiv schmetterte. Über diese Töne hatte das Lindwurmherz kurz ausgesetzt. Ingo war zutiefst beeindruckt gewesen von dieser Wirkung. Als Siegfried den tödlichen Stoß gegen den Lindwurm richtete, spielte wieder der seitliche Instrumentalist das Hornmotiv. Das Herz stoppte. Andächtig schaute Klein Ingo auf das tödliche Horn. Als die anderen Kinder hinterher den Lindwurm berühren wollten, pochte das Herz auf einmal wieder. Alle stoben verschreckt zurück. Der Vater hatte gelacht: »Die Bühnenarbeiter wollen nicht, dass ihr den schönen Drachen kaputt tatscht, und darum haben sie das Herz wieder angestellt.« Als ob man ein Herz an- und ausstellen konnte. Ingo wusste es besser. So hatte es mit Ingo und dem Horn begonnen.

Herr Merse ging am Wasser auf und ab und summte leise das Siegfried-Motiv. Ta täm ta da da da da däm da da taaaa. Ja. Das würde er Joel morgen vorspielen.

Langsam ging er zum Strandkorb zurück. Er hatte sich aufgelöst. Wie plötzlich das geschehen war! War das Platzen? Das hatte die Musiktherapeutin doch damals gewollt! Dann war es doch gut! Er dachte an Johannes und auch an Ulrich. Denen war so etwas bestimmt nie passiert. Dem rücksichtsvollen, feinfühligen Johannes und dem souveränen, überlegenen Ulrich. Mit Johannes wollte er diese Erfahrung auf keinen Fall teilen. Für Johannes war Auflösung was für Töne. Worte ragten fremd in Gefühle hinein. Wieder zogen die Bilder seines Zusammenbruchs an ihm vorbei. Frau Luner hatte es anscheinend gar nicht so schlimm gefunden. Ein Gespräch wir sind. Und schließlich hatte das Horn ihn gerettet. Weil Joel es sehen wollte. Weil er, Ingo Merse, was darstellte als Hornist. Das Horn gab ihm Festigkeit. Das ahnte der kluge Joel, darum wollte er es sehen. Mit dem Horn könnte er laut alles wegtröten, was ihm seinen Innenraum verstopfte.

Herr Merse setzte sich und wickelte sich in die Decke. In einem Traum aus der Anfangszeit mit Dagmar hatten er und ein anderer Hornist nebeneinander gestanden, jeder bereit zum Einsatz. Sie setzten die Instrumente an, das Stück begann mit einer kleinen Terz. Herr Merse hatte den tieferen Ton zu spielen. Der Einsatz kam, der andere spielte, aber aus Herrn Merses Horn kam kein Ton. In Panik versuchte er es erneut. Der Dirigent blickte finster. Und wieder: nichts kam. Er stand wie ein Zinnsoldat mit einem Zinnhorn. Erstarrt. Der andere Hornist stieß ihn an. Da kam ein Mann, nahm Herrn Merses Horn auseinander und schaute hinein. Es war von oben bis unten verstopft mit Wolle und Werg. Herr Merse zog das Zeug heraus in endlosen Schnüren, zog und zog, es nahm kein Ende. Noch beim Aufwachen zog er wie ein Fischer an seinem Netz …

Wahrscheinlich habe ich mein Leben lang mühsam herausziehen müssen, womit andere mich vollgestopft haben, dachte er und stieß einen Stein weg. Kein Wunder, dass ich langsam bin! Aber immerhin, heute war ja etwas aus ihm herausgekommen. Sie hatte es aus ihm herausgezogen. Und sie wollte mehr von ihm hören! Es ging weiter! Morgen!

Er trank noch mehr Rotwein. Aß den Käse. Für Joel passte das Siegfried-Motiv. Was aber könnte er Annemarie Luner vorspielen? Die Tristan-Weise? Aber wenn sie das zu verfänglich fand? Tristan? Obwohl es ja passen würde, dachte er. Der Chef wäre König Marke. Er selbst Tristan. Allerdings spielt in der Oper nicht Tristan die Melodie, sondern ein unbekannter Hirte. Schafhirte. Schon wieder Schaf. Außerdem geht es schlecht aus mit Tristan und Isolde. Ingo und Annemarie. Er hatte sie sogar beim Vornamen genannt! Er staunte, lehnte sich zurück und summte eine Melodie, summte sie wieder und wieder. Die Worte hatte er vergessen. Es war eine Arie, die er auf einer Operngala erstmals gehört hatte. Bellini? Er hatte damals im Orchester ausgeholfen. Die Sängerin sah er nur von hinten, ihre einschmeichelnde Stimme hatte ihn angezogen. Passend zu der Stimme hatte er sich später eine Frau ausgemalt, mit der er mehrfach »am Ufer« war.

Mit einer Handbewegung verscheuchte Herr Merse die Vorstellungen. Er summte wieder. Eine einfache Arie, ohne Verzierungsschmuck, mehr Lied als Arie, mit einer sanft auf- und abschwellenden, einprägsamen Melodie, die die

Sängerin leise vorgesungen hatte. Eine Melodie, die, wenn er es recht bedachte, Annemarie Luner alias Anemone gut verkörperte. Wie hieß es doch gleich?

»Vaga luna …« So fing das Lied an. Er suchte die Worte. »L'innocenti« oder »inargenti«? »Vaga luna« passte einfach wunderbar. Er würde es am liebsten Johannes vorsingen. Vaga Luna. Vages Mondlicht! Weiches Mondlicht. »Vaga Luner L'innocenta«, sang er glücklich vor sich hin. Er hob sein Glas und prostete ihrem Gesicht mit den glänzenden Augen zu. Er sprach kein Italienisch, stoppelte eine Übersetzung aus dem Lateinischen zusammen. Vielleicht hieß es: »Weiches Mondlicht, du glänzt unschuldig«. Inargenti. Oder so silbern. »Vaga Luner L'innocenta« gefiel ihm besser. Frei übersetzt: Unschuldige vage Frau Luner. Ja. Er leerte das gesamte Glas. Es gefiel ihm! Oder Unschuldige weiche Frau Luner. Unschuldige weiche Annemarie. Vaga Vagina. Weiche Vagina Anemona. Maria. Maria auf dem Silbermond, unschuldige Mutter aller weichen Vaginen. Argenti. Maria auf dem Silbersichelmond. Mutter aller …

Herr Merse stand auf. Er wankte. Lachte. »Die Flasche ist leer, mein Herz ist voll. Ich weine nicht mehr. Ich find sie so toll. Amen. Da staunst du, Dagmar.«

* * *

Er vermied es, beim Heimkommen Licht zu machen. Geduscht wurde auch nicht, schon wegen Neudeckers. In den Spiegel schauen: auf keinen Fall. Zähne putzen, ja. Tablette nehmen? Sicherheitshalber. Dass er Schlaf bekam. Dass er morgen für Joel und vielleicht auch Anemone spielen konnte. Ab ins Bett.

Auf dem Nachttisch blinkte sein Handy. Auffordernd. Wer um alles in der Welt konnte das sein? Herr Merse fingerte an den Tasten herum. Barbara. Der Anruf kam von Barbara. Sie hatte auf die Mailbox gesprochen. Das konnte nichts Gutes verheißen. Augenblicklich nüchtern, drückte er auf Wiedergabe und hörte Barbaras Stimme: »Hallo, Ingo. Wir sind verfrüht zurückgekommen. Sind schon ein paar Tage in Hamburg. Oskar hatte in Thailand einen leichten Schlaganfall. Aber alles jetzt ok. Die Ärzte sagen, er muss sich schonen, und er kriegt so ein Blutverdünnungsmittel. Wir wollen nach Sylt kommen. Nix mehr mit weiten Reisen. (Herr Merse hörte, wie gepresst ihre Stimme in diesem Satz klang.) Ich weiß, du bist in der Wohnung und hast dich drauf eingestellt, da Ferien zu machen, aber Oskar geht jetzt vor. Bin sicher, du hast dafür Verständnis. Du kannst notfalls ein, zwei Nächte in der Kammer schlafen, bis wir für dich ein Quartier gefunden haben, falls du unter den Umständen überhaupt bleiben willst. Oskar braucht wirklich Ruhe, also mit Hornüben geht es sowieso gar nicht … ach, ruf doch mal zurück. Wir kommen übermorgen.«

Er setzte sich aufs Bett. Sein Kopf dröhnte. Wie sollte er in der Hochsaison auf Sylt ein Zimmer finden? Bei bestem Wetter und stabiler Hochdrucklage? Barbara wusste es so gut wie er: Das war aussichtslos.

Er stand wie im Schock. Mein Gott. Ja. Der arme Oskar. Aber er? Ingo? Er begann auf und ab zu tigern und stieß mit dem Kopf an den Hängeschrank. Schmerz spürte er nicht, aber plötzlich Wut: Warum konnte sich Oskar nicht zu Hause erholen, verdammt noch mal? Wozu hatten sie das schöne Haus in Volksdorf denn? Übermorgen! Jetzt, wo er, Ingo Merse, erstmals auf einen neuen Weg gelangt war! Wo er eine Frau kennengelernt hatte. »Das wolltest du doch immer, Barbara. 'ne neue Frau für mich. Jetzt ist sie da. Und jetzt kommst du, und ich kann nicht mehr da sein!« Herr Merse stampfte irr in der Wohnung umher und redete laut. »Da kommt sie. Die vergessene Schwester. Oskar geht natürlich vor. Es geht immer alles andere vor. Sie geht vor. Immer voran. Der kleine Ingo hinterher. Immer immer immer immer immer.« Er stampfte auf jeder Vorsilbe mit dem Fuß auf. »Den kleinen Ingo kann man hierhin schubsen und dahin stecken, ja, in die Kammer mit ihm. Abstellkammer. Auf 'ner Luftmatratze ins Meer schieben. Und sich dann hinstellen und jammern: ›Ach, dieser Ingo. Macht einem nur Sorgen.‹ Ja. Ja! Den kann man abtreiben, backpfeifen, abschieben. Er passt nicht rein – dann muss er raus. Raus raus raus!« Herr Merse brüllte und wirbelte mit den Armen durch die Luft. Erstarrte, als er ein Geräusch hörte. Ein Kind weinte, eines von denen aus der Wohnung unter ihm. O Gott, er hatte diesem Kind Angst eingejagt. Das Kind weinte, wie Joel weinte. Nein, Joel weinte still.

Herr Merse setzte sich hin. Jetzt klaren Kopf bewahren.

Ruhe. Ruhe. Ruhe. Er stand wieder auf und ging auf Zehenspitzen durch das Zimmer. Er würde morgen ins Touristencenter gehen und nach einer Wohnung fragen. Für eine Notlage. Oder auch nur nach einem Zimmer. Vielleicht nahe der Pension von Luners! Der Gedanke hellte ihn etwas auf. Im Lerchenweg. Gleich nebenan. Oder in der Pension Strandmöwe selbst! Unwahrscheinlich. Und wenn er nichts fände? Er guckte in die Kammer. Da passte neben das Regal eine Luftmatratze hinein. Ja. Gerade so. Er war aber eins neunzig und hatte keine Luftmatratze. Er sah sich leise und rücksichtsvoll morgens aus der Gerümpelkammer durch das Apartment schleichen: »Ich jogge denn mal. Soll ich Brötchen mitbringen?« Von Barbara dann den genervten Augenaufschlag und das wahnsinnige Psssssst und ihre hektischen Zeichen auf den schlafenden und wahrscheinlich schnarchenden Oskar hin, der sich dann umdrehen und ein Auge auf ihn richten würde. Der schlaggefällte Richter-Gemahl, dachte er voller Hass. Wie ein Zyklop …

Nicht abdriften. Einen Tag hatte er noch Zeit. Er lehnte sich zurück und versuchte sich an den Fühleindruck von Annemaries Hand auf seinem Arm zu erinnern. »Sie hat mich getröstet, Johannes«, sagte er ins Zimmerdunkel hinein. Er spürte die Berührung wieder und wurde ruhiger. »Schön für dich«, brummelte Johannes aus seinem noch nicht vorhandenen Bart. Herr Merse hörte vor dem inneren Ohr: »Selig sind, die da Leid tragen – denn sie sollen getröstet werden«. »Das hast du wunderbar komponiert«, sagte er zu dem Freund. Es war ihm egal, dass der das Requiem in einem ganz anderen Lebensalter geschrieben hatte. Er wollte ihm danken. »Denn sie sollen getröstet werden.« In der Ewigkeit. Das war ihm zu spät! »Johannes, man braucht es jetzt! Nicht später! Hier auf Erden, im Sommer! Wenn das in deinem Leben passiert, dass eine Frau dir die Hand auf den Arm legt, dich tröstet, das ist … das ist … ja, man kann es gar nicht ausdrücken.« »Nur mit Musik.« »Ja.«

Herr Merse schwieg einen Moment. Dann erzählte er Johannes von der Quartiernotlage. Und war überrascht, dass der von ihm als unpraktisch eingestufte Komponistenfreund als Ultima Ratio den Zeltplatz vorschlug. »Aber ich hab kein Zelt!« »Dann kaufst du dir eben eines.« »Aufm Zeltplatz kann ich nicht Horn üben.« »Du hast sowieso nicht so viel geübt. Was ist jetzt wichtiger – Frau oder Horn? Üben oder Frau Luna?« Johannes sagte hartnäckig »Luna«. »Du kannst eine Woche früher abreisen und dann in Hamburg üben. In deiner Wurstbude. Da störst du keinen Menschen.«

Herrn Merse kam dieser vernünftige Vorschlag völlig in die Quere. Er merkte daran, wie weit er sich schon vorangewagt hatte. Weit weg von Hamburg. Ab nach Berlin. In Berlin gab es viele Orchester. Gute Hornisten braucht man überall. Joel wollte Horn lernen. Er würde weitere Schüler finden. »Und wenn ich nach Berlin gehe? Schon um Joel zu unterrichten? Nicht mehr nach Hamburg zurück?« »Wollte der Junge das Horn nicht einfach nur sehen?«, kam es aus Johannes' Ecke. »Joel mag mich. Er wird es lernen wollen. Ich spiel ihm das Siegfried-Motiv vor.« Er hatte sich nicht vorgenommen, Johannes eins auszuwischen, aber dass er ihm jetzt ausgerechnet mit dem Hauptkonkurrenten Wagner kam, war Rache für den Wurstbudenvorschlag. Johannes schluckte es unkommentiert. Er schwieg. Herrn Merses neue Wege begannen sich unter dem Eindruck von Johannes' Nüchternheit zu verschlingen und zu verheddern. Hauptweg – Nebenweg – Ausweg – Umweg – Sackgasse …

»Und woher hat sie nun die Narbe? Wie war der Unfall? Was ist mit dem Lampenfieber?« Die drei Fragen kamen unerwartet von dem imaginären Flügel her, den Herr Merse innerlich immer da platzierte, wo in Wirklichkeit ein großer Fernseher stand. Ihm brach der Schweiß aus. »Wir sind nicht zu den Fragen gekommen! Aber Karl ist der Vater. Nicht der Student.« Er setzte sich. Die Tablette zusammen mit dem Wein verlangsamte ihn. Er wurde müde, die Zunge lag ihm schwer im Mund. »Alles Weitere …morgen, Johannes.« Bei »morgen« wieder das Glücksgefühl. Vaga luna. Die Sängerin. Die weiche Sängerin. Es kehrt die dunkle Schwalbe. »Das mit der dunklen Schwalbe ist dein schönstes Lied, Johannes«, murmelte er.

Sonntag

Am frühen Morgen wachte Herr Merse aus einem explosiven Traum auf, der mühelos den Tablettenwall zwischen Nacht- und Tag-Ich gesprengt hatte. Schauplatz war Herrn Merses Elternhaus, ein Reihenendhaus in Hamburg-Othmarschen, in dem er die ersten zwanzig Jahre seines Lebens verbracht hatte. In dem breiten Durchgang zwischen Wohn- und Esszimmer prangte ein kraftvoller Stier. Sein vorderer Teil füllte das Esszimmer, sein Hinterteil das Wohnzimmer fast ganz aus, denn die Zimmer waren klein, und der Stier war riesig. Herr Merse und Joel standen in der Nähe des Stierkopfes, Barbara und Herrn Merses Mutter neben dem Hinterteil im Wohnzimmer. Sie unterhielten sich angeregt über Belangloses, während Dagmar geschäftig zwischen beiden Zimmern hin- und herhuschte. Nur Herr Merse und Joel beachteten den Stier. Der dampfte vor Kraft und schaute Herrn Merse mit seinen dunklen Augen direkt ins Gesicht. Plötzlich sanken die Augenlider herab, so dass nur noch ein weißer Schlitz zu sehen war, und der Stier ejakulierte in hohem Bogen nach hinten gegen den verglasten Bücherschrank. Herr Merse lachte laut, Joel riss staunend den Mund auf. Barbara und die Mutter verbündeten sich nach einer Sekunde völliger Erstarrung zu einer siamesischen Putzeinheit und begannen ohne Zögern den Samen, der weißlich das Vitrinenglas hinunterlief, mit schnell herbeigeschafften Tüchern und Ajax Fensterklar wegzuwischen. Herrn Merses Vater trat ein und warf fragende Blicke zwischen dem lachenden Herrn Merse, dem gaffenden Joel und den putzenden Frauen hin und her. Dagmar sah zu dem Vater hinüber, klatschte in die Hände und deklamierte wiehernd: »Nur der Stier mit seinem Schwanz überzeugt uns wirklich ganz!«

Herr Merse war von seinem lauten Traumlachen aufgewacht. Es dauerte etwas, bis er sich in Raum: Barbaras Sylter Wohnung, Zeit: siebter Ferientag, sich selbst: Hornist – außerdem abgeschobener Bruder, geschiedener und frisch verliebter Mann mit ein paar Eigenschaften, verhinderter Vater, vielleicht erwünschter Ersatzvater – wieder eingefunden hatte. Er freute sich. Sein zweiter Traum! Vom Schaftier zum Prachtstier! Das war ein Aufstieg. Immer wieder sah er das Ejakulat durch die Wohnung fliegen. Herrlich! Der Stier hatte es denen gezeigt! Das war mal ein sichtbarer, nicht ins Dunkel der Frau abgesaugter Samen! »Nur der Stier mit seinem Schwanz überzeugt uns wirklich ganz!« Er sprach den Satz laut aus. Dagmar hatte ins Schwarze getroffen. Und die Bewunderung in ihrer Stimme! Das hektische Gewische von Barbara und Mutter! Ha! Wie sie den Schlieren auf der Büchervitrine zu Leibe gerückt waren!

Herr Merse reckte und streckte sich kraftvoll, aufgebaut von der Vitalität seines Traumstiers, der die ganze Familie vorführte. Dem kleinen ängstlichen Joel zeigte, was eine Harke war.

Er setzte sich im Bett auf. Sich aufführen wie ein Stier. Seine Schmieraktion in Dagmars Schlafzimmer war dagegen das reine Kinderstück gewesen. Er seufzte. Schlieren und Schmieren. Dagmar hatte ihn manchmal angeschaut wie eine Schaufensterscheibe, hinter der es Interessantes zu sehen gab. Er war nichts als eine Scheibe gewesen für sie. Vitrinenscheibe. Bei der Erinnerung ballte er unwillkürlich die Fäuste. Nie hatte er sich dafür gerächt! Er sah Barbara mit dem Fensterklar-Behälter vor sich. Ajax. Das wäre ein guter Name für den Stier. Ein Heldenname.

Mit erhobenen Armen stellte sich Herr Merse ans Fenster, die Handflächen am Glas. Rache an Dagmar! Die Rache eines Stiers! Flötenkonzert, Dagmar in vollem Solistenschwung in einem roten, rückenfreien Kleid. Er im Orchester dahinter. Einfach aufstehen. Ein paar Schritte aus der Horngruppe vortreten. Hose auf. Schwanz raus. Zielen. Zwischen die Schulterblätter. Dann seine Samenschleuder. Dagmar würde kicksen, dann wie aufgezogen weiterspielen. Davon war er überzeugt. Dagmars Dirigentenfreund würde der Taktstock in der Hand gefrieren, er würde seinen ersten Hornisten aus geweiteten Augen anstieren. Dieser Hänfling, der sich mit seinem Blüthner-Flügel in Dagmar und Ingo Merses Wohnung ausgebreitet hatte. But the show must go on, nicht, Dagmar? Nicht, Andreas? Ha! Rache! Samensolo! Und sie kann nichts tun! Nichts sagen! »Nur der Schwan mit seinem Schwanz überzeugt uns wirklich ganz.« Sein alter Name hätte noch besser zu dem Traumspruch gepasst, den vielleicht seine Hornkollegen hinterher in der Kantine intoniert hätten, Ellenbogen stoßend, die Hände zu Tröten geformt, seine Kollegen, die mitbekommen hatten, wie ihm, Ingo Merse, die Hörner an der Stirn wuchsen, für jeden sichtbar, der zwischen Dagmar und Andreas hin- und herschaute. Nur für ihn selbst nicht. Höckerschwan. Wie er zu schnell ausgezogen war, so hatte er auch seinen Namen zu schnell aufgegeben. Zum ersten Mal ärgerte er sich darüber. Jetzt klebte Dagmars blöder Zwei-e-name, dieser breite, urdeutsche Merse-Name an ihm. Und den konnte er nicht abschütteln.

Seine Handflächen rutschten langsam an der Scheibe herunter. Seine Wut war unter der Rachephantasie verraucht. Ernüchtert mixte er sein Müsli und fand sich und seine Gedanken abstoßend. Wie hatte so eine Phantasie überhaupt von ihm Besitz ergreifen können? Wie kam es zu solchen Träumen? Eklig! Er war nur noch traurig und verspürte keinerlei Lust, Johannes von dem Traum und Dagmars Spruch zu erzählen. Was war das überhaupt für ein Spruch? Ihm fiel der Merseburger Zauberspruch ein. Da ging es nach seiner Erinnerung um Heilung für Wotans Pferd. Das gab ja noch einen Sinn! Ein heilender Spruch. Der Stierspruch war dagegen nichts als alberne Angabe! Und der sollte ihn befreien aus Reihenendhaus und Wurstbude, aus Barbara-Apartment und Dagmar-Gedackel? Lächerlich. Würde er damit etwa als Prachthornist in der Welt stehen, Bäume pflanzen, Söhne zeugen? Herr Merse stöhnte, warf sich aufs Bett zurück und weinte heftig und lange.

Danach kämpfte er mit Selbstverachtung, die kalt wie Eis in ihm hochkroch. Schon wieder hatte er geweint. Flenner, der er war. Allerdings – Anemone hatte es nicht schlimm gefunden. Er hob den Kopf. Nein, Annemarie. Er wollte sie bei ihrem richtigen Namen nennen. Er schnäuzte sich. Frau Luner war im Traum gar nicht vorgekommen, fiel ihm plötzlich auf. Tatsächlich, dieser Traum hatte mit ihr nichts zu tun, der Stier nicht, der Spruch nicht. Er runzelte die Stirn. »Jetzt mal denken, Merse, denken«, sagte er laut zu sich selbst. Er starrte vor sich hin. Der Traum war ein Vexierbild, erkannte er. Und er hatte erst auf die falsche Seite gestarrt. Ja. Natürlich. Wie so häufig. Der Traum zeigte ihm, wie er nicht war. Wie er nie sein würde. Wie er aber auch nie sein wollte!

Herr Merse atmete tief aus. Auch Joel würde nie so sein wollen. Er sah den Jungen versunken einen Stier auf eine der magischen Spieltafeln kritzeln, auf denen die Zeichen durch Herausziehen und Hineinschieben wieder gelöscht werden. Er malte einen großen Stier, zog raus, schob wieder rein, malte dann einen kleinen Kritzelstier, der an einer Blume schnupperte.

Ajax ist unglücklich, erkannte Herr Merse plötzlich. Sein Intimstes prallt an einer Glasscheibe ab. Frau Luner hatte nichts mit Glas zu tun. Außer einem Weinglas. Er sah durch das Weinglas auf ihr Gesicht dahinter und hörte wieder den schwingenden Celesta-Klang, der entstanden war, als sie auf das himmlische Fest anstießen. Er gab ihm Mut.

Ajax ist einsam, dachte er weiter. Er kam jetzt gut voran mit der Traumdeutung. Obwohl er riesengroß ist, beachtet ihn keiner. Pubertärer Trotzanfall zwischen Wohn- und Esszimmer. Verlorenes Schaf – eingeklemmter Stier. »Ajax, was würde dir guttun?«, fragte Herr Merse laut und ratlos. »Der Stier in seinem dunklen Drang … braucht eine Wiese«, hörte er plötzlich Ulrichs österreichischen Dialekt. Er sprach mit leiser Ironie, aber ganz zugewandt. Herr Merse schaute sich unwillkürlich um. Hörte er Stimmen? Egal. Ulrich hatte recht. Eine Wiese würde Ajax guttun. Er sah wieder Joels Kritzelzeichnung mit Stier und Blume vor sich. Natürlich. Und auf der Wiese eine liebenswürdige, lebendige Kuh, die er beglücken konnte. Was doch natürlicher wäre als SB vor einem Vitrinenschrank, mein Gott. Herr Merse schmunzelte vor sich hin. Viel schöner! Keine Kunstkuh mit Echtfrau drinnen; Schluss damit! Eine gut duftende Echtkuh. Keine schwarz-weiße. Eine braune. Die auf ihn wartete! Ihn wollte! Inmitten von Kamille, Wiesenkerbel, Beifuß und Mohn. Ja.

Er nickte. Im Hintergrund meinte er Ulrich ebenfalls nicken zu sehen. Sie waren sich einig. Er sah sich wieder mit

Annemarie als Paar auf dem überwucherten Weg, diesmal neben einer Wiese, auf der Ajax graste. Jetzt blieben sie stehen und umarmten sich. Das wäre schon Erfüllung, dachte er wehmütig. Das wäre das Glück. Und alles andere samt Samen und noch mehr Körper wäre eine Zugabe des Lebens. Er weinte. Der auftrumpfende Stier – der kam aus der Vergangenheit. Und zeigte ihm nur, wie er mit den Mattscheiben bestimmter Frauen umzugehen hatte. Bestimmter abweisender höhnischer Frauen. Ja, und darum war er ausgerechnet jetzt in ihm aufgetaucht. Jetzt, wo Barbara kam. Das war es.

Herr Merse war dankbar. Er mochte Ajax. Warmherzige Frauen würde er nämlich beschützen. Annemarie Luner würde Ajax über Stock und Stein helfen, sie in ihrer schwierigen Lebenslage auf neue Wege tragen. Herr Merse lächelte erlöst. Er sah jetzt Ajax vor Frau Luner unten am Strand stehen. Er knickte vorne mit den Vorderbeinen ein und ging in die Knie, eine ritterliche und zugleich einladende Geste. Zeus und Europa? Herr Merse schüttelte den Kopf. Zeus wollte nur Sex. Er sah, wie Frau Luner erfreut auf Ajax' Rücken kletterte, der Stier sich behutsam erhob, ruhig durch den Sand trottete und schließlich zum Meer abbog wie die Kutsche auf dem Bild seines Hornlehrers. Frau Luner war eindeutig auf Herrn Merses Traumstier besser aufgehoben als auf Karls Elefantenrüssel. Der Elefant war ein guter Freund, Ajax ein liebender Partner.

Unter diesen Klärungen kam Herr Merse zur Ruhe. Er

schaute auf den leeren Sportplatz und zog trocken Bilanz: Das Wichtigste in seinem neuen Leben war Frau Luner mit ihren beiden Kindern. Bisher war nichts weiter geschehen, als dass Frau Luner ihm freundlich gedankt hatte für seine Fürsorge. Ob sie ihn mehr als ein bisschen sympathisch fand, wusste er nicht. Sie hatte ihm ihr Herz ausgeschüttet, weil sie ganz aktuell belastet war, und ihn getröstet, weil auch er ganz aktuell belastet war. Und das war's. Nicht mehr, nicht weniger. Aber nun schob sich Barbara zwischen sie. Gläsern.

Er straffte sich. Johannes betrat den Raum; er war zurück vom Morgenspaziergang, setzte sich ans Klavier und bemerkte im Vorbeigehen: »Bist ja auch früh auf.« Es klang anerkennend, und Herr Merse unterdrückte den Impuls, Johannes seine neuesten Erkenntnisse vorzutragen. Der Stiertraum eignete sich überhaupt besser für nächtliche Gespräche.

* * *

Herr Merse packte den Tag bei den Hörnern. Er joggte und schwamm. Durchpflügte die Wellen. Es war Ebbe. Das störte ihn nicht mehr. Beim Bäcker war er einer der Ersten. Er kaufte sich Kraftbrötchen. Von Frau Luner nichts zu sehen. Auf dem Nachhauseweg machte er unbefangen einen Abstecher durch den Lerchenweg. Alles still dort vor der Strandmöwe.

Nach dem Frühstück fiel sein Blick auf die Pillenschachtel. Er kam ins Schwanken. Als Stier brauchte er nichts Anschiebendes mehr. Doch würden seine Kräfte gegen Barbara nicht zu früh erlahmen? Würde er durchhalten? Der Selbstzweifel ließ ihn wieder auf Schafgröße schrumpfen. Er entschied sich, das Buchorakel zu befragen. Er brauchte intellektuellere Auskünfte, als ein Stier sie zu geben vermochte. Er würde heute ganz konkrete Fragen an das Buch stellen, um nicht wie ein Ochs vorm Scheunentor zu stehen. Sondern als Stier.

Herr Merse zog das Buch unter Dagmars Tagebuch hervor und legte dieses kurz entschlossen in eine Schublade. Außer Sicht damit. Für einen Moment erwog er, die Orakelfragen aufzuschreiben, aber verwarf den Gedanken. Die Zettel hatten ihm im Strandkorb gar nichts genützt. Und so viele Fragen waren ja nicht zu klären. Eigentlich nur eine: Sollte er Frau Luner sein Herz eröffnen? Das war die alles entscheidende, die Hauptfrage, und dazu brauchte er Hilfe von Ulrich, den er als frauenerfahren einschätzte. Auch wenn er – warum bloß? – von Musil als »Mann ohne Eigenschaften« bezeichnet wurde. Vielleicht zeigte der kluge Ulrich Frauen gegenüber seine Eigenschaften nicht, da sie ja Anlässe für Ablehnungen boten. Gerade darin könnte seine Frauenkennerschaft bestehen, dass er eine umsichtige Camouflage mit seiner tatsächlichen Eigenschaftsfülle betrieb. Das war ohne Lesen nicht zu klären. Aber dazu hatte er keine Zeit. Noch etwas? Er überlegte. Über die Hauptfrage hinaus wünschte Herr Merse sich von Ulrich nur noch einen Tipp: Sollte er heute Tablettenhilfe in Anspruch nehmen oder alles allein wagen? Haupt- und Nebenfrage also.

Er nahm mit ungewohnter Entschlossenheit das Buch in beide Hände und ließ mit dem linken Daumen die vielen Dünndruckseiten vom hinteren Buchdeckel aus nach vorne durchrauschen. Über den angenehmen Fühleindruck vergaß er, an irgendeiner Stelle anzuhalten, und war unversehens am vorderen Buchdeckel angelangt. So schnell. Sollte das etwa das Orakel sein? Er hatte vergessen »Stopp« zu sagen. So ähnlich wie »Hör auf«. Das war es vielleicht schon. Die Botschaft war: zu Barbara »Stopp« sagen. »Stopp! Nicht kommen.« Er hatte schließlich ihre Wohnung gemietet. Mieter konnte man nicht einfach raussetzen. Das war schon rein rechtlich gar nicht möglich! Ha. So einfach war es. Danke, Ulrich!

Herr Merse setzte sich erfreut, als ihn Johannes' Stimme erreichte: »Was hat das mit der Hauptfrage zu tun?« Verwirrt sah er dem Freund ins Gesicht, der seine Augen schon wieder auf der imaginären Tastatur hatte und leise Töne anschlug. Herr Merse wurde ärgerlich. »Mit Frau Luner hat es gar nichts zu tun. Die sagt ›Stopp‹, wenn sie will.« Er dachte an ihr Schweigen. »Du hast nicht gestoppt!«, erwiderte Johannes hartnäckig. Herr Merse spürte eine untergründige Angst. Worauf wollte er hinaus? Meinte er das Platzen? »Doch, doch, hab ich«, haspelte er. »Heute Nacht!«, setzte Johannes nach. Herr Merse wurde flammend rot. Woher wusste Johannes von dem Traum? »Das

war … nicht ich … ich kann … ich kann Stopp sagen …«
Johannes schwieg.

Stopp, dachte Herr Merse wütend und unsicher und drehte sich von der Flügelecke weg. Es war schließlich Ulrichs Orakel. Ulrich sandte ihm eine Hilfe. Und so eine Hilfe hätte ich schon früher gebraucht, dachte er plötzlich. Wie oft hatte er früher »Aufhören!« geschrien, wenn Barbara ihn durchkitzelte. Ihm dunkle Unheimlichkeiten zuraunte im Bett. Sie hatte ihn nicht nur gekitzelt. Auch an seinem Schwanz gezogen hatte sie. Ja. Und manchmal hatte er es genossen. Er errötet bei der Erinnerung daran. Aber immer hatte sie bestimmt! Nie durfte er sie berühren. Nur sie ihn! Sie war dann die Krankenschwester, die alles begutachtete. Einem imaginären Doktor zeigte. Den Schwanz mit dem grünen Schullineal maß, Länge und Durchmesser notierte. Ihn verzierte. Mit Geschenkbändern. Auch mal fester zuzog, dass er schrie. Sein »Stopp!« prallte an ihr ab. Lief er zum Vater, war er eine Heulsuse; lief er zur Mutter, bekam er die Schuld. Was wirklich vorging, konnte er niemandem sagen. In der Pubertät hatte Barbara seine Pickel ausgedrückt. »Wie siehst du denn aus? So kommst du an keine Frau.« Dann drückte und fummelte sie an ihm herum. Im Gesicht, am Rücken. Am Rücken hatte er es gemocht, da er sie dann nicht sah und sich etwas Schönes vorstellte. Aber dann bekam er Erektionen, die sie natürlich nicht übersah. »Schau, schau, des Knaben Wunderhorn«, raunte sie dicht an seinem Ohr, »zeig mal.«

»Stopp!«, rief Herr Merse laut. »Kein Abdriften!« Ha, er wollte zu Frau Luner, zur Hauptfrage seines Lebens, und jetzt kam ihm Barbara dazwischen. Mit Erinnerungen! Mit Oskar! Er stampfte auf. Aber er war nicht mehr der kleine Ingo. Stierhaft würde er den beiden entgegentreten. Mit einem unüberhörbar geschnaubten »Stopp!«. Das war das Orakel. Wenn er Barbara stoppte, konnte er zu Frau Luner. Es war eine Prüfung. »Dann wird sie mich annehmen, Johannes!«, rief er. Gut, dass der ihn an das Wichtige erinnert hatte. Er schaute auf die Uhr. Acht. Ob er schon bei Barbara anrufen konnte? Er hörte noch einmal die Mailbox ab und fand die Ansage dringlich genug für einen frühen Anruf.

Als das Wort »Rufaufbau« auf dem Display erschien, merkte er, dass er sich nicht überlegt hatte, was er sagen wollte. Er starrte wie gebannt auf die Buchstaben. Es war zu spät, seine Nummer würde schon bei ihr erschienen sein, also ließ er es klingeln. Zitternd vor Spannung hörte er den Ruftönen zu, aber Barbara nahm nicht ab. Ihre Mailbox sprang an. Unter Höchstdruck sagte Herr Merse: »Hallo, Barbara. Hier ist Ingo. Das tut mir ja leid mit Oskar. Äh … wirklich sehr leid. Und auch, dass ihr die Reise abbrechen musstet. Zu schade. Aber … äh … es wird schon wieder …, sicher. Ich muss dir allerdings sagen, dass ich jetzt hier aus der Wohnung nicht rausgehe. Nicht rausgehen kann. Auf gar keinen Fall. Ich erkläre es dir mündlich. Bitte überlege, wo Oskar sich sonst noch erholen kann. Ihr habt es doch so schön im Garten! Also nicht hier. Nicht hier. Du kannst mich jetzt über Handy erreichen. Jederzeit, ich habe es in der Hand. Dann beraten wir. Tschüs und alles Gute!«

Herr Merse schwitzte, als er auflegte. Sein Herz pochte schnell, er atmete flach, er musste sich setzen. Mit selbstkritischer Lupe fiel er über das Gesagte her. Er hatte nur Barbara angesprochen, Oskar nicht genügend bedauert und nur an sich gedacht. »... dass ich hier nicht rausgehe«, klang trotzig-kindlich. Klein Ingo hat den Bock Bock Bock, da hol'n wir gleich den Stock Stock Stock. Besser hätte er konkrete und hilfreiche Vorschläge gemacht. Falsch und egoistisch klang und war: »Ihr habt es doch so schön im Garten ...«. Garten ist Garten, Sylt ist Sylt. Und wie lächerlich, ihr zu sagen, er habe das Handy in der Hand, mein Gott.

Herr Merse spürte seine weichen Knie. Noch nie war er Barbara mit Erfolg entgegengetreten. »Wie war ich?«, fragte er Johannes mit unsicherer Stimme. »Gut. Höflich, aber bestimmt. Dringlich in der Stimme. Sehr gut.« »Nicht unverschämt? Beleidigend? Egoistisch? Lächerlich?« Johannes' blaue Augen leuchteten hell aus der Ecke. »Nein, nichts davon. Völlig angemessen. Selbstbehauptend.«

Das tat gut. »Völlig angemessen.« Wie ruhig und sicher das klang. Herr Merse atmete auf. Trotzdem wandte er sich zusätzlich an Ulrich. Sicherheitshalber. »Ulrich, was meinst du? Du hast 'ne Zwillingsschwester. Erzählst ihr alles. Ging das so? Kann ich das von Barbara verlangen?« Von Ulrich kam ein wissendes Lächeln. »Schwestern tun, was sie tun«, sagte er. Mehr nicht. Das klang orakelhaft vieldeutig. Herr

Merse überlegte, ob er das Buch noch einmal zurate ziehen solle. Das mit dem »Stopp!« war vielleicht nur ein Vororakel gewesen. Wie die leere Seite. Kein echtes Textorakel. Außerdem: Für die Hauptfrage brachte es mehr Unsicherheit als Klarheit. Denn wenn er es ganz direkt auf Frau Luner bezöge, würde es ja heißen, er solle stoppen. Ihr seine Liebe nicht gestehen. Herr Merse schluckte. Richtig gut passte es nur auf Barbara.

Er schüttelte den Kopf. Oder sollte das Stopporakel einfach nur Ulrichs Tablettentipp gewesen sein? Es passte und es passte nicht, es war zum Wahnsinnigwerden. Man konnte es so drehen: dass er schon früher zu den Tabletten hätte »Stopp!« sagen sollen. Oder umgekehrt: dass er heute auf jeden Fall Tabletten einnehmen sollte, weil sonst zu früh mit Kraft und Mut stopp war. Er stöhnte.

Das Buch schaute ihn mit ruhiger Aufforderung an.

Er landete im zweiten Kapitel des dritten Teils und bemerkte, dass er nur zwei Seiten nach dem schon einmal getroffenen Kapitelbeginn »Die vergessene Schwester« angehalten hatte. Er las die Seite dieses Mal still durch und begriff mit erstauntem Aha, dass Agathe Ulrichs Zwillingsschwester war. Das erklärte einiges. Er beglückwünschte Ulrich zu dieser Schwester. Und freute sich noch mehr, als er ihre Worte las: »Ich werde nicht mehr zu Hagauer zurückkehren.« Gut, Agathe!, dachte er. Sehr gute Entscheidung. Danach wurde beschrieben, wie die Geschwister ihren im Zimmer aufgebahrten toten Vater betrachten:

Der lag auf seinem Sockel, wie er es angeordnet hatte: im Frack, das Bahrtuch bis zur halben Höhe der Brust, darüber das steife Hemd hervorkam, die Hände gefaltet ohne Kruzifix, die Orden angelegt. Kleine harte Augenbögen, eingefallene Wangen und Lippen. In die schauerliche, augenlose Totenhaut eingenäht, die noch ein Teil des Wesens ist und schon fremd; der Reisesack des Lebens. Ulrich fühlte sich unwillkürlich an der Wurzel des Daseins erschüttert, wo kein Gefühl und kein Gedanke ist; aber nirgends sonst. Wenn er es hätte aussprechen müssen, hätte er nur zu sagen vermocht, daß ein lästiges Verhältnis ohne Liebe geendet habe. So, wie eine schlechte Ehe die Menschen schlecht macht, die sich nicht von ihr befreien können, tut es jedes für die Ewigkeit berechnete, schwer aufliegende Band, wenn das Zeitliche unter ihm wegschrumpft.

Die Seite war noch nicht zu Ende, aber Herr Merse war zu bewegt, um weiterzulesen. Die menschliche Haut als »Reisesack des Lebens« beschrieben zu finden, kam ihm auf endgültige Art einleuchtend vor. Er hatte noch nie einen toten Menschen gesehen. Die »augenlose Totenhaut« machte ihn traurig. Er stellte sich vor, dass die Haut eines Toten fahl wurde. Den Glanz verlor. Wie das Auge. Trocken und glanzlos. Vielleicht hatte der tote Vater auch im Leben Ulrich ohne Glanz in den Augen angeschaut. Wie Dagmar ihn. Schon als Baby mit glanzlosen Augen betrachtet zu werden, so wie Joel von Karl, da legte sich selbst eine junge

Stirn in Falten. Sicher war es dem über Unendlichkeitsnullen nachsinnenden Kind in Westerland am Lebensbeginn auch so ergangen. Und ihm selbst? Herr Merse wusste es nicht.

Er schaute auf das aufgeklappt vor ihm liegende Buch. Wie war es möglich, so ein Bild zu erdenken? So ein dickes Buch zu schreiben? Er sah aus einem großen schattenhaften Füllhorn, das der ihm unbekannte Musil mit seinen Händen kaum umfassen konnte und das zum Himmel hin offen war, eine unermessliche Anzahl von Worten auf leere Seiten tropfen und sich dort zu Zeilen, Absätzen und Kapiteln formieren. Nur wenn man so ein Seelenfüllhorn hochhielt, ging das. Das konnte man sich nicht hinter einer Grübelstirn ausdenken. Und wer las wann je so ein Buch? Er jedenfalls würde Jahre brauchen für dieses Buch mit allen Saugräumen und Reisesäcken. Herr Merse sah sich mit Frau Luner Abend für Abend auf einer Bank sitzen. Sie lasen sich gegenseitig aus dem Buch vor, bis sich aus all den gelesenen und den dazu ausgetauschten Wörtern, Gedanken, Gefühlen und Bildern ein immaterieller Reisesack um sie beide herum wob.

Herr Merse ging auf und ab. Vor Ulrich empfand er Hochachtung. Ganz sicher war Ulrich ein Kind mit angeborenen Stirnfalten. Ulrich hatte schon denkend im Mutterleib gelegen. Ulrich, der mit leise ironischer Stimme Wahrheiten aussprach, die er, Ingo Merse, am eigenen Leib selbst erfuhr, aber nicht in Worte hätte fassen können, höchstens mit seinem Horn in einer Musik ausdrücken, wie sie Johannes erdacht hatte. Ja, auf alle Fälle war Ulrich im Recht. Eine schlechte Ehe machte die Menschen schlecht. Aus Dagmar hatte die Ehe mit ihm eine Verhöhnerin und Betrügerin und heimliche Abtreiberin geformt. Aus ihm das schusselige Schaftier. War er das nicht andererseits immer schon gewesen? Aber gleichzeitig hatte es ihn auch immer schon stierwärts nach vorn gedrängt. Eine gute Ehe hätte ihn in dieser Richtung unterstützt. Als Schaf war er an einem langen Seil hinter seiner Familie hergetrottet. Dann hinter Dagmar. Dieses Seil war wohl Ulrichs »für die Ewigkeit berechnete schwer aufliegende Band«, das einen an Eltern und Schwester und Frau fesselte, solange man lebte. Herr Merse versank in dunklen Gedanken.

* * *

Ein Rumpelgeräusch. Neudeckers standen auf und wuchteten in ihrer engen Wohnung das Wandklappbett hoch. Es musste neun Uhr sein. Nach Neudeckers konnte man die Uhr stellen. Herr Merse arbeitete sich mühsam aus einer Schwärze hervor, in die ihn die Textpassage gezogen hatte. Er musste handeln! Immerhin gab ihm das Textorakel mit Agathes Entschluss den so dringend nötigen Hinweis für die Nebenfrage: Agathe hatte weder Mord- noch Selbstmordpillen benutzt; sie hatte an der Leiche des Vaters pillenlos ihren Trennungsentschluss von Hagauer kundgetan;

also würde auch er heute auf die medikamentöse Hilfe verzichten. Und die Hauptfrage, die Luner-Frage – die musste er selbst klären. »Danke, Ulrich, ich hab's verstanden«, sagte er laut.

Sein Handy klingelte. Und nun ging alles ganz schnell. Es war Barbara. »Ingo, was soll dieser Blödsinn?«, tönte es feststellend. »Wir kommen schon heute. Sind jetzt im Zug und kommen um 13.20 an, bitte hol uns ab, steh am besten mit einem Taxi bereit, denn Oskar muss geschont werden und kann nichts tragen. Wir haben viel Gepäck. Alles Weitere besprechen wir dann. Ich hab alles geregelt. Auch für dich.«

Auch für dich! Herr Merse fühlte sich überfahren. Sie reisten schon an! Damit hatte er nicht gerechnet. Die Brachialenergie seiner Schwester wirkte körperlich auf ihn ein; er wich mit dem Handy am Ohr einen Schritt zurück. Blieb dann aber stehen, holte tief Luft und sagte: »Ja, ich bin pünktlich in Westerland. Ja, ich stehe bereit. Aber ein Taxi brauchen wir nicht. Wir schauen in Westerland nach einer Unterkunft für euch. Dann muss Oskar auch nicht ...« Das Handy piepte. Barbara hatte schon aufgelegt. Herr Merse blickte ohnmächtig das Gerät an. Er hatte gekämpft. Stopp gesagt. Gegen sie kam er nicht an. Er wusste nicht, wie viel sie von seinem Stoppversuch überhaupt mitgekriegt hatte. Ob sie auflegte, um nicht mit ihm diskutieren zu müssen oder um Telefonkosten zu sparen.

Er sank auf den Stuhl. Saß starr wie das Kaninchen vor dem Forscher. Gleich würde der ihn in seine Apparatur spannen, seinen Kopf in den Prangerbügel stecken und Versuche an ihm vornehmen. Der Forscher hob schon die Hand. Da hörte er aus Johannes' Ecke das Wort: »Kurverwaltung.« Mit der unerwarteten Hilfe öffnete sich der Ohnmachtsbügel um seinen Hals. Herr Merse bewegte den Kopf, schüttelte sich, putzte wild die Zähne, verließ im Laufschritt die Wohnung. Im Stiergalopp! Er hatte Glück und traf hinter dem Schalter eben die Frau an, die er – wie es ihm schien: vor Wochen – nach der Adresse der Luners gefragt hatte. Sie erinnerte sich an ihn, vielleicht, weil er in ähnlich atemloser Verstörung an ihre Theke herantrat. »Was machen denn die Kinder?«, fragte sie freundlich. Herr Merse staunte, dass sie sich daran erinnerte, aber stieß unter Druck nur »Geht gut, geht gut« hervor. »Nein, heute komme ich meinetwegen. Es hat sich plötzlich ein … ein Engpass ergeben. Mein Schwager ist erkrankt, musste eine Asienreise abbrechen und will sich jetzt mit meiner Schwester hier in ihrer Ferienwohnung erholen. Das Problem ist: Ich wohne gerade darin. Aber sie ist zu klein für uns drei. Jetzt wollte ich Sie fragen, ob irgendwo eine Wohnung oder ein Zimmer frei ist. Vielleicht dass jemand vorzeitig abgereist ist oder … oder …«

Während er sprach, bemerkte er unglücklich, wie sich die Miene der Frau versachlichte. Neutral Verneinung ausdrückte. Er hatte es gewusst. »Da kann ich Ihnen nicht helfen. Wir sind ausgebucht. Ich habe eben gerade für jemanden anderes den PC durchforstet: nichts. Gar nichts. Und seither ist nichts Neues reingekommen. Keine Meldung. Ich schaue gern noch einmal für Sie, aber …« Sie wandte sich dem Bildschirm zu. »Und außerhalb Wenningstedts? In Keitum zum Beispiel? Morsum? Hörnum?«, fragte Herr Merse gegen seine Resignation an. »Nein. Wir sind in der Hochsaison. Sechs Bundesländer haben Sommerferien, darunter Nordrhein-Westfalen«, sagte die Frau belehrend. »Gerade den Ruhrpott zieht es nach Sylt. In die gute Luft.« »Wie ist es mit Hotels?«, fragte Herr Merse verzweifelt. Die Frau gab ihm eine Liste. »Dafür sind wir nicht zuständig. Aber vielleicht haben Sie Glück.«

Herr Merse verließ die Kurverwaltung. Er zwang sich, jetzt nichts zu denken und möglichst nichts zu fühlen, sondern praktisch zu sein. Er nahm sein Handy und telefonierte ein Hotel nach dem anderen ab. Nichts. Es gab nichts. Gar nichts. Er ging ohne Zögern zum Zeltplatz und fragte an der Campingplatzverwaltung. Sicher sei doch dort für ein kleines Ein-Mann-Zelt noch Platz. »Nein«, sagte die Frau. Und wiederholte, als sie sein ungläubiges Gesicht sah: »Voll. Mehr als voll. Leider.« Herr Merse verließ den Campingplatz. 10.35. Vormittag mit Countdown. Barbara-Landung um 13.20. Er wurde angezählt. Wie ein Boxer. Er sah nur eine Lösung: nach Amrum ausweichen, jeden Tag mit dem Inselhopper nach Sylt kommen und per Bus von Hörnum nach Wenningstedt fahren. Das würde gehen.

Zuversichtlich betrat er wieder den Raum und fragte die Frau nach Wohnmöglichkeiten auf Amrum. Die Frau erklärte sich für nicht zuständig, gab ihm aber die Telefonnummer der dortigen Touristeninformation. Sie wirkte mitleidig. Er rief sofort an. Die Amrumer Dame war beschäftigt. Während er wartete, fasste er den Entschluss, ein kleines Zelt und eine Luftmatratze zu kaufen und notfalls wild zu zelten. In den Dünen. Das Horn und Größeres ließe er bei Barbara, er würde sich unter der Süßwasserdusche waschen und auf einer Toilette die Zähne putzen und rasieren. Oder einen Bart stehen lassen, einen Sommerbart. Ja, er fühlte sich bartreif. Er würde abends mit dem Fahrrad in die Dünen fahren, wie neulich. Immer andere Stellen wählen, um nicht aufzufallen. Der Gedanke gefiel ihm. Versteckt hinter Bart und Strandhafer!

Als ihn die Amrumerin schließlich abblitzen ließ, rührte es ihn kaum. Es freute ihn fast. Ihm war gerade die Idee gekommen, Frau Luner zu fragen, ob er sein Gepäck in ihrer Wohnung stehen lassen konnte, vor allem das Horn, das er ohnehin heute Joel zeigen wollte. Dann wäre er ganz von Barbara los. Der Gedanke tat ihm gut. Doch ein »Stopp!«. Alles passte. In fliegender Hast packte er seine Sachen, stellte eine kleine Überlebenstasche mit dem Wichtigsten zusammen und fuhr zum Lerchenweg. Er hoffte inständig, Luners anzutreffen. Sein Herz klopfte. Aber sie waren schon weg. Die Wirtin sagte ihm, dass Frau Luner heute mit dem Jungen einen Ausflug in die Vogelkoje machte; das Mädchen sei wohl zum Strand gegangen. Herr Merse unterdrückte ein Stöhnen, radelte zum Kliff, eilte zur 1051.

Der Strandkorb war leer, Natascha nirgendwo in Sicht. Vielleicht hatte die Wirtin sich geirrt.

Herr Merse starrte aufs Meer. Etwas in ihm erlahmte. Er fühlte sich müde. »Kopf sitzt dumpf auf dem Rumpf, Kopf sitzt dumpf auf dem Stumpf«, hämmerte es in ihm. Er schob das Fahrrad zur Wohnung zurück und stellte seine gepackten Sachen in die Kammer. Wischte lahm die Kochnische sauber. Alles ordentlich hinterlassen. Ja, ja. Er biss in einen übrig gebliebenen Apfel. Ins Kauen hinein meinte er ein Räuspern zu hören. »Ich hab alles versucht, Johannes«, sagte er. »Soll ich wirklich wild zelten? Ich trau mir nichts zu. Ich kann so etwas nicht. Ich habe noch nie ein Zelt aufgebaut. Ich kann nicht mehr. Ich mag nicht mehr.« Er hörte sich wie ein Kind maulen. »Ich komm mit«, kam es aufmunternd aus Johannes' Ecke. »Wir zelten zusammen.« »Da ist aber kein Flügel«, sagte Herr Merse kleinlaut. Allein die Vorstellung eines Flügels im Zelt war mehr als albern. »Los jetzt, Zelt kaufen.« Johannes blieb unbeirrt.

Herr Merse fuhr mit dem Bus nach Westerland und kaufte in der kleinen Campingabteilung des Kaufhauses ein Einmannzelt. Er zögerte einen Moment, ob er nicht ein etwas größeres Zelt, in das zwei hineinpassen würden, nehmen sollte, verwarf aber den Gedanken schnell. Es war in jeder Hinsicht zu gewagt. »Es passt nur für mich«, flüsterte er Johannes zu, dachte aber gleichzeitig an Frau Luner und errötete. Er registrierte das Befremden eines Mannes, der zu ihm herüberblickte. Er musste aufpassen. Auf sich aufpassen. Er kaufte auch eine Luftmatratze und einen großen Rucksack, in den beides hineinpasste. Mit dem Rucksack auf dem Rücken fühlte er sich stärker. Jung und unternehmungslustig. Das Wandern ist des Müllers Lust. Geradezu gut gelaunt. Er lachte.

Bis zur Ankunft der beiden blieb noch eine Stunde Zeit. Er setzte sich in das Bahnhofscafé und spürte zufrieden den Rucksack an den Beinen. Reisesack. Es ging ihm viel besser. Danke, dachte er leise zu Johannes hin. Es kam ihm vor, als zwinkerte der ihm zu, plötzlich als der alte, väterliche Brahms mit dem wuchernden Bart über dem halben Gesicht. In Herrn Merse mischten sich Dankbarkeit, Sehnsucht und Schmerz. Er schluckte nur mühsam die Tränen hinunter. Ein Vater half ihm. Der lebende und nicht wie im Orakel der gestorbene Vater.

Beglückt rührte er im Milchkaffee. Er bereute jetzt, so altmodisch gewesen zu sein und sich mit Frau Luner auf die Zettelkommunikation eingelassen zu haben. Wenn er sie jetzt per Handy kontaktieren und ihr alles kurz erzählen könnte! Es wäre eine so gute Möglichkeit, ganz indirekt und harmlos zum Ausdruck zu bringen, wie wichtig sie ihm geworden war. All dies nahm er doch nur für sie auf sich! Er wäre ja sonst einfach abgereist. So deutlich würde er ihr das natürlich nicht sagen, aber sie würde es sicherlich erraten. Das würde eine Frau wie sie merken, dass einer ihretwegen wild zeltete und Gefahr lief, von der Strandpolizei aufgespürt und auf die Wache geschleppt zu werden. Wie ein Obdachloser. Er sah sich mit Dreitagebart in einer Zelle. Ja, er war ab jetzt ein Vagabund. Er könnte zum Beispiel betteln. Oder den Milchkaffee nicht bezahlen. Er rührte wild um.

Nach einer Weile verscheuchte er die kriminellen Gedanken. Sie passten nicht zu ihm und schon gar nicht zu Ulrich und am wenigsten zu dessen toten Vater mit den Orden. Ulrich würde so etwas nicht denken, geschweige denn tun, aber er würde es verstehen, dieser gedankenreiche, faltige Sohn eines so ehrenvoll dekorierten Mannes und Schwager eines Kriegsministeriumsbeamten. Herr Merse bestellte noch einen Milchkaffee. Als er die Schaummütze abhob, dachte er: Jetzt werde ich öfter im Café sitzen. Morgens aus dem Zelt kriechen, alles schnell zusammenrollen und in den Rucksack stopfen. Bei der Vorstellung fiel ihm auf, dass er vergessen hatte, einen Schlafsack zu kaufen. Es konnte aber nachts empfindlich kalt werden auf Sylt, auch im Sommer. Schafskalt. Eine Decke von Barbara wollte er nicht. Und ob Luners eine Decke übrig hatten, war ungewiss.

Er stand auf, bezahlte dann doch und ging wieder ins Kaufhaus. Es gab nur wenige Schlafsäcke. Er wollte einen, den man möglichst klein zusammenrollen konnte, es musste ja alles in den Rucksack passen. So etwas gab es nicht, aber er konnte den Schlafsack als Rolle hinten auf den Rucksack schnallen. Er wählte einen grünen, einfachen. Militärisch kam er ihm vor. »Soldat der Liebe«, murmelte er. So machte er dem österreichischen Ulrich-Freund Ehre. Zumindest keine Schande.

Herr Merse ging zum Bahnhof. Er überlegte, ob er die Ausrüstung in ein Schließfach stopfen sollte, um seine Absichten vor Barbara zu verbergen. Aber dann würde sie ihm all ihr Gepäck aufbürden. Ach, das würde sie sowieso. Schließfach? Er schielte seitwärts zu Johannes. Der nickte. Er sah wieder jung aus. Herr Merse ging die Reihe der Schließfächer ab. Viele waren belegt, aber in einigen steckten Schlüssel. Das Fach mit der Nummer 51 war leer. Ha! Das war ein Zeichen. Schließfach wie Strandkorb waren Glücksheime, in denen er als Ausgestoßener unterkam. Er brachte den großen Rucksack mit den Campingsachen im Schließfach unter und behielt nur den Übernachtungsbeutel bei sich. Als Reisesack des Lebens und ständigen Begleiter. Als er den Schlüssel in seiner Hosentasche verstaute, vergewisserte er sich, dass die Tasche heil war. War sie. Ohne Loch. Er brauchte den Schlüssel. Er war im Besitz einer wohlverschlossenen Ausrüstung und eines Heims, stand also fest auf dieser Erde und würde Barbara in Ruhe erwarten.

Zufrieden schlenderte er über den Bahnhof und schaute sich nach einer Bank um. Das Bahnhofsbistro, das den kleinen Sackbahnhof aus Lautsprechern mit Discomusik bedudelte, kam nicht infrage. Er fand eine Betonrampe am Ende des Gleises und setzte sich auf ein schwarz-gelbes Plastikband, das den Rampenbereich absperrte. Schwarzgelb – salamanderfarben, dachte er. Bringt Glück. Alles passte jetzt.

Er wartete.

Windstöße wehten ihm Discofetzen ins Ohr, darunter ein paar elektronische Posaunentöne. Er hatte zu wenig geübt. Er musste üben, sonst war der Ansatz flöten. Er wollte auch üben. Er hatte sich viel vorgenommen. Mit dem Horntrio war er nicht weitergekommen. Er schaute zurück auf die vergangene Woche. Es war alles so zerrissen. Wenn er jetzt im Zelt lebte, würde es noch schwieriger werden. Hätte er doch einen Ort, wo er einmal am Tag so ein bis zwei Stunden üben konnte. Das würde ihm Halt geben. Er dachte an Yvonne, die junge Geigerin. Eine sympathische Kollegin, die Kammermusik machen wollte. Von ihm als Mann wollte sie bestimmt nichts, wie hatte er sich das nur einbilden können, und das passte jetzt gut, wo er ganz und gar mit Anemone Luner ausgefüllt war. Wenn sie zu dem Konzert käme! Er sah sie in der ersten Reihe sitzen, in einem schwarzen engen Kostüm, vielleicht mit etwas Rotem darunter. Ihn anstrahlen. Joel wäre auch dabei. Er würde Joel von der Bühne aus zuzwinkern. Frau Luner würde er sich kaum anzusehen trauen. Er würde sein Allerbestes geben. Er war nicht so lampenfiebergeplagt wie sie. Aber wenn er dann Kiekser produzieren würde …

Es kiekste über ihm. Herr Merse fuhr zusammen. Der Lautsprecher kündete die Ankunft des Zuges an, und er realisierte, dass er es versäumt hatte, sich ein Konzept für die Begegnung mit Barbara zu überlegen. Jetzt war es zu spät. Der Zug lief ein.

Aus den geöffneten Türen quollen viele Menschen. Es ist genau wie in der ersten Orakelstelle!, dachte Herr Merse. Es fließt so einiges aus den Rohrmündungen! Er hielt vergeblich Ausschau nach Barbara und Oskar. Vom Zugende her hörte er Barbaras Stimme: »Ingo! Iiiiiiingoooooooooo! Hier sind wir!« Wie sie brüllte! Mit schrill-enger, etwas rauer Stimme, so dass das I von »Ingo« zugleich spitz und raspelig daherkam. Wie ein Pfeil mit Widerhaken. Er schüttelte den Kopf, drehte sich um und ging langsam auf sie zu.

Barbara war unter ihrer Thailandbräune rot angelaufen; eine Strähne ihrer rötlich getönten, pagenschnittartig frisierten Haare – sie trug seit Jahren eine Frisur, die Herr Merse im Stillen Prinz-Eisenherz-Frisur nannte – klebte vor Anstrengung an einer Wange. Sie mühte sich mit dem Gepäck ab, und Herr Merse eilte ihr zu Hilfe. Seine große, teigig aufgeschwemmte Schwester kam ihm gealtert vor – oder täuschte er sich, weil er sie automatisch mit dem frischen Luner-Hauch verglich? Herr Merse versuchte es mit einem Willkommenslächeln, das unmittelbar an ihrer barschen Geschäftigkeit abprallte: »Hallo, na, da bist du ja, hast du die Taxe? Lass uns gleich mal da rübergehen.« Sie zeigte Richtung Taxistand an dem einzigen Ausgang, dem alle zustrebten. Nur eine Rohrmündung hier. Und kaum Vorplatz. Vor allem keine Taxis mehr.

Herr Merse ging auf Oskar zu. Sein Schwager, groß und

schlank wie Herr Merse selbst, wirkte blass und zog sich in einen sandfarbenen Anorak zurück, den er trotz der strahlenden Sonne trug. »Wie geht's dir denn?«, fragte Herr Merse vorsichtig. »Ingo, komm, lass uns später reden«, tönte es von Barbara. »Gott, bist du langsam. Ingo die Schnecke. Kennt man ja. Oder machen das immer noch die Tabletten? Nun lass uns mal.« Sie schaute ihren Bruder auffordernd an. Herr Merse kam sich der roten Barbara und dem blassen Oskar gegenüber erholt und kräftig vor. Wie ein Rettungsschwimmer. Barbara ergriff einen großen Rollkoffer und ihre Handtasche.

»Warte«, sagte Herr Merse. Er entdeckte am Rande des Bahnsteigs einen urtümlichen Gepäckwagen mit einem rohen Holzboden und rostig abgeblättertem Gestänge ringsherum. »Wir stellen alles da hinein.« Er zog den Käfigwagen heran, nahm Barbara den Rollkoffer aus der Hand, hievte alle anderen Gepäckstücke, darunter einen schweren Aktenkoffer und diverse elegante lederne Tragetaschen, hinein und schob los. Wie ein Stier. Von wegen langsam. Von wegen Tabletten. Von wegen Schnecke. Es quietschte und ratterte. Leute in Urlaubsstimmung lächelten belustigt. Barbara war es sichtlich unangenehm, mit einem derartigen Gefährt in Verbindung gebracht zu werden, in dem sich ihre teuren Gepäckstücke fremdartig ausnahmen. Wie schick angezogene Verbrecher im Schinderkarren. Sie kam mit Oskar langsam hinterher. Am Ende des Bahnhofs lud Herr Merse alles wieder aus und sagte: »Bleibt ihr mal hier und passt auf, ich bring den Karren zurück.« Bevor sie ein Wort sagen konnte, drehte er um und genoss das noch lautere Rattern des leeren Gefährts und Barbaras Ärger. Er lachte schiebend vor sich hin und schmetterte mit vorgestülpten Lippen Siegfrieds Hornmotiv in die Westerländer Luft. Ein Mann lachte: »Wollen Sie den Drachen darin fangen? Oder Mehdorn?« Herr Merse lachte ihn an. Er fand, die erste Begegnung mit Barbara war zu seinen Gunsten ausgegangen.

Als er zu den beiden zurückkam, hatte sich der Bahnhof schon etwas geleert; dafür war am Taxistand eine Schlange entstanden. »Ingo, wo ist denn die Taxe? Ich hatte dir doch gesagt … Was ist denn überhaupt mit dir los? Du bist unterdrückt aggressiv«, empfing ihn Barbara. Herr Merse wurde ärgerlich. Wenn sie einen Stierkampf wollte, sollte sie ihn haben. Sie wollte ihn erlegen mit ihren Kritiklanzen und Vorwurfsspießen, aber er war ein kräftiger Stier. Matador Barbara sollte sich in Acht nehmen. »Ich weiß nicht, wer hier aggressiv ist«, sagte er und fand sich mit dieser Rückgabe unerwartet lässig. »Ich bin pünktlich hier, ich habe euer Gepäck transportiert. Eine Taxe habe ich leider nicht bestellen können, da ich mich nach einem neuen Quartier umsehen musste, nachdem ich ja quasi entmietet wurde.«

»Entmietet – na, wir wollen das nicht rechtlich betrachten.« Diese Vorlage griff Oskar mit seiner näselnden Allesbesserwisserstimme auf. Der Experte mischte sich ein, der die Welt im Griff hatte. Außer seinem Körper, dachte Herr Merse. Er erwartete weitere Belehrungen. »Nun lass uns erst mal ankommen.« Schlapp beendete Oskar seinen Einspruch. Der Satz war so weit entfernt von dem spitzen Wortdegen, den er sonst führte, dass Herr Merse stutzte. Er sah seinen Schwager genauer an und bemerkte, dass eine Gesichtshälfte schief wirkte. Augenblicklich tat er ihm leid. Er wusste nicht, wie und ob er ihn nach dem Schlaganfall fragen sollte, und entschied sich für: »Wie geht es dir denn eigentlich?« Barbara schob ihn in der Schlange voran, dass sie ihren Warteplatz nicht verlören. Herr Merse schlug vor, dass sich die beiden seitlich auf eine Bank setzten, er würde das Schlangestehen gern übernehmen. Oskar ging schweigend zur Bank hinüber und setzte sich. Kaum war er außer dem, was Barbara als Hörweite definierte, zischte sie ihrem Bruder ins Ohr: »Was hast du da für einen obstinaten Quatsch auf die Mailbox geredet. Er soll sich nicht aufregen, aber das war ja nun nicht dazu angetan, ihn zu beruhigen.« Herr Merse hob die Gepäckstücke voran. Oskars Veränderung ging ihm nahe. »Ist sein Gesicht gelähmt?«, fragte er Barbara. »Ach, was redest du. Nur noch ein bisschen starr. Er kann sehen und reden und alles. Nun weich mir nicht aus.«

Aber Herr Merse schwieg. Er war plötzlich müde. Hätte er doch die anschiebende Tablette nehmen sollen? Er schielte innerlich zu Johannes, entdeckte ihn aber nirgends. Der hatte bestimmt vor einer Frau wie Barbara Reißaus genommen. Aber nein, da war er: Johannes dirigierte seinen Frauenchor und fuhr gerade eine ältere Sopranistin, die im Brustton der Überzeugung zu früh einsetzte, unwirsch an: Dicht vorbei ist auch daneben! Herr Merse lächelte vor sich hin. »Was ist los?«, fragte ihn Barbara. »Du bist gar nicht richtig da. Bist du noch auf Tabletten? Jetzt mal ernsthaft, Ingo. Bist du immer noch nicht drüber weg? Ich hab übrigens neulich Dagmar auf dem Klinikgelände in Eppendorf getroffen. Bei meiner Vorsorgeuntersuchung. Wusste gar nicht, dass sie denselben Gynäkologen hat.«

Dagmar.

Das saß. Der Name traf ihn wie ein Schlag. Er brachte heraus: »Hör mir auf mit Dagmar.« (Immerhin. Eine Art »Stopp!«.) Gott sei Dank waren sie jetzt dran mit dem Taxi. Er lud das Gepäck ein und öffnete die Wagentür für Oskar. »Setz du dich nach vorn!«, dirigierte Barbara, während sie sich neben Oskar in den Fond setzte. »Moment, ich bin gleich da«, sagte Herr Merse. »Ingo, was ist denn noch?«, rief sie ihm ungehalten hinterher.

Herr Merse lief kopflos zu dem Schließfach. Dagmar getroffen. Er stand vor dem Fach, steckte aber den Schlüssel nicht ins Loch. Was sollte das alles? Was wollte er hier? Er war verwirrt. Er brauchte Abstand. Er ging zum Auto zurück und setzte sich hinein. »Was war denn das?«, fragte Barbara noch einmal. »Du hast doch deinen Beutel dabei! Was hast du da im Schließfach?« »Hab nur was nachgesehen.« Herr Merse schaute aus dem Fenster und flüchtete sich in die unbestimmte Pose eines Westernreiters, der mit zusammengekniffenen Augen schweigend in die Ferne sieht.

In Wenningstedt half er, alle Gepäckstücke nach oben zu schleppen, und sagte dann: »So, nun kommt erst einmal in Ruhe an. Ich fahr dann jetzt.« Barbara schnaubte verärgert: »Hast du denn ein Quartier gefunden?« »Nein, äh ... ja.« »Ja, was denn nun? Es kann nicht sein, dass du etwas gefunden hast. Markier nicht den großen Mann. Was ist mit dir los? Ich habe schon alles von Hamburg aus in die Wege geleitet. Hier ist natürlich alles ausgebucht. Ich habe für dich in Niebüll auf dem Festland eine entzückende kleine Wohnung hinter dem Deich gebucht. Hier ist die Adresse.« Sie holte einen Zettel aus der Handtasche. »Du kannst, wenn du willst, ab und zu mit der Bahn hierherkommen, es ist aber auch da sehr schön ...«

Herr Merse staunte. Ja, das war Barbara. Sie beschämte ihn. Sie sorgte für ihn. Setzte ihn nicht einfach aus. Aber Niebüll! Das triste Kaff mit der Autoverladestation. Da müsste er jeden Tag mit dem Zug über den Hindenburgdamm. Andererseits – besser als nichts. Vielleicht besser als Amrum. Schnellere Verbindung. Dass er nicht daran gedacht hatte. Aber eine Insel war eine Insel. Aufs Festland geht man »zurück«. Darum war er nicht daraufgekommen. Er wollte nicht zurück, sondern nach vorn, ins Neue.

Er stand unschlüssig im Zimmer. Barbara sah ihn an. »Danke«, sagte er mit belegter Stimme. »Das ist nett von dir. Ich schau es mir mal an.« »Was heißt: ›schau es mir mal an‹?«, setzte Barbara mit Verve nach. »Du bist fest gebucht da! Ab heute! Müsstest jetzt deine Sachen zusammenpacken, dass du abends mit dem Zug rüberkommst. Hier sind die Zugverbindungen. Du kannst praktisch mit jedem Zug fahren, alle halten da.« Sie gab ihm einen Ausdruck mit Reiseverbindungen. »Und dann können wir uns ja hier mal sehen«, fügte sie ruhiger hinzu. Versöhnlich. »Wenn es Oskar besser geht. Hast du einen Strandkorb gemietet? Den übernehmen wir.«

Herr Merse schluckte. »Nein … äh ja, ja, ich hab einen, aber ich glaub, ich will den behalten. Ich werde dann von Niebüll aus hin- und herfahren. Ich möchte hier am Strand bleiben. Hab mich daran gewöhnt.« Der Gedanke, dass Barbara oder Oskar in der Luner-Ecke sitzen würde, machte ihm zu schaffen. Alles ging so schnell. Er kam nicht hinterher. Es war wie immer. Er dackelte.

»Hin- und herfahren? Wieso? Ist doch viel zu teuer! In Niebüll gibt es wunderschöne Stellen, und es ist außerdem viel ruhiger als hier. Du kannst übrigens dort auch üben. Ich habe der Wirtin gesagt, du seist Hornist. Sie liebt Musik und hat sogar ein Klavier in ihrer guten Stube und hat angeboten, wenn es nicht zu schwer sei, würde sie versuchen, dich zu begleiten. Sie hat sich gefreut. Ihr Mann macht in Windkraft und ist viel unterwegs, sie hat es nicht nötig zu vermieten, tut es nur, um sich zu beschäftigen. Sie wirkte sehr nett. Also: Welche Strandkorbnummer hast du?«

Herr Merse riss sich los aus dem Vorstellungsbild eines Wohnzimmers im Friesenhaus mit einer älteren rundlichen Frau, die an einem verstimmten Klavier saß und ihn bewundernd ansah. Er schwieg ratlos. Komplett ratlos. Sein Schweigen machte die zustimmungsgewöhnte Barbara nervös. Sie begann auszupacken, während Oskar aus dem Fenster auf den Sportplatz unten starrte.

»Ich behalte meinen Strandkorb«, sagte Herr Merse. (»Klein Ingo hat den Bock Bock Bock, da komm'n wir mit'm Stock Stock Stock.«) »Danke für das Quartier. Ich wünsch euch gutes Einleben hier. Und gute Besserung für dich, Oskar.« Er wandte sich zur Tür.

»Ingo, was soll das?« Barbara kam hinter ihm her und legte ihre Hand auf seine Schulter. Sie senkte die Stimme zu einem scharfen Zischen. »Du bist verhalten aggressiv. Albern. Trotzig. Das hab ich gleich bemerkt. Wenn du meinst, du gehst hier mit großer Geste ab und machst uns ein schlechtes Gewissen, dann hast du dich getäuscht.« Barbara spuckte vor Wut, so dass Oskar sie aus dem Sessel mit »Lass doch, Barbara …« zu beschwichtigen suchte. »Du sollst dich nicht aufregen!«, fauchte sie zu ihm hinüber. »Das ist doch unmöglich, was mein eigener Bruder hier für eine Szene hinlegt.« »Ich reg mich nicht auf! Ich finde nur …« »Doch! Du hast ein rotes Putergesicht.« Herr Merse registrierte, dass »Roter Puter! Bist ein Schnuter« offenbar auch auf Oskar angewendet wurde. Er schmunzelte und spürte eine Entlastung, die ihm Kraft gab: »Barbara, vielen Dank für deine Umsicht. (»Gut, oder? Johannes?« »Sehr gut.«) Aber ich möchte mich auf meine Weise in meiner neuen Lage zurechtfinden. Ich bin etwas langsamer in vielem …« (Ach, falsch, Barbara darf man nichts einräumen … falsch, jetzt …) »Na, ich würde sagen: in allem!«, kam es prompt. »In vielem«, erwiderte er ruhig. »Ich war zum Beispiel immer zuerst im Wasser.« »Mein Gott, als Kind. Wir sind im Hier und Jetzt! Du dackelst wie ein Schaf hinter dem Leben her. Wenn du dich um Dagmar anders bemüht hättest, gäb es hier und heute mit dir kein Problem. Nämlich das Problem, dass du übrig bist und versorgt werden musst. Dann hättest du jetzt ein Kind und eine Wohnung, zum Beispiel die über mir, und deinen eigenen Sylturlaub mit deiner eigenen Familie. Auf meine eigene Weise, dass ich nicht lache …« Sie äffte ihn nach.

Herr Merse wurde blass. »Wieso Kind? Wie kommst du darauf?« »Na, ich hab Dagmar getroffen, und sie ist im siebten Monat schwanger. Von diesem Dirigenten, diesem Andreas. Ich hab …« Und Barbara erzählte weiter von der Begegnung mit Dagmar in der Eppendorfer Frauenklinik, und dass Dagmar lange mit ihr gesprochen habe, so zum Beispiel von ihrem Umzug in eine neue, größere Wohnung, und dass es ein Junge werden würde, dass sie nächsten Monat heiraten und Andreas' Namen annehmen wolle, damit das Kind Eltern mit einem Namen und keinem Durcheinander bekäme …

Herr Merse hörte Barbaras laute Stimme wie gedämpft,

denn zwischen ihr und ihm stand auf einmal eine dicke, schusssichere Glaswand. Verschliert? Raus jetzt, hörte er leise und doch vernehmlich Johannes' Stimme. Er wendete sich abrupt von der unablässig redenden Barbara weg, öffnete die Kammertür, nahm Horn und Rollkoffer heraus und verließ ohne ein weiteres Wort die Wohnung.

Im Hof schloss er in hellwacher Betäubtheit Barbaras Fahrrad ab und steckte den Schlüssel in die Hosentasche. Zog dann den Rollkoffer in den Lerchenweg. Luners waren nicht da. Er sagte der Wirtin, er habe mit Frau Luner abgemacht, dass er seine Sachen bei ihr unterstellen dürfe. Sie nickte ihn zur Treppe durch. Er klopfte an, wartete kurz, öffnete vorsichtig die Tür und stellte Koffer und Horn gleich rechts in eine Nische. Er wollte einen Zettel schreiben, fand aber keinen. Auf dem Tisch lag eine Zeitung, neben dem Fernseher fand er einen Bleistift. Er riss eine Zeitungsecke ab und schrieb in winzigen Buchstaben: »Liebe A. L. Notlage. Wäre dankbar für Anruf. Ingo Merse. Entschuldigung fürs Eindringen.« Und setzte seine Handynummer hinzu. Als er unten vor der Tür in die helle Sonne trat, wunderte er sich über seine Umsicht. Er hatte das Handyaufladegerät in seinen Überlebensbeutel getan, ging in ein Café, setzte sich so, dass er an eine Steckdose herankam, und steckte die Schnur hinein. Dieses Gerät würde ihn mit dem Leben verbinden. Er musste es nun hegen und pflegen. Als das Batteriesymbol grün blinkte, ging er aufgeladen mit Selbstbehauptungsenergie zu seinem Strandkorb.

Sein Strandkorb war sein Strandkorb. Klar, Barbara? Seine Lok. Seine 1423. Es war nicht mehr wie früher. Damals waren sie vier, mit Dagmar war er zwei gewesen. Mit Anemone und Joel dazu wären sie erstmals drei. Mit Natascha vier. Dagmar im siebten Monat schwanger. Die Sieben passte nicht. Doch. Sieben Leben. Aber nicht seine. Herr Merse starrte aufs Meer. Durch sein Sichtfeld gingen von links nach rechts und von rechts nach links Paare, rannten Kinder, schwammen Badende, fuchtelten Mütter, spurteten Sporttreibende, flog ein Ball. Er sah den Ball auf dem flachen Wasser tanzen, das ihn ans Land trug und wieder hinaussog. Er schloss die Augen. Sein Kind war weg. Ein neues Kind war als runder Ball in Dagmars Bauch. Er fühlte nichts.

»Johannes, sie bekommt ein Kind. Von dem anderen.« »Frauen bekommen immer Kinder.« Johannes schien nichts dabei zu finden. »Aber meines hat sie damals weggemacht!« »Deines? Eures!« Eures. Das saß. Herr Merse musste den Klang von »Eures« verdauen. Er nahm das schmerzende Wort auseinander. Eu eu eu res res res. Eu wie »Euter«. Kuh mit Euter. Euer. Euer Euter, der du … res … Rest. Der Rest kam weg. »Das Problem, dass du übrig bist und versorgt werden musst.« Herr Merse war übrig und somit ein Rest. Verbissen schrieb er mit dem Zeh die Namen Andreas und Merse nebeneinander in den Sand und begann, Wörter aus beiden Namen zu bilden. Aus »Andreas« ließen sich mehr Worte bilden, aber es waren negative wie SA dabei. Die wenigen Merse-Worte waren einfach und bedeuteten Gutes. Ein Unsinnswort, »Serme«, gab ihm unvernünftigerweise Trost. Es bildete ein Amalgam aus »Samen« und »Sterne«. »Serme, serme«, sagte er. Kinder haben Sterne gerne.

Herr Merse saß bis zum Abend im Strandkorb. Sein Kopf war voller Reste. Sie blieben liegen, wie sie kamen. Lagen kreuz und quer im Gehirn herum. Er wurde hungrig, kaufte sich ein Fischbrötchen, setzte sich wieder in den Strandkorb und aß. Sein Handy ging. Zitternd schaute er aufs Display. Barbara. Er ging nicht ran. Er wandte sich nicht an Johannes. Er schämte sich, dass er es je gewagt hatte, mit ihm wie von gleich zu gleich zu reden. Auch Ulrich kam nicht infrage. Herr Merse fühlte sich zu schwach, zu niedrig für beide. Er wartete. Er wartete nur auf eines, auf den Anruf von Frau Luner.

Da endlich. Der Cembaloton drang ihm ins Innerste. Unbekannt. Wieso unbekannt? Er hörte die Stimme von Anemone Luner. »Herr Merse, was ist los?«, fragte sie mit ihrer schlichten Direktheit, die ihm das Herz warm ausfüllte. Die sein Resthirn normalisierte. Ihn zu einem ganzen Menschen machte. Er öffnete den Mund und lauschte auf seine eigenen Sätze: »Meine Schwester ist plötzlich gekommen mit ihrem Mann. Er ist krank. Sie brauchen jetzt die Wohnung. Ich habe kein Quartier gefunden, will aber nicht abreisen und werde daher zelten. Weil ich hierbleiben möchte. Kann ich meinen Koffer und mein Horn bei

Ihnen stehen lassen? Oder nimmt das zu viel Raum ein?« Er wunderte sich über seine sachlichen, klaren Aussagen. »Aber natürlich. Klar können die Sachen hierbleiben.« »Ich würde Ihnen gern noch etwas Schlimmes erzählen«, fügte Herr Merse leise hinzu. »Oh, das scheint ja heute ein Unglückstag zu sein«, klang es besorgt aus dem Handy. »Ich würde gern Ihr Schlimmes anhören. Kann aber jetzt nicht. Denn bei uns gibt es auch Schlimmes. Joel ist krank. Er hat eine Art Sommergrippe. Vielleicht mehr. So etwas wie Krampfanfälle. Er übergibt sich ständig. Hat hohes Fieber. Ich habe den Notarzt angerufen.« Herr Merse begann zu zittern und beherrschte sich gewaltsam. »Oh, der Arme«, brachte er heraus. »Gute Besserung dann. Ich frage morgen nach ihm. Dann sprechen wir eben morgen. Oder später. Wenn er wieder gesund ist.« »Ja«, sagte sie. Dieses Ja sprach sie mit ihrer tonlosen Stimme. »Frau Luner?«, fragte er besorgt. »Bis morgen!«, hörte er sie noch einmal, dann war die Verbindung unterbrochen.

Er rang nach Luft. »Oder später.« Vertröstete sie ihn auf ein Später, das es nie geben würde? Nein, sie war besorgt. Hatte vielleicht wenig geschlafen. Ja. So musste es sein: Die Sorge um Joel hatte die Klangschwingungen aus ihrer Stimme weggedämpft. Schwingungen, die vom ersten Moment an, wo sie ihn im Zug freundlich begrüßt hatte, zwischen ihnen hin- und hergegangen waren. Aber hatte er denn im Zug zurückgelächelt? Ach – selbst wenn nicht; inzwischen wusste sie doch sicher, wie empfänglich er für ihre

Schwingungen war. Und dass schwer aufliegende Bänder sich gerade bei ihm lösten. Bewirkt durch ihre Begegnung.

»Diese Nacht wird mein Leben verändern«, sagte er mit fester Stimme. Er freute sich über einen so klaren, männlichen Satz. Dann ballte er die Faust und stöhnte laut auf. So viel Leid, so viel Stress für die durchlässige Frau Luner. Wut auf das Schicksal packte ihn, das zur Unzeit eine Insolvenz schickte, einen Infekt, einen Schlaganfall. Oder eine Schwangerschaft. Er zog die Augenbrauen zusammen. Aber er würde dagegenhalten. Er ließ sich Annemarie Luner nicht wegnehmen. Joel, der Goldjunge, würde schon wieder gesund werden. Er sah ihn vor sich, wie er Zweige in Sandwälle steckte, und kehrte zu der gepressten Luner-Stimme zurück. Am liebsten würde er sein Ohr auf Frau Luners Brust legen und auf das leichte Summen ihrer Stimmbänder hören, dabei seine Haut auf ihrer Haut spüren. Ihren Duft einatmen. Langsam würden dann die Tonschwingungen bemerkbar werden. Wenn der Ton unter innerem Druck flach zusammengepresst wäre wie eben, dann würde er die abgeklemmten Obertöne behutsam aus ihr wieder hervorlocken. Das konnte er als Hornist. Er war nicht wie Pan, der seine wulstigen Lippen auf irgendeine Nymphe drückte, die unter seiner Gier verschwand, im Gegenteil, er würde Annemarie wieder zu sich bringen. Er würde sie mit dem Hornton tragen wie der Stier. Ja. Er weinte. Das würde ihnen beiden guttun.

Langsam wurde er ruhiger, das Zittern legte sich. Er atmete tiefer ein und aus und wurde zuversichtlich, Frau Luner zur Seite stehen zu können. Er würde morgen Vormittag Brötchen holen für sie, für Joel Zwieback kaufen. Alles zu ihnen bringen, sie am Krankenlager ablösen. Er würde Joel Geschichten erzählen. Ihm das Horn zeigen. Das Siegfried-Motiv andeuten, aber nur stimmlich. Für den mächtigen Hornklang müsste Joel erst wieder gesund werden. Ihm die ganze vertrackte Ring-Geschichte erzählen. Ja, das wäre was für den kleinen Konstrukteur, der alles ganz genau wissen wollte. Joel würde bestimmt beim Zuhören einschlafen, die Geschichte war so kompliziert, da schliefen selbst gesunde Erwachsene ein …

* * *

Herr Merse stand auf. Er wollte jetzt seine Sachen aus dem Schließfach holen und sich einen geeigneten Zeltplatz suchen. Vielleicht am Wattenmeer, wo mehr Gras war, nicht nur Sand. Wie sollte er in den Dünen ein Zelt aufbauen. Im Sand hielten ja die Heringe nicht. »Da lachen ja die Heringe!«, rief er laut in den Wind hinein. Der Spruch kam von ihm! Nicht von Dagmar. Er sprach sich Mut zu. Es hatte aufgefrischt. Die Nachbarn zur Rechten drehten ihren Strandkorb herum, dass er dem Wind den Rücken bot. Herr Merse sah, dass die meisten anderen Körbe auch schon umgestellt waren. Er fragte den Nachbarn, einen rundlichen Schwaben, nach den Wetteraussichten und bekam zu hören, dass ein Tiefdruckgebiet mit Starkwind und Regen bevorstand. Der Schwabe kippte sogar seinen Strandkorb mit der Öffnung nach unten auf den Sand.

Herr Merse folgte dem Beispiel der anderen und wuchtete den Strandkorb herum, blieb mit der Hose an der Seitenablage hängen und fluchte. Oder sollte er die Lok ganz umkippen? Er stieg die Treppe zum Kliff empor, drehte wieder um, stemmte sich gegen den Wind und legte seine 1423 doch auf die schwäbische Weise um. Er wollte sich am kommenden Tag in ein trockenes, sauberes Gehäuse setzen. Seinen Ferienuterus. Er sah plötzlich Dagmars vorgewölbten Bauch vor sich und wischte das Vorstellungsbild schnell weg. Auch die 1051 legte er nach einigem Zögern mit dem Gesicht auf den Sand, so vorsichtig und liebevoll, wie ihm dies mit dem schweren Gegenstand möglich war.

Auf dem Fahrrad merkte Herr Merse, wie stark der Wind aufgefrischt hatte. Und wie kühl es geworden war. Geradezu herbstkühl. Mit aller Macht trat er in die Pedale. Der Wind kam aus West und fuhr ihn böig mal von schräg vorne, mal von der Seite an. Er kämpfte. Kämpfen tat ihm jetzt gut. Die Grenze war überschritten, das Band zwischen Barbara und ihm durchschnitten. Ihr Fahrrad stand ihm als entmietetem Vagabunden nicht mehr zu, er hatte es sich erbeutet. Beute mit eu wie »euer«. Euer Kind. »Es war nicht unser Kind! Hör auf mit euer! Es gab kein Wir!«, brüllte er in die grau geballten Westwolken hinaus. Johannes hörte es nicht. Ihre Wege hatten sich getrennt. Es begann zu regnen; in schrägen Bahnen flogen die Tropfen auf ihn zu.

Nass kam er in Westerland an. Hätte ich doch ein Schaffell!, dachte er. Seine warme Kleidung befand sich im Rollkoffer. Unzugänglich im Zimmer des kranken Joel. Er ärgerte sich, dass er nicht wenigstens an seine Windjacke gedacht hatte. Oder an einen Wollpullover. »Wolle, Kinder, Wolle«, hörte er seinen Vater den Ferienkindern einschärfen. »Wolle gegen kühlen Wind.« Sein Traumschaf war kurzfellig wie ein Terrier. Also steckte auch in ihm ein Terrier. Er würde es ohne Wolle schaffen. Er beschloss, in eine Pizzeria zu gehen und sich dort zu stärken, bevor er sich mit dem Zelt ins Freie wagte. Ihm schwebte ein warmer Pizzaofen vor.

Doch es gab keinen Ofen, die Pizzen wurden in der Küche zubereitet. Er bestellte einen Rumgrog. Mit dem Grog trank er sich Schluck für Schluck in ein Freibeutergefühl hinein. Er durchsuchte seine Überlebenstasche. Eine SMS von Barbara drückte er ungelesen weg. »So macht man das. Das hättste nicht gedacht von deinem kleinen Ingo«, schnaubte er befriedigt vor sich hin. Während er in dem Gesumm der Gäste auf die Pizza wartete, wurde es draußen dunkel. Früher als sonst. Grauschwarze Regenwolken zogen sich zu einer tief hängenden Bleidecke zusammen. Herr Merse spürte, wie ihn angesichts der klammen Kleidung der Mumm zu verlassen drohte. Jetzt doch Tabletten? Oder noch eine Seite aus dem »Mann ohne Eigenschaften«? Aber welche Tabletten jetzt und wie viele? Er war planlos. Alles kam ihm sinnlos vor. Sein Überlebensbeutel rutschte von der Lehne, er nahm ihn vom Fußboden wieder auf. Erst Freibeuter, jetzt Beutel-Merse. Warum schwankte er? Ein feste Burg ist unser Gott. Wenn sie das früher in der Kirche gesungen hatten, hatte er sich ritterstark gefühlt. Brauchte er Rüstungen? Hatte er keinen Gott in sich? Alle Pillen auf einmal nehmen. Schluss mit dem Kämpfen. Schluss mit dem Wanken. Agathes Selbstmordpille.

Aber Agathe hatte es ohne Pillen geschafft. Er wollte es ihr gleichtun. Er hatte zwar keinen toten Vater, an dessen ordensgeschmücktem Leichnam er diesen Entschluss bekräftigen konnte. Aber er hatte ein totes Kind. Wohin war es verschwunden? Wohin würde er verschwinden, nähme er alle Pillen auf einmal? Käme dann die schwarze Minna? Und wenn er es dort träfe, sein Söhnlein? In der Kutsche? Wenn der Kleine dort auf schwarzen Kissen liegend die Ärmchen ausstrecken und sich freuen würde, dass er endlich käme? Wann hatte sich überhaupt je ein Mensch gefreut, dass er kam? Er sah Annemarie Luners Gesicht in der Strandkorbecke mit dem Weinglas davor. Hatten ihre Augen ihn angeleuchtet? Er hörte Joels Stimme: »Wie war das mit dem Minotaurus?«

Die Pizza kam. Gott, war er hungrig! Terrierhaft. Er bestellte noch einen Grog. Ging auf die Toilette und versuchte, an dem gewaltig sausenden Gebläse einer Händetrockenmaschine seine nassen Haare zu föhnen. Es war unbequem, den Kopf so weit nach unten zu halten und hin und her zu drehen, aber der Wärmestrom tat ihm gut. Er fuhr mit dem Kopf hoch, als die Tür aufging und ein Gast ans Urinal trat. Hastig verließ er den Raum.

Nach einem dritten Grog und einem Tiramisu fühlte Herr Merse sich besser. Der Regen schien etwas nachzulassen. Sein Kopf war trocken und glühte. Er schwor seinem toten Söhnchen, ihn zu sich zu holen und immer bei sich zu tragen. Wie einen Däumling. »Das ist die bessere Lösung«, murmelte er ihm zu. Besser als wenn er ihn im großen Unbekannten suchte. Da sei doch unsicher, ob sie sich je fänden. »Ich nehm dich mit, und du bekommst einen Bruder, einen großen Bruder, Joel. Einen Bruder, wie ich ihn gern gehabt hätte. Den bekommst du.« Er lächelte bei dem Gedanken. Er sah sein kleines Söhnchen neben Joel auf dem Sand sitzen und nach den von Joel gesammelten Muscheln greifen. Herr Merse saß daneben und gab ihm einen Seestern. Der nur vier Arme hatte. Hier, dein Stern! Kinder haben Sterne gerne. Serme, serme.

Er brabbelte glücklich vor sich hin. Die Frau vom Nachbartisch, die schon eine Weile verstohlen zu ihm hinübergeblickt hatte, stieß ihren Begleiter an. Herr Merse nahm es wahr, aber es berührte ihn nicht. Denn er hatte eine Grenze überschritten. »Eure Euter und Schnuter und Puter hab ich abgeschüttelt.« Er sah der Frau mit stolzer Miene ins Gesicht. Sie wandte den Kopf ab. Ha! Sollte Dagmar doch das Kind von diesem Hänfling bekommen. Ihm war das egal. Denn sein Söhnchen war ab jetzt bei ihm. Die Mattigkeit war geschwunden. Mit dem Söhnchen kam die Festigkeit.

»Nieder mit dem Matterhorn. Freie Sicht zum Mittelmeer!« Diesen Spruch hatte sein bester Schüler Wolf einmal mitten in der Stunde heraustrompetet. »Merse, auf zum Matterhorn!«, rief er sich innerlich zu. »Auf zum wilden Zelten!« Er lachte wieder und rief den Kellner mit so lauter Stimme, dass die Frau den Kopf schüttelte.

In dem kleinen verglasten Vorraum des Restaurants sah er mit einem gewissen Schrecken, dass sein Eindruck getäuscht hatte. Es goss stärker als vorhin. Herr Merse blickte auf die bunte Reihe der Anoraks auf der langen Garderobenstange und wählte nach kurzem Zögern den besten aus, eine dunkelblaue große Windjacke mit Kapuze und weiß abgesetzten Taschen. Er zog sie an, schlug die Kapuze hoch und verließ das Restaurant.

Es war eine gute Wahl. Der Anorak war geräumig. Er gehörte offenbar einem sehr großen und breiten Mann und reichte Herrn Merse bis zu den Oberschenkeln. Die Kapuze ließ sich zuzurren. Ein guter Griff. Er steckte die Hände in die Taschen. In einer Tasche war ein volles Päckchen Papiertaschentücher. Die andere enthielt Bonbons. Er nahm sie heraus. Ricola. Und das habt zum Zeichen! Er lachte und steckte einen Bonbon in den Mund. Holunder. Vor dem Schließfach Nummer 51 wollte er den Schlüssel aus der Hosentasche fischen und fand ihn nicht. Er stülpte die Übernachtungstasche um, nahm alles einzeln heraus und tat es wieder hinein. Kein Schlüssel. Er durchsuchte sich von oben bis unten. Lückenlos. Er durchsuchte sogar den fremden Anorak. Ungläubig sah er um sich auf den Boden. Ob er vielleicht nicht gemerkt hatte, wie der Schlüssel heruntergefallen war? Er wusste aber: Da war nichts gefallen. Er erinnerte sich genau, den Schließfachschlüssel in die rechte und den Fahrradschlüssel in die linke Hosentasche gesteckt zu haben, damit sich nichts ausbeulte und sich die Schlüsselbärte nicht gegenseitig durch den Stoff bohrten. So umsichtig war er gewesen! Er schüttelte fassungslos den Kopf. Er fand sich im Albtraum des Obdachlosen gefangen, der seine Plastiktüte mit Habseligkeiten im Suff an einen Papierkorb lehnt, wo sie von der Müllabfuhr mitgenommen wird, während er dahinter auf einer Parkbank schläft.

Der Schlüssel war und blieb weg. Herr Merse schaute sich auf dem verlassenen Bahnhof um, ob er sich an irgendjemanden wenden konnte. Einen Bahnbeamten. Die Heilsarmee. Nichts. In Hamburg gab es Obdachlosenheime. Aber auf Sylt? Dieser wohlhabenden Insel? Er musste die Nacht überbrücken. Morgens seinen Fall mit dem verlorenen Schlüssel einem Bahnbeamten vortragen. Wenn er aufzählen konnte, was im Schließfach war, gaben die ihm sicher seine Sachen zurück. Gegen eine Strafgebühr wahrscheinlich. Zu Barbara in die Kammer ging er nicht. Das wäre eine Niederlage, von der er sich nie mehr erholen würde. Außerdem durfte Oskar sich nicht aufregen. Das würde er aber. Barbaras Niebüll-Arrangement kam auch nicht infrage. Er ließ sich nicht von Barbara bevormunden.

Zu Luners konnte er nicht. Auf gar keinen Fall den kleinen Kranken und seine besorgte Mutter stören. Er überlegte, ob er die Westerländer Hotels abklappern sollte. Vielleicht war jemand bei dem schlechten Wetter plötzlich abgereist, und er könnte dessen Zimmer übernehmen. Unschlüssig ging er auf den Westerländer Hof zu. Dann fiel ihm siedend heiß der Anorak ein, an den er sich schon gewöhnt hatte. Was, wenn er dessen Besitzer begegnete! Der gerade da wohnte! Er drehte wieder um.

Vor dem Schließfach mit der Glücksnummer sprach er sich gut zu. Wo hast du den Schlüssel das letzte Mal bewusst gesehen oder gefühlt? Von allen Situationen, die er innerlich durchkämmte, blieben zwei übrig: das mühsame Umdrehen der beiden Strandkörbe und das Föhnen der Haare, wo er sich verrenkt und vorgebeugt hatte. Er fuhr zu der Pizzeria zurück, zog neben dem Lokal den Anorak aus und verknäulte ihn auf dem Fahrradgepäckträger. Er betrat ohne Zögern das Restaurant, ging stracks zur Herrentoilette und suchte auf dem Boden herum. Kein Schlüssel. Unter dem Trockner nicht. Neben der Kloschüssel nicht. Auch nicht in der Kloschüssel.

Wieder draußen, schob Herr Merse das Fahrrad ein Stückchen weiter, zog schnell den Anorak an, fuhr zum Bahnhof und suchte noch einmal um das Schließfach herum alles ab. Dann fuhr er mit Rückenwind durch den Regen nach Wenningstedt. Zielstrebig und gleichzeitig benommen stapfte er durch den nassen schweren Sand auf

1423 zu. Er überlegte. Zeichnete dann mit dem nassen Schuh einen Kreis um den flach gelegten Korb. Teilte den Kreis in vier Viertel auf. Suchviertel nannte er sie. Systematisch begann er mit den Händen den Sand zu durchpflügen. Er wunderte sich über seine neue zähe Ausdauer. Komisch, alle seine Eigenschaften ähnelten der Beharrlichkeit. Gab es nichts anderes? Der Mann mit einer Eigenschaft. Beim Hornlernen war er auch ausdauernd gewesen. Beim Aneignen neuer Stücke. Und jetzt studierte er ein neues Stück Leben ein.

Vier Suchviertel Sand. Immer wieder die Vier. Der Sand war nur ein bis zwei Zentimeter tief durchnässt. Darunter trocken und sogar warm. Wenn ich einmal so systematisch bei Dagmar und mir nach Gründen gesucht hätte, wie ich jetzt nach dem Schlüssel wühle, dachte er reuevoll. Und zwar rechtzeitig. Gleich nachdem ich das Gefühl hatte: Ich habe sie verloren. Dieses Gefühl war eigentlich sehr bald nach der Heirat da gewesen, aber er hatte alles aufgeboten, es wegzuschieben.

Als er alle Sandviertel ohne Erfolg durchwühlt hatte, war er erschöpft. Ein hoffnungsloses Unterfangen, dachte er. Es regnete unablässig, die Hosenbeine klebten sandig an den Waden. Die Schuhe hatte er ausgezogen. Er hob nun den Strandkorb an. Es war inzwischen stockdunkel, Fühlen musste ausreichen. Er stellte den Strandkorb als Wall gegen den Regen auf und begann dort zu suchen, wo der Korb gelegen hatte. Die Hände, vor allem die Fingerspitzen, taten ihm weh. Finale Enthornung, dachte er bitter. Der Schlüssel war nicht da. Herrn Merse war nach Aufgeben zumute, er arbeitete aber dagegen an. Er zwang sich sogar, auch bei der 1051 zu suchen. Wieder die Einteilung in Viertel. Wieder das Anheben des Korbs. Und nach langem Gegrabe mit inzwischen wunden Fingern wieder nichts. Er schaute auf die Uhr. Ein Uhr vierzehn.

Wohin in Wenningstedt bei Wind und Regen um ein Uhr vierzehn? In einen Kampener Edelgasthof traute er sich in seinem Zustand nicht. Denghoog? Das Hünengrab war nachts abgeschlossen. Was war mit den Bunkerresten in den Dünen, wo die Ferienkinder damals ihre ersten Zigaretten rauchten? Aber er besaß keine Taschenlampe. Die Nacht durch laufen, bis das erste Restaurant aufmachte? Ausgeschlossen. Er war todmüde. In der Strandkorbschublade der Luners fand er eine halbvolle Flasche Mineralwasser. Damit trottete er zurück zu 1423. Und wenn er sich unter den Strandkorb legte? Der stehende Strandkorb bot nicht genug Schutz. Eine Sandmulde buddeln und den Korb darüberlegen? Zwei jugendliche Ferienkinder hatten das damals in ihrer Verliebtheit getan. Sich ein Liebesnest gebaut. Man hatte sie zur Strafe nach Hause geschickt. Herr Merse hatte das Liebespaar bewundert und sich ausgemalt, was sie in ihrer Strandnacht miteinander erlebt hatten. Die beiden gaben ihm jetzt Mut. Er war zwar allein, seine Geliebte hielt Wacht am Bett ihres Sohnes. Aber sie brauchte ihn, seine Brötchen, seine Fürsorge, seine Anteilnahme. Er hielt ihretwegen durch. Er war nur momentan allein und obdachlos. Unter dem Korb wäre er geschützt. Auch wenn der zu kurz war für ihn. Er müsste sich krümmen wie ein Embryo. Klein Mose im Körbchen, Groß Merse im Korb. Doch, es müsste gehen, wenn er den Nachbarkorb mitbenutzen würde, um Beine und Füße zu schützen.

Herr Merse grub sich eine passende Schlafmulde. Zog mühsam den Nachbarkorb heran. Als er die 1423, mit beiden Händen hinter und über sich greifend, nach unten über sich zog und langsam herunterließ, bekam er schlagartig Angst, sich zu verheben. Jetzt ein Hexenschuss, und er wäre geliefert. Er könnte mit einem Bandscheibenvorfall den Korb überhaupt nicht mehr hochstemmen. Läge Gregor-Samsa-artig da. Und die Beine würden unten rausgucken, klitschnass. Herrgott. Aber es klappte. Er wand sich wieder heraus und legte vorsichtig auch den Nachbarkorb um. Kroch dann in die Sandmulde unter die Körbe. Unter den Kopf stopfte er den Übernachtungsbeutel, aus dem er vorher noch das Handtuch genommen hatte. Das kam als Kälteschutz unter den Po. Er fror trotzdem. Er dachte an das Bett in Niebüll. Zu spät. Nie nach Büll. Er versuchte gegen die Kälte anzualbern. Lobte sich für den Anorak. Ohne den wäre die Aktion Strandkorb ganz unmöglich gewesen. Er freute sich seiner Nottat. Morgen würde er den Anorak zurückbringen, sich entschuldigen, vorgeben, dass er ihn verwechselt hätte. Oder auch nicht.

Er konnte nicht einschlafen. Nach einer halben Stunde

schmerzten ihm alle Glieder. Er zitterte vor Kälte. Der Regen trommelte auf sein Korbdach. »Annemarie, dies tu ich für dich«, stöhnte er. Er wollte, musste durchhalten. Er dachte an sein Söhnchen. Schließlich suchte er mit klammen Händen im Stockdunkeln nach den Tabletten im Überlebensbeutel. Die Nachttabletten waren in einer anderen Packung als die Morgentabletten. Er fingerte herum, bis er sicher war, dass er die richtigen hatte, und drückte drei heraus. Drei würden wirken. Er nahm sie mit dem restlichen Mineralwasser ein. Und wartete. So kalt und unbequem wie im Korbbauch ist es im Mutterbauch nicht, dachte er. Ich warte auf den Schlaf und das Aufwachen, auf den Morgen. Das Leben. Das war dir alles nicht vergönnt, Söhnchen. Aber du bist jetzt bei mir. Dies ist die Nachtfahrt, wir sind im Walfisch, wir kommen heil an. Du erzählst alles Joel. Und ich Annemarie. Anemone. Ihm wurde dumpf im Kopf. Immer lauter und lauter prasselte der Regen, rauschte die Brandung, prasselte der Regen.

Letzter Tag (wieder Montag)

Herr Merse erwachte von einem dumpfen Pochen. Klopfte etwas in ihm? Kam es von außen? Er war verwirrt. Dann hörte er eine Stimme und nochmaliges raues Wummern. Jemand zog ihn unsanft am Bein. »Kommen Sie mal hoch! So geht das hier nicht! Die Körbe sind vermietet, Sie Suffkopp. Hoch jetzt!« Hände hoben den Korb an. Herr Merse starrte blinzelnd in einen grauen Morgenhimmel mit ein paar blauen Einsprengseln. Es hatte aufgehört zu regnen. Nach einem Moment erkannte er den Strandkorbvermieter. Und der erkannte ihn. »Nanu?«, sagte er. »Ich mach morgens immer ’n Gang durch meine Körbe. Ob alles in Ordnung ist. Ich dachte … na, der eine ist ja Ihr Korb. Ist das nicht ’n bisschen unbequem?« »Es gab Stress«, brachte Herr Merse heraus. »Oh, na denn. Immer die Frauen, ne?« Er zwinkerte und schob seine Schirmmütze mit dem Messinganker darauf zurück. »Wetter wird besser. Na, das wird schon wieder«, sagte er tröstend zu Herrn Merse. »Ja«, war alles, was Herrn Merse einfiel. »Vielen Dank.« Der kräftige Mann stapfte weiter. Den Nachbarkorb hatte er schon zurückgestellt.

Es war acht Uhr morgens. Er hatte es geschafft. Ohne

Barbara. Er stand auf. Seine Glieder führten ein Eigenleben, so steif und kalt. Wie das Schaf auf der vereisten Wiese, dachte er. Im Zeitlupentempo zogen die Gedanken durch seinen Kopf. Rettungshornist. Anemone. Brötchen. Joel. Er selbst. Wie sah er überhaupt aus? Er schaute an sich herunter. Unter dem fremden Anorak guckte zerknittert und sandig seine helle Sommerhose hervor. Er stand in Socken. Wo waren die Schuhe? Er fand sie neben dem Korb, halb voll Sand. Er bückte sich und entleerte erst den einen, dann den anderen. Er zog sie über die feuchten Socken an und strich die Hosenbeine glatt. Das Handtuch schüttelte er gründlich aus und steckte es in den Übernachtungsbeutel. Die Mineralwasserflasche legte er in die Schublade. Als er sie zuschob, sah er den Schließfachschlüssel. Er musste direkt daneben geschlafen haben. Er steckte ihn auch in den Übernachtungsbeutel. Wie alles schmerzte. Gefunden – verloren.

Er stolperte den feuchten leeren Strand entlang Richtung Ort und hoffte inständig, dass das Café in der Strandstraße schon offen war. Er hatte Glück, gerade wurde aufgeschlossen. Er bestellte eine Tasse Kaffee, trank benommen und ging dann aufs Klo zum Zähneputzen. Sein Gesicht im Spiegel sah ungewohnt aus. Stoppelig und fahl. War er gealtert? Er zahlte und holte beim Bäcker acht Brötchen, verschiedene, für jeden zwei. Und für Joel zusätzlich eine Tüte Zwieback. Das Kind auf der Zwiebacktüte schaute ihn rotbackig und gesund an. Auch das schmerzte ihn. Je mehr er sich dem Lerchenweg näherte, desto langsamer wurden seine Schritte. Vor der Tür stand er eine Weile still. War er aufdringlich? Lästig? War es nicht egoistisch, die Krankheit des Jungen zu nutzen, um in die Nähe Annemarie Luners zu gelangen? Aber hatte er denn eine Wahl? Nein, er hing fest. Schon wieder hing er an einem Band. Er betrachtete die Brötchentüte. »Bäckerblume« stand darauf. Brötchen als Blumen. Statt Blumen.

Er hörte ein Auto das schmale Sträßchen heranrollen, drehte sich um und erschrak. Es war ein Krankenwagen. Die Haustür der Pension wurde geöffnet, und Herr Merse sah in Annemarie Luners weißes Gesicht. Die zwei Männer aus dem Krankenwagen gingen auf sie zu. Frau Luner sah Herrn Merse mit seiner Brötchentüte stehen und lächelte kurz. Er folgte ihr einfach ins Haus. Die Männer trugen den schlafenden Joel auf einer Trage die Treppe herunter und schoben ihn auf einem Gestell in den Krankenwagen hinein. Frau Luner stieg dazu und setzte sich an das Kopfende. »Was hat er?«, fragte Herr Merse in den offenen Krankenwagen hinein. »Er muss überwacht werden. Er hat Krampfanfälle.« »Wo fahren Sie hin? In die Inselklinik?« »Nein, nach Westerland. Vielleicht müssen wir ihn auch in eine größere Stadt bringen, die eine neurologische Abteilung hat.« »Wollen Sie was essen?«, fragte Herr Merse hilflos, aber die Besatzung drang auf Eile und machte die Tür zu. Der Wagen fuhr ab.

Herr Merse ging mit der Tüte nach oben, wo Natascha

unschlüssig an der Tür stand. »Hallo«, sagte Herr Merse. »Das ist ja was. Wie war das mit den Krampfanfällen?« Natascha erzählte ihm, sie habe gar nichts mitbekommen. Sie schlafe immer sehr fest und sei gerade eben erst von ihrer Mutter aufgeweckt worden. Sie stand wie eine taufrische Kornblume verwirrt im Türrahmen. »Willst du ein Brötchen?«, fragte Herr Merse. »Nein, danke. Ich bekomme immer bei Frau Meisenhopf das Frühstück. Die Pension ist hier mit Frühstück«, fügte sie erklärend hinzu. »Aber danke.« Sie wartete wohl, dass Herr Merse ging. Aber so konnte er nicht gehen.

»Wie wird es nun?« »Mama hat gesagt, ich soll vorsichtshalber packen. Falls wir nach Husum oder Hamburg müssen. Vielleicht sogar nach Berlin zurück. Joel muss vielleicht epileptische Tabletten bekommen oder so. Sie schickt mir 'ne SMS von der Klinik.« »Ich war hier auch mal in der Klinik. In der Inselklinik«, sagte Herr Merse. »Als Junge. Hatte ein dickes Knie.« »Aha. Ist wohl schon etwas her, nicht?« »Ja.« »Also dann tschüs«, sagte Natascha. »Noch schöne Ferien!« »Danke«, sagte Herr Merse. »Grüß – grüß deine Mutter und Joel von mir. Sag ihr, dass ich gute Besserung wünsche.« »Ja. Mach ich. Wollen Sie Ihre Sachen nicht mitnehmen?«, fragte Natascha, als er schon halb die Treppe hinuntergestiegen war. »Sachen? Ach so. Ja. Natürlich.« Herr Merse holte den Rollkoffer und das Horn. »Schade«, sagte Natascha hinter ihm her. »Joel wollte so gern das Horn auspacken, aber Mama hat es verboten.«

»Vielleicht besuche ich euch mal«, sagte Herr Merse. »Ich hab ja jetzt die Handynummer deiner Mutter. Schluss mit den Zetteln«, lächelte er zu Natascha hin. Sie hob den Arm und winkte kurz, als er unten von der Treppe aus noch einmal hochsah zum Zimmer. Herr Merse winkte zurück.

Er nahm den Bus nach Westerland, holte seine Windjacke aus dem Rollkoffer hervor, zog sie über und stellte den Koffer in ein weiteres Schließfach. Er brachte den Anorak zur Pizzeria zurück. Sie war noch geschlossen. Er klemmte den Anorak an die Tür und schrieb auf eine Postkarte, die er in einem Kiosk kaufte: »Aus Versehen mitgenommen. Verwechselt. Bitte dem Besitzer zurückgeben.« Die Karte steckte er in den Anorak. Dann ging er mit Horn und Übernachtungsbeutel zur Klinik, einem quadratischen Betonklotz nahe dem Bahnhof. Neben einer großen Tür mit dem Schild »Aufnahme« entdeckte er Annemarie Luner. Sie saß auf einer Bank und wirkte nicht überrascht, als er auf sie zukam. »Sie machen gerade ein EEG. Messen seine Hirnströme. Man weiß noch nichts Genaues. Manchmal können solche Krämpfe auch bei sehr hohem Fieber auftreten. Er hat so mit den Zähnen geknirscht! Und die Augen verdreht! Dabei wurde es gestern Abend besser, nachdem der Arzt da war und ihm eine Spritze gegeben hat. Aber dann heute Morgen …« Sie schauderte.

Herr Merse legte ihr seine Hand auf die Schulter. »Ich bring Ihnen mal einen Kaffee.« Er zog einen Milchkaffee aus dem Automaten am Ende des Flurs und aus einem

Vitrinenschrank daneben ein belegtes Brötchen. Die übermüdete Frau Luner mit den dunklen Schatten unter den Augen kam ihm wie ein eingeknicktes Schilfrohr vor. Er setzte sich neben sie, während sie schweigend aß und trank. »Ich hab heute Nacht unterm Strandkorb geschlafen«, setzte Herr Merse zu einer Erzählung an, unterbrach sich jedoch. Er war jetzt nicht wichtig. »Sie haben wohl gar nicht geschlafen, oder?« »Nein«, antwortete sie leise. Nach einer Weile fragte sie geistesabwesend: »Unterm Strandkorb?«

Eine Schwester kam und holte Frau Luner ab. Herr Merse sah den beiden Frauen nach, die Schwester im weißen Kittel auf lautlosen Birkenstockschuhen, Frau Luner in Jeans, einem roten T-Shirt, wirr aufgesteckten Locken und in braunen, halbhohen Sandaletten, die über das Linoleum klackten. Er wünschte mit aller Macht, dass sich Frau Luner zu ihm umdrehte, ihm zuwinkte oder ihn noch einmal ansah, bevor der Gang nach rechts abbog, aber die beiden verschwanden um die Ecke, und kurz darauf war auch das Klacken nicht mehr zu hören. Herr Merse wartete lange. Er schaute auf seinen Hornkoffer. Das Horn passte nicht hierher, und er auch nicht. Er war ein unpassender, müder Hornist am falschen Ort.

»Unser Rettungshornist braucht Erste Hilfe«, hörte er spöttelnd Dagmars Stimme. »Mund-zu-Mund-Beatmung am besten …« Er schreckte auf, wollte die Dagmar-Stimme anfahren, aber ihm fiel nichts ein. Wenn er diese Stimme doch endgültig abstellen könnte, die alles immer schlimmer machte, dachte er müde. Er stand auf und reckte sich. Ihm war schwindlig. Sein Luner-Schilfrohr schwankte; er musste stierhaft stark sein. Ein Arzt erschien aus einem Zimmer und verschwand hinten um die Ecke. Herr Merse folgte ihm leise. Als er um die Ecke bog, lag genauso ein Gang vor ihm wie vorne. Auf der linken Seite befand sich eine Reihe geschlossener Türen. Er traute sich nicht zu horchen, wo Joel und Annemarie waren. Hinter einer dieser Türen liegt er, dachte Herr Merse. Sie stehen um sein Bett herum und beraten. Frau Luner hatte ihm kein Zeichen gegeben, dass er auf sie warten solle. Er ging wieder zurück und unterdrückte den Impuls, sein Horn aus dem Hornkoffer zu nehmen und zu spielen. Er hätte es gern getan, für Joel, um ihn aufzumuntern. Aber das würde die anderen Kranken stören.

Husum oder Hamburg oder sogar Berlin. Husum wäre das Nächste. Graue Stadt mit Krokuspark. Nördlich von Husum gab es eine psychiatrische Anstalt. In Bredstedt. Bredstedt bei Husum. Immer wenn sie mit dem Zug nach Sylt fuhren, hatte seine Mutter gesagt: »Jetzt sind wir schon in Bredstedt.« Bis er gefragt hatte: »Was ist denn in Bredstedt?« »Eine Klapsmühle«, hatte die Mutter geantwortet, und der Vater hatte die Stirn gerunzelt über den Ausdruck, aber nichts gesagt. Jahre später hatte Herr Merse erfahren, dass sein Vater einmal einen Kollegen dorthin gebracht hatte. Der hatte nicht mehr geschlafen, mit sich selbst geredet und war bei Ebbe allein weit hinausgeschwommen.

Als sie ihn ins Rettungsboot hievten, hatte er gebrüllt und war kaum zu bändigen gewesen. Ein herbeigeholter Arzt hatte dem Schreienden eine Spritze gegeben. Später hatte der Vater den wieder ganz ruhigen Kollegen auf dessen Wunsch nach Bredstedt begleitet. Dieser Kollege war nie wieder mit in die Ferienkinderbetreuung gekommen. Er wurde, als er die Klinik nach Monaten verlassen hatte, vom Gymnasium in eine Grundschule versetzt. Seine Spur verlor sich. Bis die Mutter am Küchentisch zum Frühstück seine Todesanzeige aus der Zeitung vorgelesen hatte. Sie las stets die Todesanzeigen vor. Herr Merse wusste, dass sein Vater sich Vorwürfe machte und sicher war, dass der Kollege Selbstmord verübt hatte. Die Todesursache ging aus der Anzeige nicht klar hervor, es hatte einen Streit darüber gegeben zwischen den Eltern. »Wir haben ihn damals abgeschoben«, hatte der Vater gesagt. »Hätten mit ihm reden sollen.« »Ach was, mit dem war nicht zu reden«, war Mutters Standpunkt gewesen.

Ob in Bredstedt eine neurologische Abteilung war für Joel? Sollte er ihn nicht begleiten? Herr Merse war fest entschlossen, Joel nicht allein zu lassen in Bredstedt. Booby hatch Bredstedt, Joel, ich bleib mit dir da. Er war anders als sein Vater. Pass auf, Bredstedt ist ein idealer Ort für Einhörner, Junge, und Einhörner lieben Labyrinthe. Er musste an die Musiktherapeutin in der Psychiatrie damals denken, die ihn zum »Platzen« bringen wollte. Schlimm war es da nicht gewesen. Im Gegenteil. Aber Psychiatrie war nicht

Neurologie, fiel ihm ein. In der Neurologie ging es nur um Gehirnwindungen. Er gähnte.

Herr Merse wartete und wartete. Menschen kamen und gingen, Schuhe quietschten auf dem Linoleum, Türen öffneten und schlossen sich, Edelstahlwagen mit und ohne Essen darauf wurden vorbeigerollt und verschwanden. Gegen Mittag sprach ihn eine Schwester an – auf wen er denn warte. Es stellte sich heraus, dass Joel und seine Mutter die Klinik durch einen anderen Ausgang längst verlassen hatten. Es sei alles schnell gegangen, sagte die Schwester wie tröstend, als sie sein Gesicht sah, schnell, damit sie den Zug noch bekamen.

Herr Merse schaute auf sein Handy. Es war ausgestellt, was er sich nicht erklären konnte. Er hatte es nicht ausgestellt. Oder doch? Was für ein Tölpel er war, dass er es nicht schon längst parat hatte. Vielleicht hatte sie ihn benachrichtigen wollen! Dass er zum anderen Ausgang kommen sollte! Hier saß er wie ein Lamm, das berühmte Traumschaf, nicht bestellt, nicht abgeholt, nicht erreichbar, nicht online. Er stellte das Handy an. Zwei SMS waren eingegangen. Beide von Barbara. Nichts von Frau Luner. Er suchte in der Liste der angenommenen und nicht angenommenen Anrufe nach ihrer Handynummer. Die Liste enthielt nur Barbaras Nummer sowie die Nummer von Wolf, der seine letzte Stunde vor den Ferien abgesagt hatte, und ein »Unbekannt«. Unbekannt? Wieso, sie hatte ihn doch kürzlich angerufen! Hatte er ihre Nummer auf dem Display gesehen oder ein »Unbekannt«? Wahrscheinlich hatte er nicht darauf geachtet, schnell den Anruf angenommen und nur auf ihre Stimme gehört. Alles andere vergessen. Er achtete nicht auf so etwas. Barbara hatte recht: Er war nicht lebenstauglich im Praktischen. Vielleicht überhaupt nicht. Erregt ging er im Zickzack den Flur entlang. Er musste das klären. Sofort.

Er klopfte an eine Tür mit der Aufschrift »Dienstzimmer«. Gab sich als naher Freund der Luners aus, der in der Hektik der Abreise wohl nicht mehr von Frau Luner benachrichtigt werden konnte und jetzt ihre Handynummer nicht fand, obwohl sie ihn angerufen, wegen Joel um Hilfe gebeten und hierherbestellt habe, damit er sie begleite. Er log kühn. Ob Frau Luner ihre Handynummer hier hinterlassen habe. Nach ihrer Adresse traute er sich als »naher Freund« nicht zu fragen. Die Schwester schüttelte den Kopf. Nein, der Junge sei ja gar nicht aufgenommen worden, nur weitergeleitet. »Aber wohin? An welche Klinik?« Ein Arzt trat zu ihnen. »Wir dürfen Ihnen keine Auskünfte erteilen«, sagte er. »Oder sind Sie ein Verwandter?« »Ein guter Freund«, sagte Herr Merse verzweifelt. »Es tut mir leid«, sagte der Arzt.

Herrn Merse wurde erneut schwindlig, er spürte Übelkeit aufsteigen. Im Laufschritt verließ er die Klinik mit Horn und Überlebensbeutel, aber schon am Ausgang blieb er unschlüssig stehen. Es war der Südeingang, wohl der Hintereingang, durch den Joel und Frau Luner eilig zum

Bahnhof gebracht worden waren. Er stellte sich vor ein Rondell mit hellrosa blühenden Bodendeckerrosen, starrte auf die Quecke und das Franzosenkraut dazwischen und versuchte durch ruhiges Atmen die Übelkeit zu überwinden. Die Klinik war von Heckenrosenwällen umgeben, er sog den vertrauten Blütenduft mit der Sommersalzluft ein. Das Wetter hatte sich gebessert, nur wenige weiße Wolken zogen am Himmelsblau entlang.

Die Wolken tragen mir keine Botschaft zu, dachte Herr Merse. Er stand eine Weile sinnend da. Er erwog, schnell nach Wenningstedt zu Natascha zu fahren und sie um die Handynummer ihrer Mutter zu bitten. Die er aus Versehen weggedrückt habe. Er hörte sich reden. Ach, er genierte sich vor ihr, vor diesen kühlen, glasklaren jungen Augen. Und doch schien es die einzige Möglichkeit zu sein. Oder gab es eine Telefonauskunft für Handys? Er wählte die Nummer der Auskunft. Unter Annemarie Luners Namen war nichts eingetragen. »Wovon hängt es ab, ob eine Nummer eingetragen wird oder nicht?«, fragte er. »Davon, ob die Kunden sie eintragen lassen.« »Aha. Und wie kommt es, dass bei dem einen Anrufer dessen Nummer auf dem Display erscheint, bei dem anderen aber ›Unbekannt‹?« Die Frau erklärte ihm, dass jeder auf seinem Mobiltelefon einstellen könne, ob seine Nummer gezeigt oder unterdrückt werde. »Ach so. Unterdrückt. Vielen Dank.«

Herr Merse wusste nun Bescheid. Vielleicht wechselte Annemarie Luner mit ihrem Chef SMS und wollte nicht, falls dessen Frau auf das Handy ihres Mannes schaute, dass ihre Nummer erschien. Praktisch. Vielleicht hatte Natascha es ihr so eingestellt. Er schätzte Frau Luner nicht als Handyexpertin ein. Er schätzte sie eher wie sich selbst ein. Unpraktisch. Aber das konnte falsch sein. Wie auch immer, er war jetzt einen Schritt weiter. Aber zu Natascha würde er nicht fahren. Er wollte es alleine schaffen. Ohne Hilfe durch eine Siebzehnjährige. Er würde einfach die Adresse der Luners im Berliner Telefonbuch suchen. Falls sie sie dort hatte eintragen lassen. Und wenn nicht, würde er zu Gottschalk und Reese gehen und sich dort nach ihr erkundigen. Der Weg lag klar vor ihm. Er würde in Berlin vor ihrer Tür stehen und klingeln. Sie würde die Tür öffnen und sich freuen, ihn zu sehen …

* * *

Herr Merse wurde ruhiger, fast zuversichtlich. Er hatte den Weg selbst gefunden, er würde ihn gehen, er würde am Ziel ankommen, dann würde man weitersehen. Es war einfach. Schluss mit dem Dackeln. In dieser Nacht hatte er sich zum zielstrebigen Mann gemausert, der seine Beharrlichkeit zu nutzen wusste. Er lächelte zufrieden und beschloss, sein Gepäck aus den Schließfächern zu holen und sogleich nach Hamburg zu fahren. Hier hielt ihn nichts mehr. Er würde seine Sachen in der Wurstbude abstellen und unmittelbar nach Berlin weiterfahren und seine Erkundigungen einziehen. Sich ein Zimmer nehmen und Frau Luner dann erst einmal schreiben. Einen Brief. Nicht gleich bei ihr klingeln. Keine SMS. Keinen Zettel. Einen richtigen Brief. Er freute sich darauf. Und Joel würde er auch schreiben. Oder eine Postkarte schicken. Ein Luftbild des Hamburger Hafens mit seinem Gewirr von Fleeten …

»Und weiter geht's«, sagte er anfeuernd zu sich selbst.

Die Beine zitterten heftig auf dem Gang zum Bahnhof, heftiger als kürzlich. Eine unbezähmbare Liebessehnsucht dehnte seine Brust und verscheuchte alle Zweifel. Zwar lag sein Entschluss von allen Seiten unter vielstimmigem Beschuss. Vor allem unter Dagmar-Beschuss. Aber er setzte beharrlich Schritt vor Schritt. »Und weiter geht's.« Ja, er zitterte. Ja, der Hornkoffer bebte in seiner Hand. Vor Erschöpfung, versuchte er sich zu sagen. Nicht vor Angst. Vor Aufregung? Das Handy klingelte. Barbara. Herr Merse nahm den Anruf an, wartete aber nicht, bis Barbara sprach und ihre Vorwurfspfeile abschoss, sondern ratterte wie abgespult: »Ich fahre nach Haus und wünsche euch noch einen schönen Urlaub. Für Oskar gute Besserung und bis bald. Entschuldige, aber ich hab jetzt keinen Saft mehr auf dem Handy.« Dann drückte er auf den roten Knopf und stellte das Handy auf lautlos.

Der nächste Zug nach Hamburg fuhr in drei Stunden. Herr Merse verstaute das Horn in einem weiteren Schließfach und ging durch die Einkaufszone zur Strandpromenade. Am Meer wollte er Abschied nehmen von Sylt.

Schon von Weitem sah er die Wellen mit ihren weißen

Gischtwülsten unbekümmert auf das Strandtreiben zurollen. Die Natur bleibt sich immer gleich, dachte er. Sie nimmt nicht Anteil. Wir sind ein Teil von ihr. Wir sind auch Natur, aber wir sind nicht gleichmütig. Wir nicht. Je näher er kam, desto drängeliger umgaben ihn die vielen Menschen. Herr Merse fühlte sich fremd zwischen den Sonnenbrillenträgern, Eisessern und den ölglänzenden Schultern. Die Strandpromenade war brechend voll von Menschen in Badekleidung. Es störte ihn nicht. Er trug sein dunkelblaues Polohemd, das vermutlich etwas stank, unten schlackerte die zerknitterte Hose. Er zog die dunklen Socken aus und stopfte sie in die Hosentaschen. Die Schuhe nahm er in die Hand.

Auf der Treppe zum Strand wurde er an einer mit Plakaten vollgeklebten Holzbude aufgefordert, seine Kurkarte vorzuzeigen. Er zog sie aus dem Portemonnaie und hielt sie dem Mann hin. Sie galt nur für Wenningstedt. »Wollen Sie eine Tageskarte?« Herr Merse sah den kräftigen jungen Mann mit dem weißen Baseballkäppi an. Er war braun gebrannt und tätowiert.

Plötzlich brandete in Herrn Merse etwas auf. Er versuchte es zu bezähmen und fragte so höflich wie möglich: »Gibt es auch Stundenkarten? So für ein bis zwei Stunden?« »Nein, nur Tageskarten.« »Bei Skipässen gibt es auch Stundenkarten«, behauptete Herr Merse. In ihm stieg die Wut, eine schäumende, mit Macht heruntergepresste Wut. »Das ist hier doch egal.« Der junge Mann erhob die Stimme.

»Was haben wir denn hier mit Skipässen zu tun? Sie hören doch: Entweder Sie kaufen eine Tageskarte oder …« Hinter Herrn Merse war eine kleine Schlange entstanden. »Was kostet sie?«, fragte er erstickt. »Fünf Euro.« Herr Merse holte das Geld aus dem Portemonnaie. Der Schein flatterte im Wind. Er ließ ihn los, knapp bevor der Mann zugreifen konnte. Fluchend bückte der sich nach dem Schein, erhaschte ihn gerade noch. Von hinten schwollen die Stimmen an.

Herr Merse erhielt seine Tageskarte und betrat mit knirschenden Zähnen den Strand. »Fünf Euro. Noch nicht mal ein Stehplatz für Studenten im Theater. 'ne herabgesetzte Kinokarte. Breitwand: das Meer.« Er sprach laut, die Leute drehten sich nach ihm um. Er merkte es nicht. Wieder eine Demütigung eingesteckt! Einmal ein Fass aufmachen! Aber ein großes! Dass einmal alles herauskäme! Spritzte! Aus seinem Mund löste sich ein Röcheln. Er röchelte vor Wut, war aber so schwach, dass er nicht brüllen konnte. »Leisebrüller«, sagte er verächtlich. Er kickte mit dem nackten Fuß in den Sand vor sich. Der Sand spritzte auf, seine Zehen schmerzten. Ein Ball rollte in seine Richtung, und er schoss ihn mit aller Kraft ins Leere.

Hier in Westerland standen die Strandkörbe dicht an dicht. Er hatte Lust, auf sie zuzurennen und einen nach dem anderen umzukippen. Mit aller Macht. Einen nach dem anderen. Stierhaft. Wie Ajax! Ha! Unter jedem Korb läge dann ein wuselnder Haufen Fleisch: Kindfleisch, Mannfleisch, Fraufleisch. Er hörte eine Symphonie von Stimmen und Brüllen und Rufen und Fluchen. Die Stimmen kamen aus den liegenden Strandkörben und verdichteten sich zu einem chaotischen Lamento. Wie im Comic sah er die Stimmen als gezackte wutrote und hassgelbe Blitze aus den liegenden Körben in die Luft zucken. Der ganze Westerländer Strand übersät mit ächzenden Korbfleischlern. Symphonie für nordfriesische Strandkörbe mit obligatem Horn! Ja. Dazu eine Reihe von zehn Hornisten, die mit ihren Hörnern die Stimmen niederbliesen. Niedertönten mit ihrem zehnfachen, kopfsprengenden, dunklen Klang. Auch Dagmars Stimme wurde niedergeblasen. Er sah Dagmar mit weit geöffnetem Mund aus einem Korb brüllen, aber hörte nichts. Die zehn Hornisten dröhnten wie Flugzeuge. Flugzeuggedröhn über Soldatengräben. Zehn Kriegshornisten, die alle Stimmen, die verzweifelt aus den Strandkörben aufstiegen, übertönten, sich mit dem Meeresrauschen, dem entsetzlich gleichgültigen Meeresrauschen zu einem Klangdom über den Korbfleischlern aufbauten. Ein gigantischer Klanguterus saugte sie alle in sich hinein. Nein, Symphonie passte hier nicht. Oper eher. »Sylter Apokalypse. Fünf Euro Eintritt auf allen Plätzen.« Das Gestühl im Parkett wird ausgeräumt, die Zuschauer sitzen in Strandkörben. Die Strandkörbe auf der Bühne werden in Leichtbauweise hergestellt. Aus der Gruppe der zehn Hornisten, die nebeneinander vorne an der Bühne stehen, löst sich einer. Es ist Nacht. Nur noch leises Wimmern und Stöhnen aus den Körben. Ebbe. Das Meer zieht sich zurück. Der Strand ist dunkel und endlos. Der Hornist klettert auf eine Buhne. Bühnenbuhne. Er spielt die unendliche Melodie. Die Korbfleischler erheben sich. Sie bewegen sich mit ihren Korbpanzern langsam zur Musik. Ein kleiner Junge befreit sich aus seinem Familienfleischknäuel. Er sucht und findet einen Seestern. Es wird ganz still, in die Melodie des Buhnenhornisten klingt mit silbernem Stimmchen der Seestern. Er wird von dem Jungen, einem Solisten aus dem Tölzer Knabenchor, gesungen. »Kinder haben Sterne gerne«, singt er. »Serme, serme. Kinder haben Sterne gerne …« Und dann kommt die Flut, die Sturmflut, sie schluckt den Uterus. Nicht der Uterus sie. Sieg der Sturmflut über den Uterus. Es wird dunkel auf der Bühne. An den Strandkörben im Publikum werden kleine Lämpchen angeknipst, den Opernbesuchern wird Prosecco gebracht, sie dürfen jetzt auf die Bühne, Technomusik wird aufgedreht, eine Party wird gefeiert. Jeder bekommt einen individuellen Überlebensbeutel überreicht. Sie feiern eine Sylter Überlebensparty mit Fischbrötchen von Gosch und …

Herr Merse spuckte in den Sand. Übelkeit erfasste ihn, er erbrach sich und setzte sich auf die Buhne neben sich. Er holte tief Luft. Sein Kopf fühlte sich klarer. Er grub das Erbrochene mit den Füßen ein. Wenn er jetzt Richtung Norden weiterginge, wäre er bald in Wenningstedt. Er sah das rote Kliff innerlich vor sich, das es so wie früher nicht mehr gab. Er war langsam. Mochte nicht mehr gehen, nicht mehr denken. Die Wut war weg. Hatte er vergessen, die Morgentablette einzunehmen? Er war lebensmüde und sterbenswach. Kein Schritt mehr. Jeder Schritt war überflüssig. Er sah von der Buhne auf den nassen Sand. »Müde bin ich, geh zur Ruh, Schnauze zu.« So war es. Spannenlanger Hansel, nudeldicke Deern. Eine Welle rollte heran. Das Salzwasser besprühte ihn. »Walle, walle manche Strecke«, hatte Barbara früher am Strand gejohlt. Bei »Und nun komm, du alter Besen«, hatte sie ihn immer bei den Schultern genommen und geschoben. Er war immer der Besen gewesen und musste zwischen ihr und dem Wasser hin- und herrennen und mit dem Eimer Wasser von hinten in die »Burg« der Eltern gießen. Die ihn dann angemeckert hatten. Er wäre jetzt gern ein Besen. Er würde hin- und herlaufen wie eine Maschine und nie mehr aufhören. Laufen, schöpfen, laufen, gießen, laufen, schöpfen, laufen, gießen, laufen … Bis man ihn schüttelte. Rüttelte und schüttelte. Bäumchen rüttel dich, Bäumchen schüttel dich … ruckediruh, Blut ist im Schuh … Bis man ihn abstellte. In die Besenkammer. Aus. Ruhe. Tür zu. Schnauze zu.

Er griff in den Überlebensbeutel und holte das Handy heraus. Es blinkte. Ein »Unbekannt« hatte ihn angerufen und eine Nachricht auf seiner Box hinterlassen. Augenblicklich hellwach und flau vor Aufregung wählte er die AB-Nummer. Er hörte Annemarie Luners Stimme: »Es tut mir so leid, wir konnten uns gar nicht voneinander verabschieden. Nochmals ganz lieben Dank für alles. Es war ein schöner Austausch mit Ihnen. Ich wünsche Ihnen alles Gute für Ihr weiteres Leben. Diese Nacht hat mein Leben verändert. Ich werde mit Joel zu meinen Eltern ziehen. Die können sich in Ruhe um ihn kümmern. Er braucht mehr Zuwendung. Ich habe gemerkt, wie er durch Sie aufgelebt ist. Ich bin sicher, dass ich da bei meinen Eltern Arbeit finde. Natascha ist mit Tapetenwechsel auch einverstanden. Es wird schon alles. Also alles, alles Gute Ihnen.« Die letzten Worte klangen erstickt. Als wenn sie sich selbst Mut zuspräche in ihre Angst hinein. Er wollte unmittelbar einstimmen: Es wird schon!

Es wird schon!, jubelte er befreit. Sie hatte ihn angerufen. Sie hatte ihn nicht vergessen. Er war überglücklich, ihre Stimme zu hören. Er küsste das Handy, warf es in die Luft und fing es wieder auf. Küsste es wieder. »Johannes«, wollte er rufen, aber es blieb ihm im Hals stecken. Es war ihm peinlich, Johannes je mit sich belästigt zu haben. Aber mit wem, mit wem konnte er sein Glück teilen? Ach, musste er es denn teilen? War er nicht so glücklich genug?

Er hörte die Mailbox noch einmal ab, wollte die Stimme wieder hören, wollte Annemarie von oben bis unten abküssen, hochheben, herumwirbeln, stützen, aufbauen, lieben, küssen, streicheln, drücken, alles. Alles nacheinander. Alles auf einmal. Diese Stimme, diese leichte, hauchige, zarte, weiche, schöne, unbestimmt fragende Stimme – wie er sie liebte.

»Ich werde mit Joel zu meinen Eltern ziehen.« Der Satz

erreichte ihn erst jetzt. »Zu meinen Eltern.« Ja, ja, praktisch, ja, gut, aber wie sollte er sie da auffinden? Warum hatte sie nicht gesagt, wo die wohnten? Sie hatte auch ihre Handynummer nicht hinterlassen. Sie musste doch wissen, dass die Nummer nicht erschien. Er schluckte und hörte die Botschaft ein drittes Mal ab. »Noch mal vielen Dank für alles. Es war ein schöner Austausch mit Ihnen. Ich wünsche Ihnen alles Gute für Ihr weiteres Leben … alles, alles Gute Ihnen.« Er starrte an dem Display vorbei auf das Buhnenschwarz. Dicht an dicht saßen die Miesmuscheln auf dem Holz und glänzten vor Nässe. Er fuhr mit der Hand darüber und roch an der Hand. Es roch salzig, muschelig. Das waren ja Abschiedsworte: »Ich wünsche Ihnen alles Gute für Ihr weiteres Leben … alles, alles Gute Ihnen.« Ja. »Es wird schon.« An wen war das gerichtet? An sie selbst in ihrer Lage mit Joel? An ihn? Wollte sie ihm Mut zusprechen? Es wird schon? Sie kommen schon klar? Sie kommen schon klar ohne mich. Ohne mich ohne mich ohne mich. Es war endgültig. »Also alles, alles Gute Ihnen.« Er war ein Besen in einer dunklen Kammer, und der Besen sagte ohne mich ohne mich ohne mich ohne mich ohne mich never never never never never. Die Lear-Maschine auf der Sylter Heide. Es wohnet auf grüner Haaaaaaaaaaaa aide, des Wirts fein Töchterlein aus Mahlers Wunderhorn, Haaaaaaaaaaide.

Er nahm das Handy, wog es in der Hand und entfernte sich von der Buhne, so dass er eine freie Fläche vor sich hatte. Er bückte sich, holte seitlich aus und ditschte das Handy mit aller Kraft über das flach auslaufende Wasser. Eine gute Serie. Sechsmal tanzte es auf der Oberfläche. Sechs. Eben kein Sex. Sechs wie die Hex. Und verschwand. So. Das war es. Es war eines, die Grenze zu überschreiten, und ein anderes, den Pass wegzuwerfen, der einen zurückbringen kann. Herr Merse zog die Schließfachschlüssel unter den Socken hervor, entschloss sich aber gegen ein Wegditschen der Schlüssel, damit sich keiner an den Bärten verletzte. Nie. Kein Bart, nirgends. Er war fühllos, ein Maschinenhornist, aber dachte an die Gefühle anderer. Er würde Anemone Luner nicht ein einziges Mal mit seinen Bartstoppeln berühren. Es gab keine Berührung.

Er verließ den Strand. Am Bahnhof legte er die drei Schlüssel oben auf die Schließfächer, wandte sich um und setzte sich auf die Bank, auf der kürzlich Oskar gesessen hatte. Nach einer Weile stand er wieder auf und nahm den Schlüssel für das Fach, in dem er das Horn untergestellt hatte, wieder herunter, öffnete das Schließfach und zog das Horn im Koffer heraus. Mit Horn und Überlebensbeutel setzte er sich zurück auf die Bank. Sie stand im Nachmittagssonnenschein. Er döste im Sitzen mit seinem schwarzen Schmerzklumpen hinter dem Brustbein. Schreckte hoch, als der Zug angekündigt wurde. Der Zug kam an, goss Menschen aus den Türöffnungen und war dann bereit zur Rückfahrt. Es war ein Regionalzug über Husum nach Hamburg. Herr Merse setzte sich in ein Abteil und schlief unmittelbar ein. Er verschlief den Hindenburgdamm, verschlief Niebüll, verschlief die Marsch und wurde kurz vor Husum von einem Schaffner wachgerüttelt. »Wo wollen Sie hin?«, fragte der Schaffner. »Wo sind wir?«, fragte Herr Merse. »Kurz vor Husum.« »Ich möchte zu meinem Sohn. Nach Niebüll.« »Das haben Sie verschlafen.« Der Schaffner verkaufte ihm ein Ticket bis Husum, das er aus seinem Maschinchen hervorrollte. Herr Merse gab ihm fünfzehn Euro. »Gut so«, sagte er, »war nur ein Trickversuch mit Niebüll. Ich hab keinen Sohn. Ich wollte nur nicht so viel bezahlen. Aber Sie sind nicht drauf reingefallen. Ich will nach Husum. Bredstedt bei Husum.« Der Schaffner schüttelte den Kopf.

Der Zug fuhr bereits in den Bahnhof ein. Herr Merse stieg aus. Die Bahnhofsuhr zeigte zwanzig Uhr sechzehn. Er fand auf dem Bahnhofsvorplatz, auf den nur ein oder zwei Reisende tröpfelten, den Bus nach Bredstedt. Bis zur Abfahrt war noch etwas Zeit. Auf dem Platz gab es zwei Imbissbuden. Eine türkische, eine deutsche. Herr Merse entschied sich für eine Bockwurst und aß sie in den Schmerzklumpen hinein. Nie mehr Kebab. Er trank eine Bionade. Der Bus kam. Er setzte sich hinein und bat den Fahrer, ihn in Bredstedt hinauszusetzen. Der Fahrer fragte: »Wo in Bredstedt?« Herr Merse sagte: »An der Psychiatrie.« Der Fahrer nickte. »Sie meinen die Klinik.« Es war Herrn Merse recht, auf rücksichtsvoll-neutrale Weise als Verrückter eingestuft zu werden. Verrückter Besen.

Er stieg noch einmal schnell aus, kaufte eine Flasche Mineralwasser am Kiosk und stieg wieder ein. Er schloss die Augen. Der Schmerz in seinem Innern war so wuchtig, dass er die Hand vor den Mund presste, um ihn nicht laut herauszustöhnen. Da half nur noch eines: Selbstverachtung. Er wollte mit aller Wucht über sich herfallen … Dagmar war nichts dagegen. Aber Dagmar war nicht mehr da. Erst verachtet, dann ein Verächter. Erst verachtet … Bredstedt. »Wollten Sie nicht aussteigen?«, fragte der Busfahrer. Herr Merse war der einzige Fahrgast. Er taumelte aus dem Bus. Bekam mit, wie der Busfahrer ihn im Rückspiegel mit verstohlener Neugier betrachtete. Erst verachtet, dann ein Verächter. Was war das? Von wem war das? »Endlich kapierst du was«, sagte er. Er drehte sich zum Bus um, hob die Faust und schüttelte sie. Der Busfahrer sah weg und fuhr an.

Herr Merse stand auf einem kleinen Platz, rechts das Bushäuschen aus frisch gestrichenen Holzlatten, die noch leicht nach Karbolineum rochen, in der Mitte die Einfahrt in die Anstalt mit einer Pförtnerloge, auf der anderen Seite eine wild krautige Rabatte um einen Parkplatz herum, auf dem ein Auto stand. Es hatte das Kennzeichen HH-IM-241. Seine Initialen. Beziehungsweise seine Eheinitialen, die er nach der Scheidung beibehalten hatte. Ha, ha! Ingo Merse! Auch die Autonummer meint dich! Erst zwei mit Dagmar – dann die Sehnsuchtsvier mit den Luners – und nun war klar: Er war doch immer nur einer gewesen und würde auch einer bleiben.

Er stand still. Das Autoschild war ihm vom Himmel gesandt worden. Als einfaches Orakel für einen, der des vieldeutigen Buchs von Musil nicht würdig war. Der seinen Namen aufgegeben hatte. Dessen Schwanensöhnchen ohne Vornamen durch die Schwärze segelte, verletzt und ausgelöscht. Er stand mit Dagmars Namen allein. Sie und ihr Kind würden nach dem Dirigenten heißen. Fischer. Andreas Fischer. »Das interessiert keinen Menschen«, sagte Herr Merse laut. Er wollte die Klinikanlage betreten und wartete ab, bis der Pförtner auf den Fernsehschirm schaute, der ein Fußballspiel zeigte. Der Pförtner rief aber hinter ihm her: »Was wünschen Sie?«, und kam sogar aus seinem Häuschen heraus. Herr Merse stotterte, er wolle eine Verwandte besuchen. »Jetzt? Wie heißt sie denn? Es ist schon nach einundzwanzig Uhr!« »Fischer. Andrea Fischer.« Der Pförtner schaute in den PC. »Ham wir nicht.« »Ach, dann ist sie wohl schon entlassen«, murmelte Herr Merse, kehrte um und ging wieder auf das Bushäuschen zu. Er ärgerte sich. Nichts klappte. Gar nichts. War ja klar. Dann eben mit den Beinen zuerst in die Klinik. Auf einer Trage. Er sah sich glasklar.

Er nahm die Mineralwasserflasche heraus und die Tabletten. Nie wieder denken. Schnell über die Grenze. Ob sein Leben an ihm vorbeiziehen würde? Er schluckte eine Tablette nach der anderen. Erst alle Abend-, dann alle Morgentabletten. Plötzlich schoss ihm die Schamesröte ins Gesicht: Vor der Anstalt – warum bist du nicht einfach hineingegangen und hast gesagt: »Ich will nicht mehr.«? So werden sie dir den Magen auspumpen. Eklig. Egal. Vielleicht auch nicht. Ihm wurde übel. Er trank den letzten Rest Wasser aus. Er durfte sich nicht übergeben.

Es war kühl jetzt am Abend, dämmerig im Bushäuschen. Er roch das Karbolineum. Im Strandkorb wäre es schöner. Er vermisste das Meer und das Rauschen, in der Stille hörte er sich selbst zu gut. Er schwankte zur Seite und stieß an den Hornkasten. Er fummelte in plötzlicher Eingebung die Schnürsenkel aus seinen Turnschuhen, band sie zusammen, tüdelte die Strippe dreifach um den Griff des Hornkastens, dann um eine Schlaufe seiner Jeans und verknotete die Enden. Den Hornkasten schloss er ab und steckte den Schlüssel in die Hosentasche. Er wollte mit dem Horn eingeliefert werden. Mit seiner Glücksspirale. Wie man das Horn in Orchesterkreisen nannte. Weil 's Glückssache war, ob ein Ton oder ein Kiekser herauskam. Hatte ihm Dagmar erzählt. Wenn er noch eine Chance im Leben bekäme, dann nur mit der Glücksspirale. Und wenn es zu spät wäre für Wiederbelebung, dann wollte er mit Horn begraben werden.

Vor seinem müden inneren Auge schien ein Gesicht auf: ein bärtiger, wohlwollender Psychiatriechefarzt, leidenschaftlicher Musikliebhaber, der am liebsten Hornist geworden wäre, aber die väterliche Medizinertradition hatte fortsetzen müssen. Jetzt hier in Bredstedt festgenagelt saß und zu Höhepunkten seines Lebens nach Hamburg in die

Oper oder in die Musikhalle fuhr. Dieser Direktor würde in dem eingelieferten Hornisten seine Chance sehen. Sich selbst in ihm behandeln. Ihn erst mal aus dem Koma erwecken. Nach ihm schauen, ihm Tee bringen, sich an sein Bett setzen. Ihn ermuntern zu erzählen und für sich zu behalten, was und wie er wollte. Dann dürfte er langsam wieder aufstehen. Der Direktor würde ihn zu sich rufen, ihm sein im Chefzimmer aufbewahrtes Horn überreichen und nach einem ersten kurzen Gespräch sich etwas vorspielen lassen. Er, Ingo, würde ohne vorheriges Üben den schwebend-traurig dunklen Beginn des ersten Satzes aus dem Horntrio vortragen und die rasende Jagdhornmotivik des letzten hell daherschmettern. Das Scherzo und den Trauermarsch würde er sich für später aufheben. Der Direktor würde ihm daraufhin ohne weiteres Zögern ein abgelegenes, von Glyzinien umranktes Turmzimmer anweisen, wo er üben konnte, wie und wann er wollte. Er würde täglich nach seinem Üben und seinen Fortschritten und auch Rückschritten fragen. Die vormittäglichen Gespräche würden mit der Frage beginnen: »Wie geht's Ihnen mit und ohne Horn?« Und dieses Interesse wäre echt. Gelegentlich würde er ihn auch zu seinem alten Hamburger Lehrer schicken. Mit Rückfahrkarte. Jeden Nachmittag würden sie ein paar Seiten im »Mann ohne Eigenschaften« lesen und darüber debattieren. Interessierte Assistenzärzte durften dazukommen, so dass sich langsam eine Gruppe herausbilden würde, in der er, Ingo Merse, ein geschätztes Mitglied wäre. Hier würde er auch gelegentlich auf Nachfrage über Brahms referieren, der Direktor wäre ein Brahms-Kenner und -Liebhaber und würde Bilder an die Wand werfen. Mit Bart, ohne Bart. Der Direktor würde ihn am Wochenende in seine Familie einladen. Er hätte eine nette, etwas füllige, aber mit ihrem Körper in dem wunderbaren Einklang einer Negerin lebende Frau, Tanztherapeutin. Die beiden hätten zwei erwachsene Töchter, die eine Geigerin, die andere Pianistin. Die ältere, die Pianistin, wäre mit dem Oberarzt verheiratet, die Geigerin fünfunddreißig Jahre alt und ledig. Gerade von einem Mann verlassen worden. Mit ihnen würde er das Horntrio einstudieren. Herr Merse hörte ganz deutlich, wie die Geigerin mit dem Thema begann. Sie begann, er löste den schmalen Geigenklang mit seinem samtigen Horndunkel ab, alle damit sicher umfangend … Sie würden üben und proben, proben und üben, jeden Tag. Und dann würden sie, vermittelt vom Direktor, erst in Bredstedt in der Aula des Gymnasiums eine öffentliche Generalprobe abhalten, dann in Husum in der Stadthalle mit Erfolg auftreten, danach durch Schleswig-Holstein auf Tournee gehen. Und einmal auch auf Sylt: in Westerland und im Vortragssaal in Klappholttal spielen. Dazu auf einem Mittwochskonzert in der Keitumer Kirche. Hierzu würde er Barbara und Oskar eine Einladung zukommen lassen, auch Dagmar. Die Frau vom Direktor würde Annemarie Luner ergoogeln, und er würde ihr eine Karte schreiben und sie auch einladen. Sie würde aber nicht kommen. Er und die liebenswürdige, zurückhaltende und sanfte, im Trio durchaus bestimmende, aber nie wie Dagmar dominierende Geigerin würden allmählich ein Paar werden. Sie würden heiraten, und er würde Johannes und Ulrich zur Hochzeit einladen, Johannes würde einen Walzer und einen ungarischen Tanz spielen und ihm zur Hochzeit das Hornsolo in der vierten Symphonie schenken; Ulrich würde eine österreichische, geheimnisvoll-verspielte Rede halten und einen sehr gut sitzenden Smoking tragen. »Johannes«, murmelte er, »das wär's doch, oder?« Die Frau des Direktors würde ihm, Ingo Merse, vor der Hochzeit das Tanzen beibringen, wovor er sich sein ganzes Leben gedrückt hatte. Auf der Hochzeit würde er mit seiner Frau einen Walzer tanzen; er fühlte sie in seinem Arm, roch ihr Haar, sah ihre glänzenden Augen vor sich. Die Pianistenschwester würde ihn spielen, einen von dir, Johannes, einen innigen, innigsten Walzer. Johannes würde später am Abend seine ungarische Rhapsodie mit ihr vierhändig spielen … Er und die Geigerin würden bald ein Kind bekommen. Eine Tochter. Lea Agathe vielleicht. Agathe als zweiten Namen, den sie später annehmen konnte, aber nicht musste … Und Ulrich würde als Pate in der Taufrede sagen: »Böhmische Quinten sind nach barocker und klassischer Vorschrift verbotene Intervallschritte, wie man sie seinerzeit von böhmischen Hornisten hörte. Ja, mein Vater sagte zu den böhmischen Bläsern: Die Böhmischen blasen anders, Trauer und Freude sind da in einem

Ton …«, und er, Ingo Merse, würde nur böhmische Dörfer verstehen. Er würde Frau Luner eine Geburtsanzeige schicken, und sie würde auf einer von Joel, dem Architekten, gezeichneten Konstruktionskarte antworten: »Ich freue mich für Sie, Sie sind ein ungewöhnlicher Mensch …«

Herr Merse schlief ein.

btb

Jenny Erpenbeck bei btb:

Geschichte vom alten Kind

Roman. 128 Seiten

ISBN 978-3-442-72686-8

Ein Mädchen wird gefunden, nachts auf einer Straße. Es ist weder schön noch hässlich, niemand kennt seinen Namen, niemand weiß, woher es kommt, niemand weiß, wer seine Eltern sind. Niemand, auch das Kind selbst nicht. Manchmal scheint es, als wisse das Kind mehr, als es preisgibt – doch wer versucht, sein Geheimnis zu durchschauen, hat das Gefühl, er blicke in einen blinden Spiegel.

»Eine faszinierende poetische Fuge über den Versuch, die Zeit anzuhalten.« *Focus*

Tand

128 Seiten

ISBN 978-3-442-72993-7

Zehn brillante Geschichten, in denen Jenny Erpenbeck menschliche Beziehungen in ihren möglichen und existenziellen Fassetten auslotet und in denen sie Trauer und Schmerz, Ängsten und Schwächen, aber auch Liebe und Vergänglichkeit eine ganz neue, ganz eigene Stimme verleiht.

»Wundersam melancholische und sprachlich virtuose Geschichten.« *kulturSpiegel*